Tus ojos en Tanzania

RAQUEL G. OSENDE

Tus ojos en Tanzania

Grijalbo

Papel certificado por el Forest Stewardship Council®

Primera edición: enero de 2025

© 2025, Raquel G. Osende
© 2025, Penguin Random House Grupo Editorial, S. A. U.
Travessera de Gràcia, 47-49. 08021 Barcelona

Penguin Random House Grupo Editorial apoya la protección de la propiedad intelectual. La propiedad intelectual estimula la creatividad, defiende la diversidad en el ámbito de las ideas y el conocimiento, promueve la libre expresión y favorece una cultura viva. Gracias por comprar una edición autorizada de este libro y por respetar las leyes de propiedad intelectual al no reproducir ni distribuir ninguna parte de esta obra por ningún medio sin permiso. Al hacerlo está respaldando a los autores y permitiendo que PRHGE continúe publicando libros para todos los lectores. De conformidad con lo dispuesto en el artículo 67.3 del Real Decreto Ley 24/2021, de 2 de noviembre, PRHGE se reserva expresamente los derechos de reproducción y de uso de esta obra y de todos sus elementos mediante medios de lectura mecánica y otros medios adecuados a tal fin. Diríjase a CEDRO (Centro Español de Derechos Reprográficos, http://www.cedro.org) si necesita reproducir algún fragmento de esta obra.

Printed in Spain – Impreso en España

ISBN: 978-84-253-6974-2
Depósito legal: B-19.337-2024

Compuesto en M. I. Maquetación, S. L.

Impreso en Liberdúplex
Sant Llorenç d'Hortons (Barcelona)

GR 69742

*Para Gabi, Daniel, Laura y Ana,
que hacéis mi vida cada día más feliz*

1

Las tres llamadas del Ngorongoro

Nunca cogía el teléfono en la oficina y por eso ignoró la primera llamada. Tiempo después, la memoria, amable embrolladora de verdades incómodas, intentaría persuadirla de que ya entonces tuvo un mal pálpito, de que solo pretendió retrasar lo inevitable, pero la realidad era más simple: se encontraba en plena reunión de trabajo y su jefe detestaba las distracciones.

—Descuelga de una vez, ¿quieres?

Marcos Albín era un tipo irritable y ella se sonrojó al verse pillada en falta. Silenció el móvil, reparando apenas en el prefijo extranjero que iluminaba la pantalla.

—No es necesario. ¿Qué me decías de ese nuevo cliente?

Él se inclinó.

—Fíjate: Lacroix, la marca de cosméticos. ¡Lacroix! Quieren cambiar de consultora y nos han pedido que rediseñemos su web y optimicemos la integración de su tienda online. Hay que demostrarles lo que sabemos hacer, ¿eh? Hay que impresionarlos. Ponte con esto ya, quiero resultados este viernes.

—¿Este viernes?

Tragó saliva. Eso supondría toda una semana de noches trabajando y estaba hecha polvo. Era el quinto cliente importante en un mes.

—De acuerdo, los tendré.

La satisfizo ver que su jefe se relajaba. Sabía que podía contar con ella. En catorce años trabajando para Blacktech Corporation, jamás había incumplido un plazo, aun a costa de echarle muchas horas y cafés cargados.

La segunda llamada ni la oyó, enfrascada en el ordenador para organizar el proyecto. Debía examinar a fondo el *backend* y preparar un par de propuestas de diseño: menús, encabezados... Algo con mucha imagen. En empresas como esa, la marca lo es todo. Le gustaban los proyectos exigentes. La hacían olvidar la leve amargura que llevaba algún tiempo atormentándola; una amargura que ya no compensaban ni el loft en el centro ni el vistoso Mini rojo.

Vio la notificación en el móvil más tarde, en la pausa del café, y tampoco entonces relacionó aquel número extraño con Noel. Solemos pensar que las malas noticias irrumpen con un timbrazo en mitad de la noche, no que se deslizan calladamente al limbo de las llamadas perdidas en medio de la vorágine laboral.

Estaba sola en la cafetería. El espacio abierto y las mesas de taburete no invitaban a remolonear, pero un agradable sol de noviembre atravesaba los ventanales y por unos momentos disfrutó del calorcillo en la cara. Contempló su reflejo tenue en la cristalera. Una ejecutiva joven —la expresión «de mediana edad» luchaba por colarse en la imagen, sin conseguirlo todavía—, alta, pujante, con una espesa melena negra domesticada con alisador. Todo en ella proyectaba dinamismo y calidad. Sonrió. No imaginaba que tardaría bastante en volver a hacerlo.

Acababa de introducir un par de monedas en la expendedora cuando recibió la tercera llamada. La definitiva. La que iba a poner su ordenado mundo del revés.

—Buenas tardes, ¿hablo con Carolina Suances?

—¿Quién es?

Le molestaba la gente que le pedía que se identificara primero. El que llamaba era el inesperado, su nombre debería ir siempre por delante. Sujetó el móvil con el hombro mientras presionaba el botón del capuchino.

—Soy Alejandro Villar, secretario de la embajada española en *Daresalán*.

—¿En dónde? —Distraída, abrió varios cajones en busca de una cucharilla de plástico.

—En Dar es Salaam —repitió el hombre con paciencia—. Tanzania —creyó necesario añadir—. ¿Es usted familiar de Noel Noriega?

—Sí. Bueno, más o menos. Es mi novio.

La palabra sonaba desgastada por el uso; escasa, tras quince años de relación. La humillaba seguir empleándola a los treinta y ocho, sin trazas de verla elevarse a un rango más oficial. Quince años. En los últimos tiempos, todas las discusiones con Noel acababan en lo mismo, antes de que él se marchara de un portazo a uno de sus viajes «de trabajo».

—Entiendo. El señor Noriega la inscribió a usted como contacto de emergencia, ya sabe.

Carolina frunció el ceño. No, no sabía. No tenía la menor idea de que Noel estuviera en Tanzania. Hacía... ¿cuánto hacía que no hablaban? Varias semanas. Un mes, quizá. Tras una pelea mayúscula, había partido sin decir adónde y, desde entonces, silencio. Eso no era extraño. Noel se autodefinía como un «aventurero profesional» —ella lo denominaba bloguero, a secas—, y ya había dejado atrás la época en que se volvía loca de preocupación si no daba señales de vida. Siempre acababa apareciendo tras alguna experiencia alucinante en la selva amazónica o en el mar de Filipinas, donde «no tenía cobertura» o «había perdido el teléfono».

—Verá, el señor Noriega ha sufrido un... un percance en el Ngorongoro.

El vaso de cartón estaba caliente. Carolina pegó un respingo al cogerlo y el café se le vertió en los dedos.

—¿El Ngorongoro? ¿Eso no está cerca del Serengueti?

No pretendía sonar acusadora. Que Noel hubiera sufrido un percance... En fin. Ya había tenido que enviarle copia del pasaporte a Perú y una transferencia de dinero a Indonesia. Pero no podía creer que hubiera viajado al Serengueti. A las grandes llanuras de África. A la cuna de las novelas que ella se sabía de memoria. De todos los destinos del mundo, Noel no podía haber escogido el único que ella llevaba toda la vida soñando conocer.

Se lo había prometido. Con una punzada, recordó aquella noche hacía tanto tiempo, cuando la palabra «novios» aún era nueva y excitante, en que él quiso saber por qué la atraía tanto la sabana africana. «Bueno, por los animales, los paisajes..., todo eso». Una respuesta ramplona, impropia de una universitaria inteligente. Le hubiera gustado hablarle del sombrío simbolismo de *Las nieves del Kilimanjaro*; de la dulzura victoriana de Isak Dinesen en su cafetal de las Tierras Altas; de la emoción infantil, mezclada con un no tan infantil atisbo al horror de lo salvaje, al aventurarse tras la pista del doctor Livingstone de la mano de sir Henry Stanley. En su imaginación, África era luz y tinieblas, la condensación de la misma esencia del ser humano; y Tanzania, la bella Tanzania, con su alegre costa *swahili* y sus montañas majestuosas, con ese vasto océano de hierba verde y dorada que llaman Serengueti, se había convertido en un referente para ella. Un lugar idealizado por sus lecturas, al que siempre había deseado ir y nunca se había atrevido por temor a defraudar sus propias expectativas.

No llevaban juntos el tiempo suficiente para sentirse cómoda abriendo su corazón, así que solo le salieron aquellos tópicos tontos. Noel la había mirado largo rato, calibrándola con esa picardía suya azul chispeante, y supo ver todo lo que no expresaba. «Yo te llevaré —le dijo—. Te llevaré al Serengueti y lo convertiré en el viaje de tu vida, ya verás. Allí pasaremos nuestra luna de miel». «¿Nuestra luna de miel? —replicó ella riendo—. ¿Y si no llegamos a casarnos?». No imaginaba lo premonitorias que serían sus palabras. Y tampoco las de Noel, que se dejó caer sobre la almohada con dramatismo: «Pues moriré miserable sin haberlo visto nunca».

—Sí, el Ngorongoro está de camino al Serengueti —respondió el secretario de la embajada—. Es un lugar impresionante, ¿sabe usted? El Edén encerrado en un antiguo cráter volcánico. Estupendo para safaris. Allí hay leones, claro. Lo raro es que se aventuren por el territorio masái.

El hombre charloteaba nervioso, y fue eso, más que cualquier otra cosa, lo que alertó a Carolina.

—¿Leones? —repitió despacio, secándose el café caliente de las manos con una servilleta de papel.

—Sí. Bueno, solo uno. Un macho adulto, solitario. Es algo extraño, ya le digo. Los *rangers* suelen tenerlos bien controlados. Hacía años que no atacaban a turistas.

¿Un ataque? Dejó caer la servilleta, frenada en seco por la terrible implicación de esas palabras.

—¿Qué le ha pasado a Noel? —preguntó con un hilo de voz.

Oyó al hombre tomar aliento al otro lado de la línea, muy incómodo.

—El león lo sorprendió anoche en la región del Ngorongoro. Lo siento mucho…, ha muerto.

2

Gris en el mapa

El móvil resbaló de su hombro y cayó al suelo. Ella se quedó mirándolo, aturdida. Muerto. Noel. Desde la fina moqueta de oficina le llegaban las palabras sueltas del secretario: «Solo», «jeep», «plena noche...». «¿Señora Suances?». «¿Carolina?». Y luego, un frustrado «¡Mierda!». No le importó. De repente tuvo la absurda, la irracional idea de que, si no recogía el teléfono, todo aquello desaparecería como había llegado: sin avisar y sin esperarlo.

Un bullicioso grupo de compañeros se acercó a la máquina de café.

—¿Qué tal todo, Carol?

Ella los saludó mecánicamente. Su vida se estaba haciendo pedazos y era demasiado complicado para contarlo.

—Se te ha caído el móvil.

—¿Va todo bien? Estás temblando.

Muerto. Muerto, muerto, muerto. Noel, el de los ojos chispeantes. El de los viajes arriesgados. Tantas veces ella se había preocupado sin motivo... No. Era imposible. Un error. En cualquier momento aparecería con una buena explicación para ese malentendido. No podía estar muerto. Y por un león. ¡Un león! Boqueó, tratando de coger aire.

—¿Te encuentras mal?

Negó con violencia. Odiaba que la vieran perdiendo el control. Lo único que necesitaba era estar sola y pensar con calma. Tenía que salir de allí. Esconderse.

—Yo... —intentó articular—. Decidle a Marcos Albín que...

No fue capaz. Casi a ciegas, sin recoger siquiera el abrigo, huyó de la oficina y buscó refugio en su Mini rojo. Desde allí, antes de permitirse pensar en sí misma, antes de plantearse siquiera cómo contárselo a la madre de Noel, tecleó un mensaje para su jefe explicando su ausencia y asegurándole su compromiso con el proyecto. «Terminaré a tiempo». Su vida estaba naufragando y el trabajo seguía siendo el puerto del rescate. O del olvido.

En los días terribles que siguieron, cuando cualquier pensamiento servía para evadirse de la rotundidad de su pérdida, Carolina se aferró a la cuestión que le causaba el dolor menos amargo: ¿por qué Noel había ido a Tanzania sin ella? La pregunta martilleaba sus noches de insomnio. ¿Cómo había arruinado así la expectativa del único viaje que a ella le importaba? La torturó mientras recibía llamadas de pésame; mientras Marcos Albín, apiadado, la enviaba de vuelta a casa cuando se presentó en la oficina al día siguiente —«Tómate unos días, mujer, ya buscaré quien prepare lo de Lacroix»—; mientras la madre de Noel la relevaba de la carga burocrática «Porque tú no tienes ninguna relación oficial con él».

Esa fue la ocasión que más cerca estuvo de estallar. Ocurrió en el aeropuerto, adonde ambas acudieron a recibir el cuerpo. Ya al entrar a la anticuada terminal de Barajas la hirió el recuerdo de Noel tras su viaje a Sri Lanka, hacía varios años. Solía estar demasiado ocupada para ir a recogerlo, así que él no la esperaba. Lo vio aparecer por las puertas automáticas con la mochila al hombro, arrastrando una maleta grande que debía de pertenecer a la abuelita que lo acompañaba. Atento, campechano, con los rizos castaños aclarados por el sol y un colgante de conchas blancas en el cuello; la estampa perfecta de la generosidad y la paz de espíritu.

Carolina, todavía dándole vueltas a algún follón de trabajo, se encontró de pronto envidiando su vida libre, su despreocupación. Si ella se inhibiera de toda responsabilidad, también podría dedicarse a ayudar a amables ancianitas. Estaba debatiéndose con la ambivalencia de sus sentimientos cuando él la vio; su reacción fue tan espontánea que se avergonzó de sí misma. Sorprendido, encantado de verla, soltó maleta y mochila y corrió a alzarla en vilo como en un drama de película: una bienvenida exagerada a propósito para escandalizar a la multitud que esperaba a los viajeros. «Ya estamos con las escenitas», le había susurrado ella al oído. Y Noel rio con ganas, sabiendo que entre la censura y el halago siempre triunfaba este último.

Esa vez, la espera era macabra. Su cuerpo volaba a Madrid entre las maletas de la bodega de un vuelo comercial y no habría abrazos de bienvenida cuando aterrizara. Se estremeció.

—¿Has traído una chaqueta? —le preguntó Elvira, la madre de Noel, con aire ausente.

—Estoy bien.

Al menos, no tendría que enfrentarse a las puertas automáticas. Un cohibido empleado del aeropuerto las condujo a una sala pequeña sin ventanas, algo claustrofóbica. «La Guardia Civil las avisará cuando bajen el féretro». ¡El féretro! La idea de Noel viajando en un ataúd se le hacía insoportable. Había una única silla de plástico y Carolina se quedó de pie.

—¿No quieres...?

—No, gracias.

Aquella solicitud distante, aquella serenidad artificial de la madre de Noel, le atacaba los nervios. Ni aun jubilada abandonaba el estoicismo de médico que sabe que la muerte es inevitable y, casi siempre, injusta. Viuda desde que Noel era un niño, lo había criado sin ayuda y, además, había sacado adelante una clínica oftalmológica en el centro de Madrid. Era una mujer templada, que incluso para recibir el cadáver de su hijo estaba tan compuesta como si acabara de salir de la peluquería. Carolina siempre había admirado su entereza, pero, ahora que la desgracia la tocaba de cerca, se veía incapaz de emularla. Habría preferido verla un poco más rota para no sentirse tan sola, tan empequeñecida en su dolor.

La espera se hacía larga y volvió a darle vueltas a aquella pregunta obsesiva: ¿por qué Tanzania? Cierto que su relación se había deteriorado mucho desde aquellas bienvenidas de película. Hacía años que no acudía a recogerlo. Últimamente, tras pasar semanas separados, apenas apartaba la vista del ordenador cuando oía la llave en la cerradura de la puerta. Él la saludaba con indiferencia y se encerraba en el estudio a editar los dichosos vídeos para el blog. ¿Dónde quedaba la emoción de los reencuentros? ¿Dónde las charlas hasta la madrugada, los proyectos en común? Ahora que lloraba su pérdida, Carolina llegó a reconocer, con honestidad descarnada, que su relación llevaba ya algún tiempo muerta. Quizá desde que ella no iba al aeropuerto. O desde que él ya no la levantaba en vilo al recibirla prometiéndole al oído una noche de pasión.

Hay algo injusto en la muerte de una persona con la que estabas peleada. La tragedia exige perdón, pero los motivos no desaparecen, se quedan en un limbo que ya nunca se resolverá.

—¡Eres un egoísta! —le había gritado aquella tarde, la última tarde, aunque ninguno de los dos lo sabía—. Solo te preocupas por ti y yo me siento sola. Se me hace muy difícil convivir con tus ausencias.

Al morir, Noel había fabricado sin quererlo la mejor excusa posible para sus reproches. Ahora sí que la había dejado sola de verdad y para siempre; ella podía enfadarse con el destino, con el león o con el secretario del embajador, pero no con él. Ya no tenía el más mínimo derecho a enfadarse con él.

¿Por qué Tanzania? Era una pregunta menos compleja, menos dolorosa que enfrentarse al mar de fondo de su relación. Él había incumplido una promesa. Eso era algo innegable, alejado de dudas, discusiones y soledades. Y alejado también de la añoranza. Porque esa es otra de las amarguras de la muerte: que difumina los malos recuerdos y saca lustre a los buenos. Quien moría para Carolina era el Noel de antaño, el de los ojos chispeantes y las escenitas de aeropuerto, no el muñeco apagado y caprichoso de los últimos años.

«No supiste retenerlo». El reproche lo leyó en los ojos de Elvira cuando le dio la noticia. «No supiste retenerlo a tu lado y ahora está muerto». Le dolió. Ambas habían compartido la frustración de ver a Noel tirar su carrera por la borda. Porque no siempre había sido un aventurero profesional: hasta hacía tres años, Noel era un oftalmólogo reputado que aprovechaba sus vacaciones para viajar. Tampoco a su madre le había gustado que abandonara la medicina y cerrara la clínica —su clínica, la que ella había fundado—, para convertirse en un bloguero ambulante.

«Llegada del vuelo PT3568 procedente de Lisboa», anunció una voz clara por megafonía. Carolina consultó el reloj. Pasaban veinte minutos de la hora prevista para el aterrizaje. El cuartito era una nevera y olía a rancio. Y Elvira, muy erguida en la silla de plástico, seguía sin pronunciar palabra.

El pensamiento de Carolina se deslizó de nuevo hacia Noel. Siempre había sido un viajero apasionado y un estupendo narrador. Al principio de su relación, le encantaba oírlo hablar de los volcanes de Sumatra, los glaciares islandeses o las plantaciones de anacardos en la India.

—En el próximo viaje, te vienes conmigo.

Ella reía y negaba con la cabeza:

—Estás loco. Acabo de empezar a trabajar, no puedo irme de vacaciones.

No era solo trabajar. Blacktech la absorbía. Se la comía. Carolina, brillante programadora especializada en páginas web, tenía un perfil muy demandado entre las consultoras tecnológicas y pudo elegir la mejor. El «Acabo de empezar» se convirtió en «Ahora tengo más responsabilidad» y luego en «Me juego un ascenso». Nunca era buen momento para tomarse un respiro.

—Algún día te convenceré —decía él a la vuelta de su enésimo viaje solo.

Dividida entre su carrera y su pareja, Carolina comprendió que aquello no era sostenible. Debía ceder un poco, acercarse a esa pasión de Noel. Y fue precisamente su miedo a perderlo lo que la impulsó a prepararle el regalo que, al final, acabaría por distanciarlos: una web donde publicar los vídeos de sus viajes.

—Así podrás contarme tus experiencias mientras las vives. Será nuestro buzón virtual instantáneo. Mira, la he llamado «Postales a Madrid».

Noel se entusiasmó. La web era fantástica, un prodigio de diseño que atestiguaba la habilidad de Carolina. La página de inicio era un mapamundi interactivo, en el que los vídeos, integrados desde YouTube para aumentar la difusión, emergían sobre la región correspondiente en pequeños *pop-ups* con un ribete de postal. Los países explorados se mostraban en naranja, en contraste con el gris de los que no conocía.

—Así ves enseguida qué lugares te quedan por visitar.

«No supiste retenerlo».

Él correspondió publicando reportajes dignos de un documental. Datos históricos, paisajes, charlas con los nativos; hasta el emplazamiento de la grabación lo escogía con esmero.

Era un chico guapo que sabía soltarse ante una cámara y, pronto, no fue Carolina la única que veía sus vídeos. Empezó a atraer atención de la gente, a recibir comentarios. «¡Qué maravilla de lugar!». «Gracias a ti, ya tengo destino para este verano». Halagado, compró un portátil más potente, un micrófono profesional, un dron con videocámara. Cuando Carolina, harta de esperar un compromiso que nunca llegaba, invirtió sus ahorros en aquel magnífico loft, su condición para mudarse con ella y empezar una vida en común fue dedicar una habitación a estudio. Eso había ocurrido hacía tres años y, unos meses más tarde, Noel dio la puntada final anunciando por sorpresa que traspasaba la clínica que le había cedido su madre al jubilarse; que echaba al garete su carrera, su experiencia y sus pacientes para dedicarse a explorar el mundo. Carolina, que tanto disfrutaba de sus relatos, nunca pensó que acabaría compitiendo con ellos por la atención y la vida entera de Noel.

Durante esos tres años, ver Tanzania en color gris en el mapamundi era una de las pocas cosas que la reconciliaban con aquella necedad. Noel disfrutó de su libertad bloguera para viajar por los cinco continentes sin acercarse siquiera al Serengueti. Jamás le propuso visitarlo juntos, y Carolina, dolida por las grietas de la relación, demasiado orgullosa para insinuar nada, tampoco volvió a mencionarlo.

Cuarenta minutos de retraso. Sacó el móvil del bolsillo. ¿Estaría Tanzania todavía en color gris? Noel había permanecido un mes allí; era impensable que estuviera tanto tiempo sin colgar vídeos para sus seguidores. Hacía mucho que Carolina no entraba en «Postales a Madrid» —era su particular forma de rebeldía—, pero no había eliminado el blog de su lista de favoritos.

—¿Los familiares de Noel Noriega? —preguntó un guardia civil asomando la cabeza.

Elvira se levantó de golpe.

—¿Ya ha llegado?

El ansia temblorosa de su voz impresionó a Carolina.

—Está en la aduana. Necesitamos la identificación efectiva de un familiar en la frontera. La burocracia..., ya saben.

—Soy su madre.

El guardia civil se quitó la gorra.

—La acompañaré junto a su hijo, señora. Será un trámite ingrato, me temo. Imagino que ya les han explicado cómo murió... El velatorio tendrá que celebrarse con el ataúd cerrado.

Elvira tragó saliva, muy pálida. Carolina se adelantó.

—Yo también voy.

—Su esposa, supongo.

—Su novia —dijo ella, irguiendo la barbilla.

Incómodo, el agente desvió la vista.

—Lo lamento mucho, solo familiares directos.

—¿No puedo ir?

—Yo me ocupo —dijo Elvira con una frialdad estremecedora. «No has sabido retenerlo»—. Vete a casa y descansa.

3

Incógnitas

Estaba demasiado rota para enfadarse. De vuelta en su apartamento, solo sentía una profunda tristeza. Llevaban quince años juntos y ella no contaba para nada.

La espera en el aeropuerto había sido larga y era casi la una de la madrugada cuando llegó a casa. Se preparó una tila antes de acostarse. Si al menos pudiera dormir. Si pudiera dejar de pensar. La avergonzaba admitir que, en el fondo de su alma, sentía un alivio innoble por no haber visto lo que albergaba el ataúd. Aquel león apenas mencionado por el secretario del embajador, aquel temible animal que a saber lo que había hecho con el cuerpo de Noel, empezaba a colarse en sus pesadillas. «Será un trámite ingrato». Se estremeció. Aquello era horrible, horrible. Acabó sumida en un sueño inquieto, en el que una sombra felina acechaba sigilosa por las llanuras africanas que tanto había idealizado.

La despertó el timbre estridente del telefonillo, ya muy entrada la mañana.

—¿Carolina?

Suspiró. Era Elvira. A pesar de la terrible experiencia del aeropuerto, allí estaba, compuesta y maquillada, mientras que ella la recibía en pijama y con el pelo enmarañado.

—¿Fue todo bien anoche? —le preguntó al abrirle la puerta.

—Como debía. —Su tono seco no dejaba el menor resquicio a la confianza.

Carolina se arrebujó en su vieja bata de franela, incómoda sin la armadura de traje y tacones con que solía enfrentarse al mundo. Arrastró los pies a la cocina para prepararle un té. Dos bolsitas, sin azúcar. Después de tantos años, conocía bien sus gustos.

Cualquier otro día, Elvira hubiera esperado con decoro en el salón. Tenía unas ideas anticuadas, un tanto irritantes, acerca de la formalidad debida en una casa. «Pero no te quedes ahí sola como un pasmarote, mamá —le decía Noel guasón—. ¿No nos ayudas a pelar las patatas para la tortilla?». ¡Cómo le gustaba provocar! Esa mañana, en cambio, siguió a Carolina y se apoyó en el quicio de la puerta mientras ella calentaba el agua. Apretaba el bolso con nerviosismo. ¡Elvira, nerviosa!

—¿Has dormido? —le preguntó algo brusca.

—Sí —dijo Carolina en un primer momento—. Bueno, no mucho.

—Tienes mala cara. —Su voz se había dulcificado un poco—. Avísame si necesitas somníferos, a mí me están ayudando.

Carolina asintió sin intención de aceptar. Odiaba aquel león de sus pesadillas, pero debía sufrirlo. Era su castigo por haber evitado el ataúd, por no haberse preocupado por Noel en todo un mes, por... no quererlo tanto como al principio. Sirvió el té en la barra de la cocina, en una muda invitación a compartir un grado de intimidad mayor que el que habían tenido hasta entonces. Elvira tomó asiento frente a ella y dio un sorbo sin dejar de mirarla, como meditando lo que había ido a decirle, fuera lo que fuese.

—Esta mañana he pasado por el banco —empezó al fin—. Fui a cerrar sus cuentas, ya sabes.

De nuevo, Carolina se asombró ante la serena eficiencia de aquella mujer. Su presencia de ánimo la abrumaba.

—Al parecer, hay varios ingresos retenidos, ahora que está... Tienes que firmar una autorización para que te los traspasen a ti.

—No los quiero.

Sabía qué era: los pagos de publicidad del último mes. El dinero que Noel recibía por haber llenado de anuncios tontos la preciosa web que le regaló. No deseaba tener nada que ver con ello.

—Solo es firmar un papel —dijo Elvira impaciente—. Ese blog o lo que sea se lo preparaste tú. Si alguien tiene que quedarse con su salario, desde luego no soy yo.

«¡Ni yo!», quiso gritarle. Era ridículo llamar «salario» a los cien o doscientos euros mensuales que ganaba. «Es una mala racha», se justificaba Noel. «La publi se paga peor ahora». «Han bajado las visitas». «Tan solo necesito un gancho, un buen destino, una buena historia».

Excusas y más excusas. En los últimos tiempos, su relación era todo pretextos y soledades. Apretó los labios. Tenía treinta y ocho años, dos más y sería cuarentona. Ahora que Noel había muerto, podía fantasear con que hubieran podido solucionar las cosas. Que él se habría hartado de aquella vida errante, que habría vuelto a ejercer la medicina. Que se habría casado con ella, aunque no la llevara a Tanzania —ya qué más daba el romanticismo—, que habrían tenido hijos... Hasta en eso había tenido mala suerte: que la abandonara de la forma más definitiva dejando tantas ilusiones sin cumplir.

—Yo tampoco lo aprobaba —dijo Elvira—, pero era su vida. Y ahora hay que cerrar los flecos pendientes, como esa web suya. Habrá que clausurarla, ¿no? Avisar a sus seguidores... Tendrás que ocuparte tú; yo, de ordenadores, no sé nada.

Carolina tragó saliva. Esa manera tan resolutiva de lidiar con la muerte la agotaba.

—De acuerdo, lo haré. Y Noel... —Vaciló—. ¿Está ya en el tanatorio?

—Sí.

—Quiero verlo.

Se arrepintió en cuanto lo dijo. No deseaba enfrentarse a lo que hubiera quedado del ataque; no merecía un castigo tan cruel. Sin embargo, no ver más su rostro sonriente, no volver a sentir el calor de sus abrazos... Elvira le dirigió una mirada larga, compasiva.

—Mejor que no —dijo con voz suave.

Y Carolina, acobardada ante la idea de dar pábulo al león de sus pesadillas, renunció a insistir.

—¿Seguro... seguro que era él? —musitó, aferrada a la última esperanza.

A Elvira se le llenaron los ojos de lágrimas.

—Sí.

Nunca había abrazado a la que habría sido su suegra. Era demasiado fría, demasiado autosuficiente para dar pie a gestos cariñosos, así que se limitó a posar la mano en su hombro. Por muy estoica que se mostrara, aquella mujer acababa de perder a un hijo.

—Debo irme —dijo Elvira, poniéndose en pie—. Aún hay mucho que organizar para el funeral. Será mañana a las once.

—Allí estaré. —Carolina dudó—. ¿Puedo ayudarte en algo?

—En realidad, sí. —Elvira se secó los ojos con cuidado de no estropear el maquillaje y sacó del bolso un paquete de papel de estraza sellado con una pegatina oficial en lengua extranjera—. Es lo que llevaba encima cuando lo recogieron. No he sido capaz...

Carolina lo cogió con dedos temblorosos. ¿Era aquello lo único que le quedaba de Noel?

—Esa chica..., Sonia..., ha traído su cámara de fotos y alguna cosa más —continuó la madre en tono ausente—. Le dije que te lo entregara todo a ti mañana, en el funeral.

—¿Sonia? ¿Quién es Sonia?

—Una amiga suya, al parecer. Llegó anoche, en el mismo avión. Trabajaban juntos en Tanzania y quiso venir a despedirse de él. Está muy afectada.

—No conozco...

—La ropa no la ha traído. Me preguntó si podíamos donarla; allí hace mucha más falta. Le dije que por supuesto.

—¿Y ha volado en el avión de Noel?

—Sí. Una chica muy amable, muy considerada. Se quedó con... con él hasta que llegué yo.

Carolina sintió un regusto amargo en la boca. Esa Sonia, fuera quien fuese, no solo había estado junto a su novio el último mes de su vida, sino que lo había acompañado allí donde a ella no se le permitió. «Tal vez han intimado más de lo que imaginas». Se mordió el labio. No, no debía pensarlo. Pese a las discusiones y la distancia, Noel jamás la habría engañado. Estaba segura.

—De acuerdo —dijo con voz neutra—. Mañana hablaré con ella para que me entregue sus cosas.

—Bien. —Elvira se colgó el bolso al hombro—. ¿Irás luego al banco a firmar?

Carolina suspiró. Era más fácil rendirse.

—Lo haré.

Ya iba a cerrar la puerta cuando se le ocurrió preguntar de pasada:

—¿A cuánto ascienden esos pagos retenidos?

—Este mes le había ido bien. Son tres mil euros.

4
«Postales a Madrid»

Como Elvira había adelantado, los trámites del banco fueron sencillos y Carolina estuvo pronto de nuevo en casa, libre para torturarse con una pregunta menos dolorosa, aunque igualmente inexplicable: ¿qué había hecho Noel en Tanzania? ¿Por qué este viaje había sido distinto?

Porque algo había cambiado, eso estaba claro. Noel llevaba años malviviendo de la publicidad y, de pronto, ¿tres mil euros? Mucho debían de haber subido las visitas al blog para cobrar esa suma. ¿Qué había atraído tanto interés? Solo había una forma de averiguarlo, aunque se resistió a hacerlo durante casi todo el día. Tenía numerosos mensajes de pésame sin responder y una colección de llamadas perdidas; dedicó un buen rato a saldar cuentas pendientes. Aquel asunto intrigante, que la distanciaba de la parte personal de su pérdida, la ayudaba a enfrentarse al mundo con cierta serenidad. Especialmente, a la preocupación ansiosa de su madre, que a la menor flaqueza que hubiera notado se habría plantado en su casa para forzarla a reconocer lo mal que se encontraba y lo mucho que le convenía verbalizarlo.

—Hija, es que te cierras como una ostra y no hay forma de llegar a ti.

El reproche era tan similar a la impresión que ella misma había recibido de Elvira que se sintió incómoda.

—Estoy bien.

Hubiera deseado no hablarle con tanta frialdad, pero ese era el único modo de mantenerse entera: no dar al dolor el más mínimo resquicio por donde colarse. Por eso se había alejado de todo el mundo. Por eso llevaba días sola en casa, dando vueltas a preguntas cuya respuesta temía.

Al caer la tarde, ya no se le ocurrió ninguna otra tarea con la que postergar el momento. Se acomodó en el sofá con una manta de borreguillo y el portátil en el regazo. Hacía tanto que no se preparaba para ver uno de sus vídeos que la sorprendió la naturalidad con que retomó el viejo ritual. Era la única manera de averiguar por qué Noel había ido a Tanzania sin ella y qué había hecho allí para incrementar de golpe su popularidad virtual. Después de tres años de resistencia, debía volver a abrir el buzón de «Postales a Madrid».

No empezó por Tanzania. Hubiera sido un retorno demasiado brusco al mundo bloguero que lo había alejado de ella. Primero navegó por los vídeos de hacía años, cuando los veía con ilusión durante sus ausencias. El mapamundi tenía ya pocas regiones grises: una amplia mancha en Asia Central, el cono sur de África y, por supuesto, Estados Unidos, adonde Noel se negaba a ir por principios. Europa y América del Sur estaban casi por completo en naranja, lo mismo que los ribetes del continente asiático y todos los países que rodean el Mediterráneo. Hasta islas remotas como Mauricio o Nueva Guinea habían recibido su visita.

Viena, verdadera ciudad del amor. El rótulo saltó al pasar el ratón por encima de Austria y se le hizo un nudo en la garganta. Su primer vídeo para la web. Había querido llevarla con él para celebrar su licenciatura en Oftalmología, pero ella estaba demasiado ocupada. Junto al título, la cabecita de Noel sonreía desde un prado con una glorieta amarilla al fondo.

Clicó en la imagen y los jardines del palacio de Schönbrunn llenaron la pantalla.

«Mi querida Carolina:

»Quienes opinan que Versalles es el parque más romántico de Europa no han estado en Viena. ¡Mira qué amplitud, qué esplendor! Aquí no hay una lucha por domesticar la naturaleza; aquí el entorno colabora con los jardineros para crear un edén civilizado. He visitado el palacio —fue la residencia de Sissi Emperatriz— y ahora iré a comerme un bocadillo en aquella colina verde. Desde la glorieta se divisa toda Viena y sopla una brisa espléndida. ¡No veas el calor que hace! Ríete tú de agosto en España.

»Carolina, mi *Panxoliña*, te siento muy cerca en este viaje. Tenías razón: mandarte estas "postales" es casi como tenerte a mi lado. Puedo ser tus ojos en cualquier parte del mundo. Y estos recuerdos no se diluirán con el tiempo. Gracias a tu web, tendremos archivado este viaje, nuestro viaje, para rememorarlo juntos cuando siente cabeza. Carolina, tengo tanto que contarte...».

Pasó a otro vídeo con brusquedad. Aquellos eran tiempos felices; tiempos en que Noel solo hacía dos o tres escapadas al año y cada reencuentro era una gran celebración. Mi *Panxoliña*. ¡Hacía tanto que no la llamaba así! «Entre tú y yo hacemos una Navidad muy internacional», le había dicho una vez entre risas, aludiendo a ese «Carol» por el que la conocían sus amigos. «Si tengo que llamarte «villancico», mejor que en inglés, lo digo en el gallego de mis abuelos». Y *Panxoliña* se quedó, un diminutivo que siempre le había parecido absurdamente tierno para una persona alta y pujante como ella.

Borneo, hogar del orangután. Otro viaje rescatado de los inicios del blog. Ese no fue un vídeo improvisado; con fotografías y breves grabaciones, Noel había editado un minidocumental, solo para ella.

«Mi querida Carolina:

»Aquí va mi postal para ti desde una selva que habla de los orígenes del mundo. Llevo tres días en Borneo, viajando en barcaza por el río. Por las noches duermo en cubierta, bajo un tinglado de mosquiteras, y no hay más luz que la de las luciérnagas revoloteando sobre el agua.

»¡Ayer vi mi primera orangutana! Me pasé horas sentado en un claro, soportando el calor húmedo sin mover ni un dedo. El sudor me caía por la espalda mientras examinaba los alrededores en busca de alguna señal de vida. De pronto, al fondo, se agitaron unos árboles y una sombra se acercó por las alturas colgándose de rama en rama como si fueran lianas. Iba tranquila, sin grandes aspavientos, haciendo acrobacias con la naturalidad de quien camina por la calle. Al verme, se quedó quieta. Tenía el pelaje suave y castaño rojizo. Con el primer rayo de sol, se volvió un peluche dorado.

»Carolina, cariño, no voy a decirte que ojalá estuvieras aquí conmigo porque ya siento que lo estás. Estoy viajando para ti. Presto más atención a las historias que me cuentan, voy con la cámara lista para captar momentos que puedan gustarte. Mi *Panxoliña*, aunque no hayas podido acompañarme a Borneo, me encanta pensar que te lo estoy llevando a casa».

¡Cuánto había insistido Noel para que viajara con él aquella vez! «Con las ganas que tienes de ir a África de safari, Borneo te encantaría». Ella, enfrascada en el enésimo cliente importante, ni lo había considerado. Solo cuando vio los orangutanes a través de los ojos de Noel, comprendió lo bien que empezaba a conocerla. Porque aquella travesía romántica en barcaza por la selva virgen y aquellos peluches dorados haciendo monerías a diez metros de ella hubieran sido recuerdos maravillosos que compartir en pareja.

—En realidad, lo he idealizado un poco —la consoló él la noche del reencuentro.

—¿En serio?

—Quería que tuvieras un viaje especial. En el río hay tantas barcas que pierdes la sensación de aventura. No estás solo en ningún momento; ni entre las luciérnagas ni entre los orangutanes.

Ella se subió un poco la sábana, pensativa.

—Prefiero imaginar esos lugares como tú me los presentas. Prefiero soñar.

Otra gente parecía preferirlo también. El blog empezó a recibir visitas y comentarios: «Me ha encantado el bebé orangután jugando con su hermanito mayor». «¿Habéis visto cómo se meten los plátanos enteros en la boca?». Aquello fue un chute de moral. Animó a Noel a viajar más. Las Galápagos, Samarcanda, Brasil. Enviaba sus postales virtuales a Carolina y, como ocurre con las postales de verdad, otros muchos ojos las veían por el camino con la complacencia de atisbar algo íntimo y hermoso. Perú, Egipto, Filipinas. Su popularidad siguió creciendo; los viajes se volvieron más frecuentes. Hasta que un día Noel, oftalmólogo reputado con clínica propia en el centro de Madrid, decidió dejarlo todo por viajar y hacer soñar a los demás.

—Es la ilusión de mi vida, *Panxoliña*.

Eso supuso un punto de inflexión como pareja. No inmediatamente; las grietas en los cimientos no emergen enseguida. Carolina, sola en su loft con las videopostales por compañía, se volcó aún más en el trabajo. De repente, ella era la única que ganaba dinero, la que pagaba las facturas, la adulta. «Tienes que vivir más», le decía Noel, apresurado entre un vuelo y otro. ¿Cómo? ¿Cómo vivir más si su novio la tenía atada a una relación virtual compartida con un montón de desconocidos?

A medida que su amor se enfriaba, el blog de Noel fue cambiando, se hizo más impersonal. Dejó de hablarle solo a ella para dirigirse a toda la comunidad. Carolina pasó el ratón sobre el vídeo de Marruecos. Ese no lo vería. Le había dolido mucho el momento en que Noel abandonó el encabezado, aquel «Mi querida Carolina» que tan íntimo resultaba en sus ausencias.

«Casablanca. Los que estéis imaginando una escena a lo Humphrey Bogart, dejad que os desengañe, porque esta ciudad es ruidosa, sucia y muy poco romántica».

En vez de agradecer que le abriera la puerta, su comunidad acogió el cambio con bastante indiferencia. Luego empezaron las causas: organizaciones ecologistas, movimientos políticos... Noel se erigía en portavoz de todo lo malo que veía en sus viajes y su blog se volvió más reaccionario. Y más anodino.

«Haití. Aún no recuperados del terremoto... Pobreza... Hambre...».

Empezaron a bajar las visitas.

—La gente quiere soñar, Noel —le decía ella cuando veía que se desesperaba.

No añadía: «Y yo también». Porque Noel, atrapado en un millar de causas justas, ya no viajaba para ella. Ahora viajaba para salvar el mundo.

«Israel, de víctima a maltratador. Parece mentira que un pueblo tan perseguido castigue de esta forma...».

Carolina frunció los labios al recordar aquel episodio, hacía dos años. Tras una época muy dura en Blacktech, había hecho un esfuerzo por tomarse unos días libres. Tenía ganas de descanso y le propuso a Noel unas verdaderas vacaciones, juntos y solos. Aquello causó la peor discusión en quince años de noviazgo.

—Vámonos a las Seychelles. Dos semanas de sol y playa, alejados del mundo.

—¿A las Seychelles? ¿Y qué material voy a sacar yo allí?

—No todos los viajes tienen que ser para el blog.

—Las Seychelles son una trampa para turistas. Quiero explorar Israel, me han dicho que los Altos del Golán...

—Venga, así te tomas un respiro tú también. Necesitamos relajarnos.

—¿En una playa idílica con cocoteros, para poder presumir de rica cuando vuelvas?

No supo qué le dolió más, si la frase o su sarcasmo.

—¿Las Maldivas, entonces? —murmuró, desesperada por rescatar una relación que hacía aguas.

—Aún peor.

—¿Y Málaga? ¿O Menorca?

—En España no hay verdaderos problemas. ¿Dónde está tu conciencia social? Tengo que ir a Israel; es el mayor ejército que...

Su voz sonaba dura. Dogmática. El índice de visitas bajaba y necesitaba encontrar buenas historias. Carolina agachó la cabeza. Su protesta fue tan bajita que Noel ni la oyó.

—Yo lo que quiero es soñar.

Australia, canguros en peligro. Cabo Verde, las islas que Portugal abandonó. Sus vídeos acabaron siendo meras proclamas indignadas sobre lugares comunes; nada que ver con la originalidad chispeante del principio, cuando le enviaba susurros al oído. No hubo más cabeceras dedicadas, y las visitas seguían cayendo.

Se entristeció repasando los vídeos de los últimos años. Eran agresivos e intransigentes; un poco histéricos, incluso. Conociéndolo como lo conocía, empezaba a entender su amargura: cuanto más se esforzaba, más indiferencia cosechaba. Sintió algo de pena por él.

Pensativa, volvió la vista a África Oriental, donde Tanzania, a orillas del Índico, invitaba a entrar en aquel Congo que Joseph Conrad llamó «el corazón de las tinieblas». Como sospechaba, el país aparecía en naranja. ¿Qué le había sucedido allí a Noel? ¿Qué fue lo que tanto reavivó su popularidad?

Pasó el ratón por encima y el contador desplegable mostró tres vídeos. El primero se titulaba, con un tono algo sentimental, *Mi Serengueti*. El segundo, recibía el nombre dramático y contundente de *Al borde del abismo*. Pero fue el tercero el que la conmovió. Se quedó mirándolo largo rato, aturdida. Ni lugares exóticos ni causas mundiales. La última vez en su vida que Noel se había puesto delante de la cámara había sido para grabar un vídeo al que llamó, sencillamente, *Mi querida Carolina*.

5

Mi querida Carolina

El impacto fue como una bofetada. Allí estaba ella, explorando una web que llevaba años sintiendo tan lejana, y él le enviaba semejante dardo al alma. *Mi querida Carolina*. Junto al rótulo, la miniatura de la imagen mostraba a Noel ante un fondo de troncos, como si estuviera dentro de una cabaña. ¿Había grabado el vídeo desde el Ngorongoro? ¿En el mismo lugar donde murió? Lo iluminaba una cálida luz amarilla, debía de ser de noche. Se estremeció al imaginar al león rondando por el exterior mientras él le dedicaba a ella, ¡a ella!, sus últimas palabras.

Desvió el ratón al vídeo titulado *Mi Serengueti*. Era más fácil empezar por ahí, y más lógico, si quería averiguar qué lo había conducido a Tanzania. El título, con su aroma a literatura colonial, la indignó un poco. ¿Qué derecho tenía a apropiarse de la sabana africana con la que ella llevaba años soñando? La cabecita del desplegable aparecía contrastada en otro entorno. Paredes blancas, una camilla a un lado y, al fondo, un póster de la anatomía del ojo. «¿Qué estabas haciendo en Tanzania, Noel?».

«Hola a todos:

»Disculpad mi ausencia de estas últimas semanas. Llevo

casi un mes en Tanzania y no os he contado nada. He estado pensando mucho... y aprendiendo mucho también.

»Este será un vídeo un poco distinto. No os voy a hablar de África, al menos, no todavía, eso ya llegará, sino de mí. Probablemente no sepáis que, antes de dedicarme a viajar por el mundo, yo era oftalmólogo. Con mi consulta, mi bata, mi piso en el centro de Madrid... Lo sé, os resulta increíble. Muy poco apropiado para un hippy errabundo como yo, ¿eh? Hace tres años dejé la vida burguesa para lanzarme a la aventura. No estaba satisfecho, supongo. La rutina, las facturas..., era aburrido.

»En este tiempo, he visitado lugares increíbles y he charlado con gente fascinante. Sin embargo, en cierto modo, también era una vida vacía. Ante la cámara siempre os cuento lo bueno y sé que os doy un poquito de envidia. ¿Qué interés tendrían para vosotros las comidas tristes en bares a solas, las noches en blanco en hostales cutres, la añoranza por mi novia... Carolina?

»¿Recordáis a Carolina? Hace tiempo que no os hablo de ella. No. Hace mucho que no hablo con ella a través de estos vídeos. Ella aliviaba mi soledad durante el viaje, y lo echo de menos. Aquí, en Tanzania, la he traicionado en más de una forma. Tiene mucho que perdonarme.

»Antes de explicaros más, sigo con la oftalmología. Ya me veis, en bata blanca en un consultorio africano. Estoy en Dar es Salaam y llevo todo este mes colaborando con una asociación llamada Angalia. Significa "mirar" en *swahili*. Atendemos a gente que no puede permitirse ir al médico: curamos infecciones oculares, les proporcionamos gafas desechadas en el primer mundo. Si queréis colaborar, ya sabéis: Angalia. Y hasta operamos glaucomas y cataratas. ¡Devolvemos la vista a personas que iban a quedarse ciegas por no tener dinero para una intervención! ¿Podéis imaginaros la satisfacción vital que da algo así?

»He redescubierto la pasión por mi trabajo. Estoy ayudando de verdad y eso me reconcilia no solo con los once años que creía haber malgastado estudiando, sino también con esos episodios ocasionales de vacío en mis viajes. Creo... creo que he encontrado lo que quiero hacer el resto de mi vida. Aunque eso signifique renunciar a otras cosas importantes.

»Mañana saldremos de ruta por el país con un consultorio portátil. Llegaremos hasta el corazón del Serengueti y os confieso que me siento algo culpable. Este era el viaje soñado de Carolina. ¡Las ganas que tenía de ver jirafas, cebras, elefantes y, sobre todo, la gran sabana africana! Mi *Panxoliña* no lo mencionaba nunca, pero yo veía su anhelo en la biblioteca atestada de títulos como *Memorias de África* o *Las nieves del Kilimanjaro*, y en la luz de su sonrisa cuando le prometí que allí pasaríamos nuestra luna de miel, que este sería un destino que ella no vería a través de mis ojos, sino yo a través de los suyos.

»Y aquí estoy, a punto de ir al Serengueti, a su Serengueti, sin ella. No sé si podrá perdonármelo. Carolina y yo, os lo confieso, llevamos algún tiempo distanciados, y este desplante mío no ayudará. Ni siquiera sabe que estoy aquí. Me acobardó decírselo y ella ya no ve mis vídeos. No sé qué pasará cuando descubra que he renunciado a ver el Serengueti a través de sus ojos por devolverles la capacidad de verlo por sí mismos a los hombres que lo habitan. Es un objetivo admirable, ¿no creéis? No, no creo que pueda perdonármelo.

»En fin. La decisión está tomada. Desde aquí hay mil kilómetros de trayecto. Las carreteras de Tanzania son difíciles e iremos montando el consultorio portátil por el camino. Tardaremos una semana en llegar al Serengueti y será toda una aventura. Algunos de esos pueblos no han visto jamás a un blanco. Me han dicho que los niños nos miran con asco, como si tuviéramos alguna enfermedad en la piel. Ya os iré contando.

»El equipo es estupendo. Somos cinco e iremos en dos jeeps. Me acompañan...».

Carolina paró el vídeo, profundamente dolida por la ligereza con que Noel destruía su sueño más querido. ¿La relegaba así por una estúpida expedición? ¿La traicionaba así, a conciencia, sin mostrar el más mínimo reparo?

—Egoísta —susurró—. Eres un egoísta.

Sin embargo, debía de ser la única que lo pensaba. El vídeo tenía miles de visualizaciones y más de doscientos comentarios, todos ellos cantos de alabanza al desinterés y el giro vital de su novio. «¿Y yo qué?». Nadie se acordaba de ella. A nadie parecía importarle que él hubiera renunciado públicamente a su promesa más íntima, al último retazo de lealtad hacia su relación.

Necesitaba digerir todo aquello, demasiadas impresiones para asumirlas todas de una vez. Volvió al principio de la grabación. Ahora que conocía el contenido, pudo prestar más atención a los detalles. A su boca tensa, a pesar de la calma con la que hablaba. Al ribete triste de su sonrisa chispeante. Al temblor de la mano que se pasó por los rizos castaños, ese gesto que tan bien conocía. Noel se expresaba con una franqueza aterradora sobre temas que llevaban años evitando, pero ya no le pareció tan ligero. Miraba a la cámara de frente, sin evadir la responsabilidad de la culpa.

«... en cierto modo, también era una vida vacía...».

Ojalá le hubiera hablado alguna vez de su aislamiento en lugares lejanos, de las noches echándola de menos. Como el resto de los seguidores, ella imaginaba que sus viajes eran un parque de atracciones perpetuo, un disfrute permanente sin pesares ni nostalgias. Ojalá hubiera sabido que él también la añoraba. Se habría sentido un poco menos sola.

«Aquí, en Tanzania, la he traicionado en más de una forma. Tiene mucho que perdonarme».

Su tono era resignado, incluso parecía arrepentido, como

si su traición no tuviera ya remedio. «Tiene mucho que perdonarme». ¿Se refería solo al Serengueti o había algo más? La sospecha de una traición mayor, totalmente inexcusable, flotaba densa sobre ella. Apretó los labios al recordar el nombre que Elvira había pronunciado inopinadamente esa misma mañana. Sonia. La compañera desolada por su muerte que había volado a España para despedirlo. La que veló el cadáver en la aduana hasta que su madre pudo hacerse cargo de él. Sonia. Noel jamás la había mencionado. Era injusto pensar mal de él cuando ya no podía explicarse, pero la duda le espesaba el ánimo. «Mañana —se dijo—. Mañana, en el funeral, estará ella y lo sabré».

Siguió adelante con el vídeo. A pesar de la tensión, de la franqueza descarnada, distinguía en Noel una renovada paz consigo mismo. Se lo veía bien en el consultorio africano. Mucho más sereno que en el rapto histérico de defender todas las causas del mundo. Hablaba desde el corazón, como en aquellos primeros tiempos en que sus «Postales a Madrid» eran susurros de amor. Aquel sí era el Noel que conocía.

«Creo que he encontrado lo que quiero hacer el resto de mi vida. Aunque eso signifique renunciar a otras...».

La mirada azul de Noel atravesaba la pantalla y su mensaje era claro: se estaba planteando dejarla por una clínica en África. Y lo decía así, en público; quizá porque le resultaba más sencillo desnudar su alma ante miles de desconocidos que ante ella. De pronto, tuvo miedo del contenido del último vídeo. Ese *Mi querida Carolina*, ¿acaso iba a ser la despedida que no se había atrevido a formular en persona?

«Mañana saldremos de ruta... hasta el corazón del Serengueti y os confieso que me siento algo culpable».

No lo parecía. Por muy emotivo que fuera el recuerdo de su promesa de hacía tanto tiempo, por mucho que admitiera su traición, actuaba como si ya la hubiera dado por perdida. De nuevo, salvar el mundo era más importante que ella. Le rompía el alma enfadarse con él cuando ya estaba muerto, pero aquello dolía. ¡Cómo dolía! Reactivó el vídeo y esa vez, lo vio hasta el final:

«El equipo es estupendo. Somos cinco e iremos en dos jeeps. Me acompañan Sonia, Kai, Leonard e Inno. A Sonia ya la conocéis de cuando coincidimos en la India. Hemos mantenido el contacto y fue quien me invitó a colaborar con Angalia. Lleva seis meses aquí.

»Kai es el director de la asociación. Un tío interesante que dejó su vida en España para dedicarse a trabajar para los más desfavorecidos. Inno y Leonard son tanzanos. Inno es nuestro chico para todo: se ocupa de los suministros, de encender el generador cuando hay cortes de luz, algo bastante habitual, y será el chófer y el cocinero de la expedición. Es majo, aunque no hemos conectado mucho, no sabría explicar por qué. Con Leonard sí que he congeniado. Estudió oftalmología aquí, en Tanzania, y comparar conocimientos con él ha sido una auténtica cura de humildad. Se ha enfrentado a enfermedades que yo no he visto más que en los libros y hasta ha operado cataratas a la antigua usanza, solo con bisturí. ¡Imaginaos algo así en Europa!

»Este es el equipo con el que me voy mañana rumbo al Serengueti. Será toda una aventura, la más grande que he vivido nunca, creo. ¡Ya os iré contando! Gracias por estar ahí. ¡Os quiero!».

Era una frase hecha, lo sabía; sin embargo, esa expresión del cariño que tanto le había escatimado a ella la sintió también como una traición. Cada una de sus palabras ahondaba más en la herida. «A Sonia ya la conocéis». Así que el capricho del destino que lo había llevado al país de sus sueños tenía nombre de mujer. También eso lo sumó a la lista de agravios.

Necesitaba terminar cuanto antes con eso y pasó al segundo vídeo. *Al borde del abismo*. ¿De qué abismo? Creyó entenderlo al observar el escenario que Noel había escogido. Estaba al aire libre en un paisaje imponente. Tras él, el terreno desaparecía en un escalón abrupto y, allá abajo, una extensa planicie se perdía en las montañas azuladas del fondo. Era un valle, sí, pero de una amplitud sobrecogedora.

«Hola a todos:

»En África, la geografía tiene algo de dramática. Mirad detrás de mí: es la escarpa del Rift, una grieta descomunal de más de dos mil kilómetros que algún día acabará partiendo el continente en dos. Hoy hemos montado el consultorio allá abajo, junto al lago Manyara. Me hubiera gustado quedarme a contemplar el cuadro rosado de los flamencos al atardecer, había tal serenidad… Pero debíamos continuar, y menos mal que lo hemos hecho con luz, porque la carretera que asciende hasta aquí es infernal: un largo y tenso zigzag con la selva a un lado y el farallón cortado a pico al otro.

»Haremos noche encaramados a la escarpa del Rift. Ya estamos en las Tierras Altas tanzanas y el paisaje es distinto. Más salvaje».

Se quedó callado unos momentos. Carolina, que lo conocía bien, pensó que parecía desanimado. Noel suspiró antes de seguir hablando.

«Ojalá Carolina viera aún mis vídeos. Esto le gustaría. África es tal y como ella la imaginaba: indómita, majestuosa… Aquí, los humanos somos una anécdota. Es tierra de animales, de llanuras enormes, de vergeles inexplorados. Voy entendiendo su fascinación por el Serengueti y estoy arrepintiéndome de haber accedido a ir sin ella».

Volvió a quedarse en silencio. Su humor era extraño.

«Hoy he discutido con alguien del equipo. Es normal que surjan roces, pero me ha dejado mal cuerpo. Estamos aquí para ayudar, no para pelearnos por temas personales.

»Mañana nos dividiremos en dos grupos. Uno de los jeeps irá directo al Serengueti. Yo me detendré un par de noches en el Ngorongoro, tenemos que atender a alguien allí. ¿Quién sabe? Quizá el destino me esté dando la oportunidad de reconsiderarlo, de reservar el Serengueti para Carolina».

Incómodo, se pasó la mano por los rizos castaños.

«Me encuentro al borde de un abismo, no solo literal, también metafórico. Debo tomar una decisión: esto o Carolina. Así de claro, y de cruel. Lo curioso es que aquí siento a mi *Panxoliña* muy cercana. No sé qué pasará después de este viaje...

»En cualquier caso, espero de corazón que ella venga a África algún día. Conmigo o sin mí».

Noel cortó el vídeo bruscamente y Carolina se quedó mirando su imagen congelada, con el abismo del Rift al fondo y el desenlace definitivo de reconciliación o despedida, no lo sabía, amenazando desde el título que le quedaba por ver: *Mi querida Carolina*. ¿«Querida» de verdad? ¿O «querida» antes de acariciarle una mejilla y decirle adiós para siempre? Lo irónico era que daba igual, el destino y un león de esas Tierras Altas salvajes habían vuelto su decisión irrelevante.

No se sintió con fuerzas para enfrentarse a los dos puntos tras ese encabezado. ¿Qué importaba?, ninguna de ambas opciones aliviaría su amargura. Carolina no había llorado cuando la telefonearon de la embajada; tampoco a solas, esas primeras noches de terrible incredulidad. Ahora, sentada frente a la pantalla de un portátil que siempre le había servido de parapeto contra los excesos viajeros de Noel, se frotó los ojos, casi sorprendida de encontrarlos húmedos. *Mi querida Carolina*. ¡Querida, después de tanta indiferencia! «Aquí siento a mi *Panxoliña* muy cercana». Sollozó. Ahora que volvía a pensar en ella, ¡ahora moría! «No sé qué pasará después de este viaje». Se cubrió la cabeza con las manos y lloró como si su alma fuera a partirse. Demasiado tarde, qué expresión más horrible. Demasiado tarde para perdonarlo, para recomponer su relación; para aliviar la soledad y la añoranza con la que, sin saberlo, ambos cargaban. Ahogando los sollozos en un almohadón, Carolina lloró por la tragedia que suponía la muerte de Noel antes de tiempo, pero más aún por ella y por el abandono al que la había condenado. Y es que ni siquiera el amor demanda tantas lágrimas como la autocompasión.

6

Por la compañía

El llanto la dejó exhausta y se quedó dormida en el sofá. A las cuatro de la madrugada, cuando despertó, el piso estaba a oscuras, solo la pantalla del portátil emitía un parpadeo blanquecino. El vídeo *Mi querida Carolina*, con su fondo de cabaña de troncos, seguía desplegado en el menú. Por primera vez se fijó en el gran número de comentarios. Tenía más que ninguno. «Por eso cambió de registro. Porque le daba audiencia», pensó, y se sintió cínica. Esa idea era más soportable que la de que Noel hubiera sido totalmente sincero.

«Eres un valiente». «Me has emocionado». «Estás haciendo lo que debes». Casi todos los mensajes iban en esa línea. «¡Ha vuelto "Postales a Madrid"! Este vídeo sí que lo he visto con gusto». «Te echábamos de menos». «Así era el Noel que recordaba». «¡No te vuelvas a marchar!». Apretó los labios. Pues se había marchado, mala suerte. Además, ¿qué les importaba a ellos? ¿En qué les afectaba? Aquella gente, desconocidos de trato superficial a quienes ni siquiera les ponía cara, se creían con derecho a juzgar su vida entera, de apropiarse de una intimidad que no les correspondía. Presionó el ratón con rabia. Hubiera debido ser ella, su novia, quien le rogara que no se ausentara, quien le dijera que lo echaba de menos. Hacía tiempo que esas confesiones se le quedaban trabadas en la garganta. No siempre es fácil mostrar afecto a quien más nos importa.

¿Le satisfarían a Noel aquellos aplausos virtuales? ¿Le servirían como sustituto de una relación de verdad? ¿Acaso había sido esa cohorte de seguidores la que lo había alejado de ella al colmarlo de atención hasta que no le hizo falta la suya? Carolina los odió. Bueno, no volverían a saber de él, y seguro que ni se percataban de su desaparición. Un bloguero que se esfuma en internet es el pan cotidiano, más aún si se encuentra en una encrucijada vital. Creerían que se había cansado de los vídeos, que se había quedado en Tanzania a repartir gafas de segunda mano o que se había reconciliado con ella. Sea como fuere, ignorarían la trágica verdad y continuarían con sus vidas mientras ella lloraba una pérdida tremenda.

Dolorida, desvió la vista hacia la ventana. Debería dormir, faltaban pocas horas para el funeral. Seguía resuelta a no tomar somníferos, pero quizá la ayudara un vaso de leche. De vuelta con la taza caliente, tomó el portátil y repasó de nuevo los comentarios. Se sorprendió al comprobar que Noel siempre respondía. Llamaba a cada quien por su nombre y a algunos los trataba como a viejos amigos. Dio un sorbo, pensativa. El calor le hizo bien, se estaba quedando helada en el sofá. Tal vez era injusta con los seguidores de Noel. A lo largo de los años, podía haber construido con ellos una relación más estrecha de lo que imaginaba.

«¿Debería contárselo?». Noel habría querido justificar su ausencia, de eso estaba segura. Aquella web era su vida. Uno no abandona su vida sin dar explicaciones. «Debería hacerlo. Por él».

Odiaba la idea de exhibirse en un vídeo público. Ella era una mujer seria, reservada, incluso. Una programadora que se encontraba más cómoda en las entrañas cibernéticas de internet que sobre el escenario. «Lo hago por él». Con un par de clics, accedió al modo administrador de la web. La había montado ella, conocía sus entresijos mejor que el propio Noel. Sin preparar un guion, sin siquiera arreglarse un poco el pelo o lavarse los churretes de lágrimas, antes de darse tiempo a cambiar de opinión, abrió un nuevo archivo de vídeo y pulsó el botón de grabar.

«Hola:

»Soy Carolina, la novia de Noel. Me conecto para explicaros que él ha muerto en Tanzania. Yo…».

Hizo una inspiración profunda. No se veía capaz de contar cómo había ocurrido, era una muerte tan sucia, tan irrespetuosa… Noel había perdido su condición humana para convertirse en comida. ¡Comida! Era horrible.

«Os agradezco vuestro apoyo».

Se quedó callada. Hubiera deseado hablar de lo importante que era ese apoyo para Noel, de lo mucho que se hubiera alegrado al ver la acogida de sus últimos vídeos, pero no le salían las palabras. Tan solo añadió:

«Mañana tendrá lugar el funeral. En unos días cerraré la web».

Cortó sin despedirse. ¿Cómo había podido Noel hacer eso de forma regular? Ella odiaba ponerse delante de una cámara. Lo publicó tal cual, aun sabiendo lo desabrida y antipática que parecería. La idea de intentarlo otra vez era insoportable.

La leche se le había quedado fría. Con un suspiro, abandonó el nido de mantas y se acercó al ventanal. Doce pisos más abajo, algún coche solitario recorría la Castellana punteada de farolas. El inmenso cielo de Madrid estaba oscuro, salvo por una tenue claridad al este. Faltaba poco para el amanecer y prometía ser uno de esos días fríos y soleados con los que noviembre avisa de la llegada del invierno. Tiempo otoñal, de noches largas y hojas secas, muy acorde con su propio estado de ánimo. «¡Y lo que me queda!». No había empezado a vaciar las pertenencias de Noel: ni sus cacharritos electrónicos ni la ropa ni ese adorno tan horrible que se trajo de Sumatra. Era demasiado duro, demasiado definitivo.

Ya no le daba tiempo a echar otra cabezada, así que vertió un chorro de café recalentado en la leche y lo bebió de dos tragos, procurando no pensar en los capuchinos con espuma que Noel solía prepararle los domingos en los primeros tiempos. Se daría una ducha y rebuscaría en el armario algún traje negro que no pareciera de oficina. Si pudiera saltarse el funeral, lo habría preferido.

Le echó un último vistazo al portátil y la abochornó ver su rostro congelado en la pantalla. Había hablado como un pedazo de madera, no tenía la habilidad innata de Noel para empatizar con la cámara, para emanar calidez y hacer sentir a sus espectadores que eran importantes para él. «Sobre todo a las chicas». De nuevo, se sintió cínica.

El contador de visitas había empezado a correr, ya era tarde para retirarlo. En cualquier caso, lo había hecho por Noel, no por ella. ¿Y qué si sus seguidores la consideraban insensible? Tan solo buscaba quedar libre de deudas. Estaba a punto de cerrar la pantalla cuando llegó el primer comentario, de un tal Luis49.

«Pobrecilla, Carolina, qué mal lo estarás pasando. Nuestra pérdida no es nada comparada con la tuya. No desconectes la web todavía. Aquí nos tienes para lo que necesites».

Parpadeó con fuerza, conmovida por la caricia inesperada, por la súbita comprensión. Llegó el segundo comentario, y el tercero. «¡Ánimo, Carolina! Noel nos ha hablado tanto de ti que ya eres parte de nosotros». «Duerme, no te pases la noche en vela. Cuídate».

Esa calidez la confortó. Nadie la juzgaba, habían sabido entender su dolor y su angustia, a pesar de la aspereza del vídeo.

«¡Qué duro debe de ser para ti! Y justo ahora que él volvía a ser el que era...». «No te vengas abajo, Carolina. Tienes mucha vida por delante».

Por primera vez comprendió por qué Noel estaba tan enganchado al blog. No era por la popularidad ni por creerse una estrella ante sus seguidores. Era más sencillo que todo eso, más humano. Era por la compañía.

7

Los nueves a bolígrafo

No tenía en su guardarropa nada apropiado para el funeral y acabó poniéndose un viejo jersey negro de cuello vuelto, excesivamente grueso para mediados de noviembre. Una tiende a asociar los rituales fúnebres al frío y, aunque la humedad cavernosa de la capilla se metía en los huesos, el entierro en la Almudena transcurrió bajo un sol que arrancaba destellos otoñales a la hojarasca. Carolina se cocía en su jersey mientras encajaba pésames de familiares y amigos, cargados o bien con la insensibilidad de quien está muy acostumbrado a la muerte o con la torpeza de quien lo está demasiado poco.

«¡Era tan joven!».

«Nadie merece morir así».

«Al menos, no deja huérfanos».

«Al menos, no deja viuda».

«¡No! —tuvo ganas de gritar—. No deja familia, solo me deja a mí con la ilusión de haber podido tenerla». Notó la mano consoladora de Rebe en el hombro. Su mejor amiga era una roca firme en la tormenta, pero se había desahogado tantas veces con ella sobre los abandonos de Noel que apenas podía mirarla a la cara. Se encontró pensando en los mensajes del blog. Eran mejor compañía que toda aquella gente.

Para ser justos, no le gustaban mucho las multitudes, prefería los ordenadores o las lecturas con manta de borreguillo en el sofá. Siempre era Noel quien le abría camino en los eventos sociales, quien charlaba con todos y la hacía sentir cómoda en un grupo. ¡Noel! Ahora que la pérdida era definitiva, quedaba en libertad de idealizarlo. La realidad no iba a estropear su afecto. Allí, frente al féretro cerrado, se permitió añorarlo más que durante cualquiera de las ausencias de los últimos años.

—Ah, Carolina...

Elvira tampoco había llorado. Serena, eficiente, se dedicó a saludar y agradecer a todo el mundo su asistencia, incluso a confortar a las tías abuelas que deberían consolarla a ella. En ese momento hablaba con una chica desconocida. «Otra prima», pensó con fastidio.

—Carolina, esta es Sonia, una amiga de Noel. Lo ha acompañado desde Tanzania.

—Lo siento tanto, Carolina —murmuró ella—. Noel me ha hablado mucho de ti.

Carolina miró el fino rostro protegido por unas grandes gafas de sol, el pelo rubio trenzado por la espalda, la blusita gris, sobria y elegante, perfecta para la ocasión. Era guapa. La amiga de Noel, aquella compañera activista, cooperante, alma libre que aliviaba la soledad de sus viajes, tenía la apariencia delicada que ella, morena y grandota, siempre había deseado para sí. «¿Cómo envidias esas pintas de mírame-y-no-me-toques? —le decía Noel—. A mí me gusta tu nariz con carácter, tu melena negra, tu voz grave. Que seas alta, que seas potente. Una mujer, no una chica mariposa». Pues bien, fue esa chica mariposa quien pudo estar a su lado en el aeropuerto, no ella.

—Lo conocías mucho, ¿eh? —le soltó con acritud, con más brusquedad de la debida. Y le gustó ver que ella, a pesar de sus gafas oscuras y su atuendo ideal, se descomponía un poco.

—Sonia ha traído las cámaras y otros efectos personales de Noel —dijo Elvira con voz dura—. Todo lo que no estaba en el paquete que te di. ¿Le has echado un vistazo?

Carolina se arrepintió de su arrebato. Lo último que necesitaba Elvira era una escenita de celos en el entierro de su hijo. Y se avergonzó aún más al recordar el sobado envoltorio de papel de estraza que había dejado en el recibidor. Centrada en el blog, lo había olvidado por completo. Fue Sonia quien, para su sorpresa, acudió al rescate tratando de desviar la conversación con voz vacilante.

—Lo he traído todo en su mochila. Las cámaras, su dron, algún libro... Ya le comenté a Elvira que la ropa nos gustaría donarla, si os parece bien.

Carolina aceptó la mochila en silencio. Su mirada se estrelló contra los cristales opacos de aquella chica: estaba pálida y fruncía los labios para no llorar. «También está sufriendo», pensó de pronto, y eso, en vez de enfadarla, la ablandó. Al igual que ella, que no tenía derecho a condolerse como esposa, Sonia parecía obligada a ocultar una pena mayor que la que su relación con Noel justificaría.

—Perdona, estoy agotada —le dijo cuando Elvira se alejó para atender a la parentela.

—Es natural.

—¿Te quedarás mucho tiempo en España?

—Unos días, nada más. Me esperan en Dar, pero tenía que hacerlo. No quería... que viajara solo.

La voz de Sonia se quebró. De no haber sido por eso, Carolina casi se lo hubiera tomado como un reproche: a ella ni se le había pasado por la cabeza desplazarse a Tanzania para acompañar el cuerpo de Noel. «¿Debería haberlo hecho?», se preguntó en ese momento. Qué ridiculez, ¿de qué le habría servido eso a él? Ella no necesitaba ningún gesto heroico para demostrar lo mucho que lo quería. Alargó el brazo y le dio un apretoncito a la chica mariposa. No resultaba tan difícil ser amable con ella. Quizá su afecto por Noel fuera inocente, nada más que una buena amistad. Si se hubiese entrometido en una pareja, no estaría en el funeral del novio infiel consolando a la novia engañada. Seguro que no.

—Fuiste tú quien lo invitó a Tanzania, ¿verdad? Él lo comentó.

Evitó especificar cómo se había enterado. La abochornaba haber dejado pasar las semanas sin enviarle un solo mensaje, sin tener ni idea de en qué parte del mundo se encontraba. ¡Su tonto orgullo!

—Me siento tan culpable. —Sonia se retorció las manos—. De no haber sido por mí, él seguiría...

—No te tortures —le dijo Carolina con suavidad. Era la misma clase de culpa inútil que sentía ella—. Él fue feliz allí.

Desvió la vista. ¿De verdad lo fue? ¡Qué poco sabía del último mes de su vida! Solo lo que contó en público; e incluso en los mejores tiempos de «Postales a Madrid», Noel se guardaba las intimidades para compartirlas con ella al regresar. ¿Cómo hubiera sido su reencuentro en esa ocasión? ¿Le habría confesado su vuelta a la medicina?, ¿la aciaga expedición al Serengueti? Ya no lo sabría nunca. Tragó saliva para aliviar el nudo que se le había formado en la garganta. «A Sonia ya la conocéis...». Pensar en la posibilidad de que hubieran intimado demasiado la ponía enferma, pero aquella chica había estado junto a él hasta el final. Si alguien podía acercarla a sus últimos pensamientos era ella.

—¿Te apetece que quedemos a tomar un café antes de que vuelvas a Tanzania? —le dijo en un impulso—. Para charlar, ya sabes...

Su voz se apagó, era una mala idea. ¿Para qué seguir torturándose? ¿Acaso necesitaba corroborar que Noel había sido más feliz un mes en un consultorio africano que en quince años con ella? ¿O ahondar en la duda de su infidelidad?

Sonia tampoco respondió inmediatamente. Resultaba difícil interpretar su mirada tras las gafas oscuras.

—Claro —dijo al fin, en tono neutro, sin ningún entusiasmo—. Bueno, lo intentaré... No sé si tendré tiempo. Tengo que recoger una remesa de material para Angalia y hacer otros recados. Vengo tan poco...

—Ya, lo entiendo —respondió Carolina humillada.

Sonia se mordió el labio. Casi como por compromiso rebuscó en su bolso y sacó una tarjeta donde anotó un número de teléfono.

—Toma, es mi móvil español. Llámame y buscamos un hueco.

La tarjeta tenía el logotipo de un ojo almendrado sobre la silueta de África y una sola palabra, «Angalia», escrita en color tierra. Carolina se quedó mirando la forma desganada de los nueves escritos a bolígrafo. «¿Quién anota su número en una tarjeta hoy en día?», pensó. Lo lógico, lo cercano, hubiera sido grabarlo directamente en el teléfono.

—Gracias. Te llamaré.

Ambas supieron que no lo haría.

Al ver el alivio palpable en el rostro de aquella chica, Carolina casi tuvo la certeza de que el amor por un novio infiel sí superaba el mal trago de afrontar su funeral junto a la novia engañada.

8

Tras el león

Al verse de nuevo en casa después del funeral, la realidad la golpeó por partida doble: no volvería a ver a Noel nunca más y sus sospechas, infundadas o no, le impedían echarlo de menos sin reservas.

—¿No quieres que suba contigo? —le había preguntado Rebe al llevarla en coche.

Ella negó con la cabeza, necesitaba estar sola.

—Tal vez mañana —murmuró.

Su amiga le dio un apretoncito y Carolina supo qué significaba: «Es algo terrible y ojalá las cosas hubieran ocurrido de otra forma, pero por fin vas a librarte de ese memo». Rebe llevaba años intentando convencerla para que cortara con él y rehiciera su vida. «El tiempo pasa, Carol, y te quedas sin opciones», le decía. No entendía que el amor no tiene un interruptor para apagarlo sin más, y tampoco que una muerte, aunque parezca la ruptura más definitiva, puede atarte con dolor y culpa de un modo aún más vinculante que el cariño.

El paquete de papel de estraza que le había entregado Elvira seguía en el recibidor. Al menos le proporcionaría algunas respuestas. Se sentó en el sofá y rompió el sello tanzano.

No contenía muchas cosas: la cartera que ella le había regalado, una linterna de bolsillo medio rota, su reloj y una pulsera de cuero trenzado de un poblado javanés. «Lo que llevaba encima cuando murió». Le temblaron las manos. La linterna tenía un buen golpe en el foco: el cristal estaba mellado. ¿La habría utilizado para defenderse, a falta de un arma mejor? ¿Llegó a vislumbrar al león antes de que lo atacara? Se estremeció. No, no pensaría en ello. No alimentaría sus pesadillas. Vació la cartera sobre el sofá y cayeron algunos euros sueltos, su carnet de identidad y un buen montón de monedas y billetes extranjeros. Los contó: más de un millón de chelines tanzanos. ¡Un millón! ¿A cuánto estaría el cambio? Por bajo que fuera, debía de ser bastante dinero. Sus dedos tropezaron con el carnet y, al examinarlo, se dio cuenta de que tenía manchas de sangre seca. Lo soltó. ¡Era horrible!

«Piensa en otra cosa, Carolina. Contrólate». Apeló a la racionalidad. La cartera, una linterna, el reloj y una pulsera. No era mucho, allí faltaban objetos importantes. El pasaporte, por ejemplo, y el móvil. ¡El móvil! Noel nunca se separaba de su teléfono de última generación con la mejor cámara del mercado para grabar sus vídeos. ¿Dónde estaba?

Abrió la mochila que había llevado Sonia. Aunque también contenía efectos personales de Noel, no los llevaba encima cuando murió, así que le resultó más fácil. Lo sacó todo: un portátil muy baqueteado que empleaba en los viajes, su cámara con teleobjetivo, el dron ultraligero, un pequeño botiquín. El neceser aún conservaba el olor acre y dulzón de su desodorante. Estaba vacío, probablemente habrían regalado sus geles, champús y hasta el cepillo de dientes. Noel se hubiera alegrado de que alguien les sacara partido, en vez de que acabaran en el cubo de la basura tras un viaje de nueve mil kilómetros. En un bolsillo lateral encontró el pasaporte. Él sonreía desde la foto con esa mezcla chispeante de travesura y confianza tan característica suya.

«Sonríes como un gato», le decía ella. Y él se pasaba la mano por los rizos castaños y soltaba una carcajada. «¿Un gato? Vas a ver tú lo gatuno que soy». Acarició su mejilla impresa en plástico. Qué sola se sentía.

—El móvil no está —murmuró para sí, como espantando fantasmas.

Repasó la mochila. Nada. Le hubiera gustado echar un vistazo a sus llamadas, sus mensajes. Necesitaba liberarse de la terrible sospecha para poder guardar su memoria sin rencor. ¿Por qué no aparecía?

Dejó vagar la mirada por el apartamento, reflexionando. ¿Dónde podría estar? A lo mejor lo donaron también o alguno de sus compañeros decidió quedárselo. «Si hubieras ido a Tanzania, te habrías enterado». Sacudió la cabeza, era inútil lamentarlo. Reparó en la tarjeta de Sonia, estaba en el recibidor junto a las llaves. Su número, con los nueves desganados a bolígrafo, destacaba sobre el logotipo en color tierra de Angalia. «No lo haré». La chica mariposa había dejado bien claro que no quería verla otra vez.

Sin embargo, la duda persistía. ¿Dónde estaba el móvil? No tenían por qué quedar; tan solo necesitaba hacerle un par de preguntas. Respiró hondo y, antes de darse opción a arrepentirse, tomó su teléfono y marcó el número.

—¿Sonia? Soy..., soy Carolina. La novia de Noel.

—¡Carolina! —Su voz sonó tan azorada que al momento lamentó el arrebato—. Yo..., eh... Todavía no sé...

Ya era tarde para remediarlo:

—Se trata del móvil de Noel, no lo encuentro. —Sonia calló de golpe—. No está en la mochila que me trajiste.

—Bueno, eso era su equipaje —dijo despacio—. El móvil lo llevaría encima, ¿no?

—Tampoco está en el paquete que nos entregó la policía.

Sonia hizo otra larga pausa. Cuando al fin habló, su tono fue extraño, vacilante.

—La policía tanzana no tiene muy buena fama. Quizá algún agente cedió a la tentación.

—Ah. —Carolina se mordió el labio—. No lo había pensado.

—Claro, son cosas que no pasan en España. Tanzania es otro mundo.

—Ya.

Se balanceó sobre los pies. Sonia debía de creer que era una ingenua por no habérsele ocurrido esa posibilidad. Un teléfono de último modelo sin dueño, ¿cómo no iba a ser tentador en un país como Tanzania?

—Sí que tiene que ser otro mundo —murmuró—. Gracias por tu ayuda.

Decidida a no tener más contacto con aquella chica, colgó. Le daba igual quedarse sin conocer detalles de los últimos días de Noel, no merecía la pena. «Basta de sospechas». No necesitaba revisar el contenido del móvil. Jamás lo habría hecho en vida, ¿qué cambiaba con su muerte? Debía pensar en otra cosa. Se prepararía un café, no, un té, para no echar de menos los capuchinos de Noel. Tema zanjado.

Sí, pero... Algo no acababa de encajar, aunque era incapaz de concretar qué era. Esa vacilación de Sonia al responder... «Casi como si estuviera buscando una excusa».

Tonterías. ¿Qué razón tendría para mentirle? «A lo mejor, ella prefiere que el móvil no aparezca». Ah, de nuevo la duda insidiosa. Si le hubiera enviado algún mensaje comprometedor a Noel, algo que desmintiera el «solo éramos amigos»...

«Basta, Carolina». La policía de los países pobres era corrupta, eso lo sabía todo el mundo. Por supuesto que se habrían apropiado del teléfono.

Con un suspiro, encendió el ordenador y buscó su propio vídeo en «Postales a Madrid». Abrió mucho los ojos, ¡había cientos de respuestas! Las recorrió con rapidez: condolencias, alguna dedicatoria, mensajes de ánimo... Le hizo bien leerlos.

Aquellos desconocidos comprendían a Noel mejor que sus amigos, mejor que su madre. «¿Mejor que tú?». La pregunta se coló en su mente sin que ella pudiera evitarlo. No, claro que no. Aunque sí apreciaban esa faceta suya libre y aventurera que ella nunca llegó a aceptar del todo.

Abstraída en estas reflexiones, tuvo que leer dos veces un mensaje completamente distinto al resto. Era muy breve y no tenía nada que ver con su vídeo. La dejó helada.

«Yo estaba allí. El león no mató a Noel, solo borró las huellas del cuchillo».

9

El mensaje de Simba

«Solo borró las huellas del cuchillo». Carolina parpadeó, confundida. Había encendido el portátil para mecerse en la nostalgia de las condolencias, lo último que esperaba era un aviso de... ¿de qué, exactamente? ¿Estaban sugiriendo que la muerte de Noel no había sido accidental?

—Tiene que ser una broma.

¿Quién lo enviaba? No había foto en su avatar y firmaba como «Simba». ¿Simba? ¿*El Rey León*? Definitivamente, era una broma, y bastante macabra, mezclar personajes infantiles con una muerte tan horrible... Pues se iba a enterar el bromista. Seguro que no sabía lo fácil que resultaba seguir un rastro en internet. En un par de clics, comprobó que el usuario «Simba» se había registrado ese mismo día y solo para dejar su comentario. No había mostrado ningún otro interés por la web de Noel y la dirección de correo electrónico del registro parecía inventada. La pasó por un verificador de cuentas: en efecto, no existía. ¿En serio alguien seguía creyendo que eso era suficiente para ocultarse? No le costó mucho extraer la dirección IP desde la que se había emitido el comentario. Al cotejarla con bases de datos en línea, llegó hasta su lugar de procedencia, y fue entonces cuando se llevó la sorpresa. El mensaje no provenía de la comunidad de seguidores de Noel, no se había enviado desde España, sino desde el único país donde alguien podía saber algo del asunto: Tanzania.

—Tiene que ser una broma —repitió ya no tan segura.

«Yo estaba allí. El león no mató a Noel». El castellano era impecable, aunque esto apenas quería decir nada: el autor podría haber utilizado algún traductor automático en línea, accesibles en internet para cualquier lengua del mundo. ¿Qué pretendía insinuar? ¿Que alguien lo había acuchillado? ¿Que lo dejaron a merced del animal para ocultar una agresión anterior? ¿Era eso verosímil siquiera?

Se mordió el labio. En realidad, sabía muy poco de lo ocurrido. El secretario de la embajada apenas le había explicado que había sucedido por la noche. «Yo estaba allí». Si había alguien más con él, ¿por qué no lo ayudaron? Y si nadie lo acompañaba, ¿qué hacía solo en la oscuridad en lo más profundo de África? Por ahorrarse pesadillas había evitado conocer los detalles del suceso. Eligió el camino fácil: mirar para otro lado, rehuir la realidad, como siempre. No había preguntado nada al secretario ni a Elvira; tampoco a Sonia, que debía de haber vivido la tragedia muy de cerca...

No la llamaría, no para volver a quedar como una estúpida. Ese mensaje era una broma tonta y cruel, nada más. La idea de que Noel hubiera sido..., ¡por Dios!, que hubiera sido asesinado era ridícula, absurda. Noel no tenía un solo enemigo. Además, si alguien hubiera presenciado algo irregular, lo habría denunciado. ¿Qué sentido tenía esconderse en el anonimato tras un personaje infantil?

Llevó la taza de té al fregadero. Seguía inquieta, tenía la indefinible sensación de que se le escapaba algo. Carolina era de esas personas que entierran sus impresiones bajo una gruesa capa de racionalidad; no se fiaba de sus pálpitos, aunque luego acabaran demostrándose fundados. Decidió ignorar el mensaje. Con gesto resuelto, recogió las pertenencias de Noel, las metió en la mochila y las encerró en el estudio. Ya resolvería qué hacer con ellas. Sobre el sofá quedó solo la cartera. Y una ausencia palpable.

«El móvil».

Un teléfono desaparecido y un aviso de asesinato. ¿Estaban relacionados? Su desazón creció. El argumento de una policía poco honesta era razonable y aun así... Tomó la cartera y dos monedas rodaron debajo del sofá. Contuvo el aliento. Ahí estaba, esa era la falta de encaje que la reconcomía: el dinero. El millón de chelines tanzanos. Si los agentes se hubieran quedado el teléfono, ¿por qué habrían devuelto la cartera intacta?

Repasó los billetes. Hurtar dinero era muy fácil y casi imposible de probar. Muerto Noel, ¿quién iba a saber cuánto llevaba encima? Y allí había unos cuatrocientos euros al cambio, como comprobó rápidamente con un conversor de moneda en línea. La policía no habría robado el móvil y dejado el dinero. «Si la muerte de Noel no hubiera sido un accidente y su teléfono conservara alguna pista, quizá se lo quitaron antes de que alguien lo encontrara».

Se frotó las sienes. Pensar en esa posibilidad era angustioso. «No puede ser. ¿Quién querría hacerle daño?». Necesitaba hablar con alguien. No llamaría a Sonia, pero había otra persona interesada en conocer la verdad de las circunstancias de su muerte.

—¿Diga?

Al escuchar la voz fría y eficiente de Elvira, dudó. Aquello era una locura. Un mensaje anónimo en su web, ¿cómo podía tomárselo en serio?

—Carolina, ¿eres tú?

Se oía un murmullo de voces de fondo. Habría preferido encontrarla a solas, no era una conversación para mantener en presencia de nadie.

—Creí... creí que ya estarías en casa.

—Mis tías han venido a tomar café después del funeral. Es un consuelo contar con la familia.

La familia. La oficial, en la que ella no entraba.

—¿Querías algo?

—No. Es decir... —Carolina respiró hondo. ¿Qué más daba ya todo?—. Sé que has hablado varias veces con la embajada tanzana. ¿En algún momento te dieron a entender que podía haber dudas acerca de la causa de su muerte?

Hubo un largo silencio al otro lado de la línea.

—¿Dudas? —dijo al fin Elvira; su voz era puro hielo—. ¿Qué quieres decir?

«Cuánto me gustaría que no tuvieras la misma forma de enfadarte que mi madre, Carolina». El reproche de Noel, repetido hasta la saciedad cada vez que discutían, le vino a la mente en aquel momento tan inoportuno. «No gritáis nunca, solo os retiráis a miles de kilómetros con vuestra frialdad. ¡Ojalá chillarais un poco más y ventiláramos las cosas!».

—No sé —tartamudeó acorralada entre el tono gélido de Elvira y los recuerdos de Noel—. Le harían una autopsia, ¿no? ¿Había otras heridas o algo que sugiriera...

—Por supuesto que no le hicieron autopsia a mi hijo. ¿Para qué? ¿Acaso el destrozo de un león no es suficiente? Cuatro personas, ¡cuatro!, vieron cómo lo zarandeaba como a un muñeco. ¿Y me preguntas si hubo alguna duda acerca de su muerte?

A ella sí le estaba chillando.

—Discúlpame. Yo solo...

—¿Qué pretendes? Dime, ¿a qué viene esa pregunta?

Estaba tan fuera de sí que no pudo hacer otra cosa que contarle la verdad.

—¿Un mensaje en su web? ¿De un tal «Simba»? No seas crédula, Carolina. Fue un accidente. Un desgraciado accidente que jamás habría ocurrido si no hubiera abandonado su consulta, su carrera y su vida. Tal vez, si hubiese sido más feliz contigo, habrías sabido retenerlo en Madrid.

Al fin se lo había soltado. Antes de que pudiera replicar, antes incluso de darle tiempo a encajar la estocada, le colgó el teléfono. Carolina se lo quedó mirando, atónita. «Conque tu madre no ventila las cosas, ¿eh, Noel?».

Su reproche era tan injusto que ni siquiera le dolió. «Él jamás habría sido feliz aquí». La sorprendió la rotundidad de su certeza. Mientras Noel vivía, podía hacerse la ilusión de que acabaría abandonando sus viajes para asentarse con ella; su fallecimiento hacía más fácil aceptar que no lo habría hecho. Noel amaba la libertad de volar solo por el mundo y ella habría seguido esperando y esperando... «Ya no tengo que esperar más». Por primera vez desde su muerte, sintió algo distinto de la pena. Fue algo tenue, apenas un aleteo tibio, tan ajeno que al principio no supo identificarlo. «Ahora puedo ser libre».

Era alivio.

Parpadeó desconcertada. Noel estaba muerto; no tenía derecho a sentir otra cosa que aflicción. «Céntrate, Carolina: el mensaje de Simba». ¿Qué podía hacer? Acudir a la policía estaba descartado, se reirían en su cara. Necesitaba averiguar algo más para decidir si tomárselo en serio.

Su móvil sonó con un mensaje. «Será Elvira, disculpándose». Y sí era una disculpa, pero no de ella.

«Sé que debo de haberte parecido distante y lo lamento, créeme. Esto tampoco es fácil para mí. Mañana tendré un rato libre por la tarde, ¿te apetece quedar y charlamos un poco? Sonia».

10

Lo que comen los leones

Carolina releyó el mensaje aturdida. Ahí estaba, como caída del cielo, la ocasión que había deseado para dar respuesta a sus preguntas y, ahora que la tenía al alcance de los dedos, se daba cuenta de que no quería ver a Sonia. La chica mariposa, escudada en sus grandes gafas de sol, se había mostrado tan esquiva, tan fría… Y no era solo por no enfrentarse a sus sospechas de infidelidad. Detestaba la idea de interrogarla, de revolver los detalles del accidente para juzgar si daba crédito a Simba. «A ver cómo lo abordo —pensó, desolada—. Disculpa, Sonia, ¿alguien quería matar a mi novio?». Sonaba ridículo. No tenía mano para conducir una conversación por derroteros delicados, por eso le había salido el tiro por la culata con Elvira. Ojalá tratar con personas fuera tan sencillo y exacto como los lenguajes de programación. Ojalá las reacciones humanas pudieran predecirse con un algoritmo.

A la mañana siguiente, con aquella ingrata entrevista pendiendo sobre su cabeza, casi se arrepintió de haber aceptado. No estaba preparada para investigar algo así. Sonsacar información, importunar a la gente…, ella siempre había evitado los conflictos. En el fondo, habría preferido mirar hacia otro lado, tal como había hecho durante tantos años para no enfrentarse a las fisuras de su relación con Noel.

Sonia la había citado en una óptica del centro después de comer. Carolina tenía varias horas por delante y resolvió ver alguna película. Le vendría bien pensar en otra cosa; calmarse un poco. Estaba eligiéndola en la plataforma de vídeo cuando el timbre del móvil la sobresaltó.

—¡Marcos! —saludó con las manos frías. Su jefe. Hacía días que ni pensaba en Blacktech—. ¿Cómo vais con lo de… Lacroix?

Rescató el nombre de milagro, muy avergonzada. Desde que huyó de la oficina tras la fatídica llamada del Ngorongoro, no había dedicado ni un instante al proyecto pendiente.

—Pues no muy bien —dijo él en tono brusco—. Óscar no tiene ni idea de cómo abordar el diseño de una marca de cosméticos, sus propuestas solo me valdrían para un anuncio de drogas psicodélicas o de un burdel.

Carolina tragó saliva.

—No tengo nada que presentarle al cliente —continuó Marcos Albín, despacio—. Te necesito a ti.

—Siento que te hayas retrasado por mi causa.

¿Cómo había podido ser tan dejada? Blacktech era la piedra angular de su vida, la roca firme a la que siempre se aferraba para compensar las ausencias de Noel. Y ahora que él la había abandonado de la forma más definitiva posible, ¿ahora se centraba en él hasta el punto de desatender por completo su trabajo?

—Sé que lo estás pasando mal —repuso él apaciguado—. Dame una fecha, no te pido más.

—Mañana estaré allí.

—A ver, tampoco quiero meterte prisa. Organízate y me cuentas. Entiendo que necesites ordenar tu vida, y la de Noel.

Carolina pensó en los armarios con su ropa, en el estudio atestado de cacharritos, en las facturas de televisión e internet, que estaban a su nombre. La deprimía la idea de enfrentarse a tareas que solo harían más rotunda la pérdida.

—Mañana estaré allí —repitió—. Me ayudará a no pensar.

Pudo oír el gruñido satisfecho de Marcos Albín.

—Es cierto, te vendrá bien ocupar la cabeza. Te lo digo yo, que llevo dos divorcios.

Carolina colgó el teléfono con el ánimo más ligero. Al fin estaba reaccionando, retomando su vida, marcándose prioridades. Mejor eso que remover fantasmas improbables. Vería a Sonia y se convencería de que el mensaje de Simba no era más que una broma; así cerraría aquel estúpido capítulo para concentrarse en ella misma. Su trabajo, su piso, sus amigos. Era hora de empezar a pensar en el futuro.

La plataforma de vídeo anunciaba una de esas películas inocentes y agradables que nunca había encontrado un buen momento para ver y la seleccionó sin darle más vueltas. Necesitaba evadirse, dejar de lado la tristeza durante un rato.

Mala elección para eso. La trama, romántica y sensiblera, no era la más apropiada para alguien que está de luto por su novio. Los pensamientos se le escapaban hacia él, hacia su muerte, hacia la terrible posibilidad de que no hubiera sido accidental. Tenía el móvil al lado y, distraída, tecleó «león» en el buscador de internet:

> *Panthera leo.* Mamífero carnívoro
> de la familia de los félidos…

Eso no ayudaba. Por supuesto que sabía lo que era un león.

> Los leones cazan al atardecer y al amanecer.
> Suelen pasar el día durmiendo
> a la sombra de las acacias.

Noel murió de noche, el secretario de la embajada lo había dicho. Se estremeció pensando en el animal acechándolo, en el miedo que debió de sentir al verlo. ¿Había sido consciente de que aquello era el fin?

> No suelen cazar humanos, pero un macho viejo,
> solitario y con mucha hambre puede llegar a buscar
> presas en el centro de un poblado.

El secretario había hablado de un macho.

> Algunos se convierten en devoradores de hombres.

Hasta ella conocía esas historias de terror sobre leones diabólicos que desarrollaban un singular apetito por la carne humana. Fieras tremendamente astutas, como fantasmas sigilosos, que lograban pillar desprevenidos a hombres armados y alerta a sus ataques. ¿No había habido un caso en Kenia, muy cerca de la propia Tanzania, en que un par de animales habían convertido la construcción del ferrocarril en una pesadilla al devorar, a lo largo de varios meses, a más de treinta operarios?

> También pueden ser carroñeros.
> Un cadáver reciente es para ellos
> un manjar obtenido sin esfuerzo…

Se quedó mirando esas palabras, que de nuevo entreabrían la puerta a la horrenda insinuación del tal Simba. Imaginó el cuerpo sin vida de Noel abandonado en la sabana para que lo comieran y así ocultar las huellas de un crimen. Se le hizo un nudo en la garganta. ¡Carroña! Nadie merecía ese final.

Y, sin embargo, tal vez fuera mejor eso que perder la vida entre las fauces salvajes de un león. El terror al ver que está a punto de atacarte, el desgarro de la carne con sus colmillos... «Oh, Noel, casi prefiero que no haya sido así».

En la pantalla, los protagonistas se miraban como tortolitos, en ese instante mágico que hace desear un beso. No, no había sido una buena idea. Carolina siguió viendo la película con el alma empapada en nostalgia y permaneció arrebujada en el sofá mucho después de que terminara. De repente, sentía un gran cansancio.

11

La chica mariposa

—Ven, entra conmigo, solo será un momento.
Sonia la esperaba puntual frente a la óptica y la guio al interior, donde una mujer de mediana edad, muy atenta, le entregó dos cajas de zapatos llenas de gafas de segunda mano, clasificadas por su graduación y dispuestas en sobres color mostaza.
—Aquí, las miopías. Aquí, las de vista cansada y progresivas. Mira esto: te he conseguido una infantil de ocho dioptrías, ¡es rosa con purpurina!
—A Marjani le encantará. —Sonia sonrió y se volvió hacia Carolina—. Lleva meses esperando unas gafas, la pobre solo tiene siete años y nunca ha visto bien el mundo.
—Ya.
Carolina se quedó mirando los sobres con aire despistado, casi percibía las palabras de Sonia como un reproche. Ella era una de esas personas que evitaban a los mendigos callejeros con un decidido «No llevo suelto», pero no dejaba de conmoverse cuando la respuesta era un dulce «Aun así, que tengas un buen día».
—No recogemos las fundas porque los africanos prefieren hacérselas ellos mismos, les gustan más coloridas. Te presento

a Rosi, nuestro ángel de cristal. Su óptica lleva muchos años colaborando con Angalia. Ella es Carolina, la novia de Noel.

A Rosi la cara le cambió al instante; adquirió una expresión doliente que empezaba a conocer bien.

—Qué tragedia —dijo—. Kai estaba muy contento con él, lo consideraba uno de los mejores cooperantes que habían pasado por Angalia.

—Lo era —dijo Sonia con gravedad—. Hasta quiso aprender a operar cataratas a la vieja usanza, sin equipos de facoemulsificación. Leo estaba empezando a cederle algunos casos, decía que tenía la mano muy firme.

El pensamiento de Carolina voló a un recuerdo de la época en que Noel aún ejercía. Molesta por una conjuntivitis, se vio incapaz de echarse ella misma las gotas en los ojos. «Ni siquiera pican», le dijo Noel riendo. Pero había tenido que ser él quien, noche tras noche, se las aplicara con serena delicadeza. En esa mano firme sí que reconocía al médico del que se había enamorado.

—Ya estamos listas —dijo Sonia, rescatándola de sus recuerdos—. Hasta la próxima, Rosi. Nos vemos en unos meses.

Al lado de la óptica había una cafetería y Sonia la condujo a una mesa en la terraza. Hacía fresco, ni siquiera se quitaron los abrigos. Molesta, Carolina se preguntó si su compañera habría escogido un lugar poco confortable a propósito para no entretenerse mucho rato.

—No todo es tan bonito —dijo Sonia frente a dos capuchinos.

Ese día no llevaba gafas de sol y al fin pudo mirarla a los ojos. Los tenía pequeños, del tono apagado de la ceniza húmeda. Había un vago anhelo en ellos, una necesidad de aprobación que no casaba mucho con la paz interior esperable en una cooperante. Aun así, Carolina, cohibida por el halo generoso de su labor, solo se quedó en la superficie, en la faldita corta que envolvía su cuerpo de mariposa; en la cazadora de cuero marrón, tan juvenil; en el pañuelo anudado al cuello con la encantadora negligencia de quien nunca se ha preocupado por parecer guapa. Ella, que vistiéndose y maquillándose con disciplina militar no conseguía más que un impreciso efecto de pulcritud, la miró con envidia. A su lado se sentía torpe, demasiado grande y zafia.

—¿A qué te refieres?

—Mucha gente piensa que una asociación como Angalia se dedica a graduar la vista y regalar gafas entre piruletas y arcoíris. No imaginan los casos de tracoma, de oncocercosis... Hay cegueras permanentes, ojos tan dañados que no queda otra que extirparlos. Los pobres en África solo van al médico cuando no tienen más remedio y muchas veces el daño es ya irreversible.

—Entiendo.

—La mayoría de los cooperantes no lo aguantan. Los oftalmólogos europeos, acostumbrados a sus clínicas asépticas con problemitas sin importancia..., los he visto hasta vomitar ante casos de tumefacción o entropiones purulentos. Por eso Noel gustaba tanto en Angalia, no se acobardaba ante nada.

Carolina desvió la mirada. Hacía años que Noel no era ese hombre para ella, pero no había quedado con Sonia para alimentar sus añoranzas. La noche del accidente. Necesitaba conocer detalles para juzgar el aviso de Simba. ¡Cómo deseaba descartarlo y olvidarse del asunto! Se mordió el labio pensando en la forma de dirigir la conversación hacia allí.

—Estabais de expedición, ¿verdad?, porque la sede la tenéis en Dar es Salaam.

—El consultorio está en Dar, sí. Varias veces al año cargamos el equipo en un par de todoterrenos y llevamos servicios oftalmológicos a los pueblos remotos, que es donde más se necesitan. Esta vez, la ruta consistía en cruzar el país hasta Seronera y volver. Más de dos mil kilómetros en quince días.

—¿Seronera? Creía que ibais al Serengueti.

—Seronera está en el Serengueti. Es su única población y atrae a todos los que trabajan en el parque. A muchos masáis, también.

—¿Masáis?

—De las tribus. No tienen permiso para vivir en el Serengueti, así que se instalan en las zonas limítrofes, cerca del Ngorongoro, por ejemplo.

—Donde murió Noel —dijo Carolina despacio.

—Sí. —A Sonia le temblaron los labios—. Fue horrible. Cuando Leo y yo nos enteramos...

—¿No estabais con él?

La chica negó con la cabeza.

—Nos separamos. Noel se quedó con Inno y Kai en el Ngorongoro, mientras que nosotros dos seguimos cien kilómetros más hasta Seronera.

—Ah.

Así que Sonia se encontraba lejos de Noel cuando ocurrió todo. Aunque no había querido ni confesárselo a sí misma, la lógica mandaba: si realmente hubo un cuchillo antes que el león, cualquiera de sus compañeros podría haberlo empuñado. Era un alivio descartar a alguno de ellos. Y no porque Sonia le gustara, la idea de la infidelidad seguía rondándola, pero habría sido espantoso considerarla una posible asesina. Dio un sorbo a su café, reconfortada. Quizá no fuera tan difícil desmentir de una vez aquel mensaje insidioso.

—¿Por qué os separasteis?

Sospechosa o no, Sonia parecía intranquila.

—Cuando vamos de expedición, se corre la voz y los enfermos se reúnen en una sola aldea. Hazte cargo, es imposible llegar a todas partes. En Seronera, algunos masáis caminan varias jornadas para recibir cuidados médicos. No queríamos modificar el plan de ruta, pero míster Mwenye nos pidió un favor. Su madre, que administra un *lodge* con cabañas en el Ngorongoro, sufría cataratas. No pudimos negarnos a atenderla: míster Mwenye es el benefactor principal de Angalia. Tampoco era necesario retrasar a todo el equipo, así que los dos oftalmólogos, Leo y Noel, se repartieron la tarea.

—¿Tú no eres oftalmóloga?

Ella esbozó una leve sonrisa.

—Yo soy optometrista. La que gradúa las gafas, para entendernos. Por eso no pintaba nada en el Ngorongoro. *Mama* Mwenye necesitaba un médico, no una revisión de dioptrías. ¡En mala hora acabó Noel allí!

Carolina recordó la cabaña de troncos que aparecía en la cabecera del último vídeo de «Postales a Madrid». ¿Lo habría grabado en aquel *lodge*? ¿Lo hizo la misma noche en que murió?

—No sé cómo un león pudo entrar en un alojamiento con gente.

—Bueno, no están vallados ni nada. Es África, los animales van por donde quieren, buscan comida en la basura... Míster Mwenye suele contratar a un *ranger* con rifle para proteger a sus huéspedes. Él mismo lleva siempre un puñal encima, por si acaso.

—¿Qué?

A Carolina se le atragantó el capuchino.

—No en Dar —se apresuró a aclarar Sonia, malinterpretando su sorpresa—. En la ciudad no hace falta protegerse, pero la naturaleza en África es peligrosa.

El cuchillo. Míster Mwenye portaba un cuchillo. A Carolina le temblaron las manos. No podía ser, no quería que fuera.

—Esa noche no había ningún *ranger* —continuó Sonia—. ¡Qué mala pata! Al parecer, cerraron el *lodge* unos días mientras *mama* Mwenye se recuperaba y enviaron a los empleados a casa.

—Aun así, allí habría gente, ¿no? Tus compañeros y también ese míster Mwenye, al menos. ¿Por qué nadie acudió a ayudarlo?

Sonia revolvió su café, incómoda.

—Yo solo puedo decirte lo que me contaron Inno y Kai. Había un león rondando, eso lo sabían. Y, al parecer, lo atacó fuera del alojamiento, no justo allí.

—¿Y cómo...?

—Míster Mwenye les advirtió que no salieran de sus cabañas de noche. La semana anterior, el león había matado a un guerrero masái y las tribus temían que se convirtiera en un devorador de hombres. ¡Son temibles! Ya en cama, oyeron el rugido, era descomunal. Salieron y alguien se fijó en que el jeep de Angalia no estaba. Noel tampoco aparecía... Los encontraron a pocos kilómetros, el coche, aún en marcha, y Noel...

La voz se le quebró.

—Kai me dijo que era como si el león lo hubiera sorprendido fuera del coche. No pudieron... hacer nada.

Carolina contuvo un estremecimiento. No, no quería imaginar lo que había visto Kai. Hizo un esfuerzo por mantenerse en la esfera de lo racional.

—Entonces ¿solo Kai, Inno, míster Mwenye y su madre estaban en el *lodge*?

Elvira había hablado de cuatro testigos del ataque. ¿Ellos cuatro?

—Imagino que algún empleado también andaría por allí —repuso Sonia, mirándola con curiosidad—. ¿Qué importancia tiene?

—Solo quiero entender cómo ocurrió todo. Y ese míster Mwenye...

Dudó. Las preguntas le quemaban en la lengua: ¿era una buena persona?, ¿podía haber... asesinado a Noel?, pero era imposible hacerlas.

—¿En qué estás pensando? —dijo Sonia extrañada de su nerviosismo.

Carolina jugueteó con la cucharilla.

—Hay detalles que no encajan. ¿Por qué Noel se arriesgó a salir, a pesar de la prohibición? ¿Alguien lo sabe?

Los ojos de Sonia, ya pequeños, se volvieron diminutos.

—Ni Inno ni Kai pudieron explicarlo. —Su voz sonaba tensa—. ¿Qué te preocupa, Carolina?

—Nada —dijo con voz aguda—. Nada, de verdad, es una tontería. Es que no creo que Noel hubiera desobedecido sin motivo después de habérselo advertido míster Mwenye. Además...

Se interrumpió. En esas asociaciones de ideas que solo surgen con los nervios, se le había ocurrido que Noel no tenía demasiada práctica operando cataratas a bisturí. El experto era Leonard, lo había dicho en uno de sus vídeos. ¿Por qué el benefactor de Angalia aceptó al menos competente de los médicos para intervenir a su madre?

Sonia se quedó un buen rato en silencio. Al final, habló con extraña suavidad.

—La muerte de Noel fue un desgraciado accidente. No te servirá de nada darle vueltas. Créeme, todos sus compañeros hemos pasado por eso mismo: «Si hubiera estado allí», «Si hubiera hecho tal cosa»... Fue un accidente.

—Solo quiero entender lo que ocurrió —repitió Carolina con tristeza.

Qué mal se le daban las confrontaciones. No pretendía esparcir dudas insidiosas. ¡Ya podía haber cerrado la boca el tal Simba! Ya había sido todo bastante horrible para enfangarlo además con sospechas. ¡Y menos mal que Sonia no adivinaba el alcance de las suyas! Pese a todo, tenía el deber de investigarlo, más aún ahora que sabía... ¿Qué sabía? ¿Que míster Mwenye llevaba un cuchillo encima? Eso no era ninguna pista. Parpadeó angustiada. Y Sonia debió de apiadarse de ella, porque alargó la mano y le dio unas palmaditas de consuelo.

—Sé que esto es duro para ti, ojalá pudiera ayudarte. La

semana que viene, cuando volvamos al Ngorongoro, puedo intentar averiguar por qué salió esa noche.

—¿Vais a volver?

Sonia suspiró.

—No nos hace ninguna gracia después de lo que pasó. Kai asegura que tendrá pesadillas el resto de su vida, pero hay que revisarle la vista a *mama* Mwenye y no hemos acabado en Seronera. Retomaremos la expedición en unos días.

Sonia siguió hablando de lo difícil que sería para el equipo volver al Ngorongoro y de lo mucho que iban a echar de menos a Noel en Angalia. Carolina no le prestaba atención. Ya no era solo un móvil desaparecido y un aviso anónimo, ahora se sumaban una extraña salida en jeep a deshora y un hombre con una posible arma homicida. Demasiadas casualidades, demasiadas preguntas sin respuesta.

¿Adónde iba Noel en plena noche, con un león rondando la zona? ¿Por qué se había hecho cargo él de esa cirugía, en primer lugar? Era difícil que Sonia, sin conocer el mensaje de Simba, supiera qué indagar, y no podía contárselo, sonaba tan absurdo... Además, se resistía a pedirle algún favor precisamente a ella, que ya se había tomado muchas libertades con su novio —a saber cuánto habían intimado, en realidad—. Si había que investigar sobre el terreno, si había que hablar con Kai e Inno o buscar alguna relación con el puñal de míster Mwenye, eso era cosa suya.

Notó que el corazón le latía con fuerza. El Serengueti. Aquel debería haber sido el viaje de su vida. Una aventura como aquellas de las que tanto disfrutaba Noel, pero a su modo: refinada, apacible y con el perfume romántico de las expediciones victorianas. Con trajecitos de exploradora color crema, con tiendas de campaña vaporosas y lechos de plumas bajo las estrellas, con la profunda sensibilidad de descubrir, al fin, esa mezcla de belleza y horror que sus autores favoritos habían encontrado en África.

Detestaba inmolar su sueño más querido en la pira de un posible asesinato, detestaba convertir sus vacaciones idealizadas en una misión siniestra entre desconocidos y, sobre todo, detestaba la idea de no compartir jamás con Noel la experiencia vital que siempre había imaginado que sería África para ella. Sin embargo, debía hacerlo. En un relámpago de clarividencia, supo que jamás descansaría tranquila, jamás podría enterrar verdaderamente a Noel si no se deshacía de aquella horrible sospecha.

Respiró hondo.

—Sonia, me gustaría acompañaros al Ngorongoro y al Serengueti la semana que viene. ¿Podría volar contigo de vuelta a Tanzania?

12

En su memoria

«Hola a todos:

»Disculpad que no haya contestado a vuestros mensajes. Ya os imaginaréis que estos días están siendo complicados... Pero os he leído y habéis sido un gran consuelo para mí.

»Mañana tomaré un avión a Tanzania. Su equipo vuelve al Serengueti y voy a acompañarlos. Lo sé, parece una locura... Es que creo que Noel habría lamentado dejar su viaje inacabado. Os había prometido la gran sabana africana y me gustaría cumplir esa promesa.

»Pensaré en vosotros, aunque tal vez no pueda conectarme a menudo a internet desde allí. Publicaré un vídeo en el Serengueti, y este será el último. La última de las "Postales a Madrid", como homenaje en memoria de su autor».

Carolina detuvo la grabación. Aunque el guion que había preparado terminaba con un par de frases emotivas sobre Noel, se vio incapaz de pronunciarlas en público. Demasiado artificiales para alguien que encerraba sus sentimientos bajo llave y luego escondía el cofre en un rincón.

—Entonces ¿de verdad vas a ir? —le preguntó Rebe, mirando con desconcierto la maleta abierta sobre la cama.

Carolina subió el vídeo a la web desde su portátil y lo publicó sin repasarlo. De nuevo, había sonado como un pedazo de madera, tan adusta y poco natural. Qué más daba. Aquello no era más que una excusa, una forma de justificar el viaje. Y, quizá, un modo de transmitirle a Simba que se había tomado en serio su mensaje, que iba a investigar lo ocurrido.

—Voy a ir. —Le disgustó mostrarse tan seca. «Como Elvira». Se esforzó por suavizar el tono—. Necesito ver dónde ocurrió.

A Rebe no la engañaría con aquello de completar la labor de Noel, conocía bien su opinión sobre «Postales a Madrid». Sin embargo, tampoco había sido capaz de contarle la verdad. Su amiga volvió la vista al armario, lleno de camisas y vaqueros de Noel.

—Mejor harías deshaciéndote de todo eso...

«... Y siguiendo con tu vida» fue lo que no dijo. Al principio de su relación con Noel, Rebe estaba encantada. «Es tan animado, tan sociable. Justo lo que te hace falta, que tú estás más cómoda entre libros y números que entre personas». Pero Noel cerró la clínica y su opinión sobre él cayó en picado. «Ese memo, ese Peter Pan de pacotilla, no hace más que darte largas para que sigas manteniéndolo a él y su vida de niñato». Estaba cansada de oírselo y le agradeció que esta vez se lo callara. No quería reconsiderar su decisión ni desmoronarse; no quería pensar. Observó con impotencia el revoltijo de ropa que había sacado apresuradamente de los cajones. Había logrado resolver los trámites burocráticos —el visado, las vacunas...— con mucha eficiencia, pero el equipaje le estaba costando un mundo.

—Voy a ir —repitió con firmeza, y evitó responder al gesto de incomprensión de su amiga.

¿Cómo le iba a explicar que se marchaba persiguiendo una sospecha de asesinato? Necesitaba deshacerse de esa duda. Había ignorado a Noel durante un mes entero. Accidente o no, la culpa la atormentaba. Podía haberlo llamado, mandarle un mensaje. ¡Su tonto orgullo! Con disciplina férrea, se había mantenido inconmovible tras su última discusión y debía hacer algo para compensarlo. En el fondo, el viaje a Tanzania era inevitable. El tal Simba solo le había dado una excusa para su particular expiación.

Repasó el cuarto con la mirada y sus ojos se detuvieron en la tarjeta de acceso a las oficinas de Blacktech. Como le había prometido a Marcos Albín, se había presentado allí al día siguiente de su llamada, pero no para retomar el proyecto de la marca de cosméticos, sino para pedir dos semanas de sus vacaciones pendientes. Su jefe se había mostrado tranquilo, comprensivo, incluso. Aun así, ella lo conocía bien e intuyó que, en algún momento, a su vuelta, le haría pagar el plantón. «Si es que tengo un trabajo al que volver».

—Nada de esto me sirve para África —dijo, sacando con rabia algunas prendas del armario—. Solo tengo ropa de playa.

Parpadeó para contener las lágrimas. Odiaba hacer las maletas con tanta prisa. Odiaba la coraza de acritud con la que se enfrentaba al mundo desde la muerte de Noel. Y, sobre todo, odiaba la inexorable sensación de estar mandando su vida entera al traste por una misión disparatada.

Rebe se sentó a su lado.

—Yo que tú me dejaría los tacones —dijo, señalando el batiburrillo que su amiga había amontonado sobre la cama—. En serio, ¿vas a salir de fiesta con las jirafas?

Carolina soltó un gemido, a medias entre la risa y el llanto.

—Habría sido tan grato preparar el equipaje para unas vacaciones de verdad —suspiró—. Ya sabes: pantaloncitos de exploradora, prismáticos, una cámara réflex... Así me imaginaba yo un viaje a Tanzania. Sé que esto te parece un poco macabro, Rebe, pero necesito hacerlo, lo necesito.

Su amiga le dio un apretoncito amistoso en el brazo.

—Si es tu forma de pasar página, me guardaré las *macabridades* para mí.

Carolina revolvió la pila de ropa. ¿En qué estaría pensando? Si hasta había sacado el estuche de maquillaje. La costumbre de hacer maletas solo para el trabajo. Fuera de eso, casi no se pintaba. «Me gustas al natural», le decía Noel los primeros años, cuando volvían hechos un desastre de alguna expedición de senderismo, de una excursión en piragua o cualquiera de las locas actividades que se le ocurrían. Aquellos eran buenos tiempos.

—¿Qué opinas? ¿La gente se creerá lo del vídeo? —le preguntó a su amiga—. Ya sabes, eso del homenaje a Noel...

Rebe se encogió de hombros.

—Quien te conozca, pensará que su fantasma te ha poseído. Los demás quedarán encantados con un gesto tan romántico. Mira, ¿no están llegando los primeros comentarios?

Carolina se volvió hacia el portátil. El contador de visitas había empezado a correr, y Luis49 y el resto de los seguidores celebraban su peculiar peregrinaje con palabras de aliento y aprobación. «Noel se sentirá feliz, allá donde esté». «Es el viaje que él deseaba para ti». «Aguardaremos impacientes tus noticias».

—Ya lo ves —dijo Rebe—: romanticismo uno, sentido común cero.

—No seas cínica, me están apoyando mucho.

—¡Apoyo! Les sale bien barato eso de mandarte unas letritas de consuelo.

Ella sacudió la cabeza. Unos días antes se habría mostrado de acuerdo con su amiga; ahora que comprendía mejor la relación de Noel con sus seguidores virtuales, esas letritas la reconfortaban. Saber que ellos estaban allí, aun sin tener ni idea del verdadero objetivo del viaje, la hacía sentirse acompañada en su misión.

—No sé cómo me voy a enfrentar a esto, Rebe —musitó.

—Lo harás, y pasarás página. Al fin podrás hacerlo.

Carolina pensó en todas las amarguras que Noel le había

causado, en los años que llevaba esperándolo, en sus ausencias, en la frialdad de los últimos tiempos y en cómo ella se había refugiado en un trabajo que ya no le servía de consuelo. Las lágrimas atrasadas se le desbordaron en silencio. Lloró y lloró, desahogó su pena y su soledad en el hombro de Rebe mientras ella le acariciaba el pelo con cariño. ¿Para qué están las amigas sino para abrazarnos cuando lloramos?

13

El refugio de paz

El vuelo a Dar es Salaam era largo. Carolina se revolvió en el asiento, demasiado pequeño para ella. Hacía años que no viajaba tan lejos. A su lado, con los auriculares puestos, Sonia veía su tercera película. Ella no parecía incómoda, al menos, no físicamente. Era tan chiquitita que, en vez de dar con las rodillas en el respaldo de delante, empleaba su propia mochila de reposapiés. La miró por el rabillo del ojo. No le había hecho ninguna gracia que ella se uniera a la expedición, aunque por fuera se había mostrado muy servicial; enseguida lo organizó todo por teléfono con Kai y le facilitó los datos del vuelo para viajar juntas. Sin embargo, había en su actitud una falta de entusiasmo latente, un atisbo de hartazgo... Más que hartazgo: Carolina habría jurado que en sus ojos grises había una brizna de resentimiento. No podía agradecerle su ayuda, tenía la íntima sensación de que Sonia no la quería cerca.

¿Acaso podía culparla? Ella no pintaba nada en Tanzania. Había forzado la mano para colarse en una expedición médica en la que solo sería un estorbo. Una desconocida de luto; una programadora informática sin conocimiento alguno de oftalmología, tan poco preparada para la aventura que había estado a punto de meter los tacones en la maleta. Hasta la misma maleta, un *trolley* negro de ruedas que la había acompañado en viajes de trabajo por toda Europa, sería una molestia, como comprendió al ver la práctica mochila de Sonia en el aeropuerto.

«Y para esto he plantado mi vida», pensó con amargura. Lo curioso era que tampoco le importaba demasiado. Por primera vez en catorce años llevaba más de una semana sin programar y no lo echaba de menos. No necesitaba anestesiarse de la realidad; aunque bajo un aspecto bastante amargo, estaba volviendo a vivir. «Y esto también es mi deber». Se mordió el labio. ¿Lo era realmente? ¿Dónde recaía su responsabilidad última, en Blacktech o en Noel? Ella nunca había antepuesto su novio al resto de su vida, esa era la incómoda verdad.

Un codazo de Sonia la trajo de nuevo al presente.

—Vamos a aterrizar.

Carolina se asomó por la ventanilla. No había una sola nube y, abajo, el océano Índico brillaba al sol con límpidos tonos turquesa. Era una visión alegre, inocente, la estampa perfecta de unas vacaciones relajadas.

«Ya no puedo volver atrás —se dijo mientras el avión enfilaba la pista—. No sé cuál es mi deber, pero, al final, Noel me ha traído a Tanzania».

El aeropuerto de Dar es Salaam era mucho más sombrío de lo que se había imaginado. Un edificio compacto, opresivo, de suelos oscuros de terrazo y bombillas mortecinas de luz blanca, con un aire severo y oficioso que no casaba con lo esperable en aquella parte del mundo. Las dudas volvieron a atormentarla mientras lo recorrían en silencio. Los trámites de la aduana no fueron rápidos y aún tuvieron que aguardar media hora más por la maleta.

—Por eso intento no facturar —dijo Sonia con gesto contrariado.

Agobiada y humilde, Carolina arrastró su *trolley* al exterior. Se sentía muy poquita cosa. «¿Qué hago aquí? ¿Qué narices hago yo aquí?».

Fuera, la sencillez de las instalaciones resultaba mucho más amable. La terminal se abría a un aparcamiento al aire libre con la simplicidad de una estación de autobuses. Había bullicio. Un par de taxistas en mangas de camisa fumaban apoyados en sus vehículos blancos y varias familias esperaban por algún viajero. Nadie parecía tener prisa.

Anquilosada por el largo vuelo y superada por la incomodidad de la situación, Carolina respiró profundamente por primera vez. El aire era diáfano, muy luminoso. Una brisa cálida agitaba las palmeras del aparcamiento y traía un tenue aroma a orquídeas. Se sintió mejor. Estaba en África. Al fin, después de tantos años de soñar con ello, estaba en África. Y cuando Sonia la condujo a un jeep con el logotipo de Angalia —el ojo color tierra sobre el mapa africano— e Inno, con una sonrisa en su cara redonda, muy negra, subió su *trolley* al maletero sin hacer comentarios, supo que estaba haciendo lo correcto. Hubiera sido o no un asesinato, tenía que investigarlo. Se lo debía a Noel.

Desde que oyó hablar de Dar es Salaam por primera vez, a Carolina le intrigó el nombre obviamente árabe en plena costa africana. Una de las pocas curiosidades turísticas que había leído antes de emprender un viaje tan precipitado fue su significado: «refugio de paz». Al parecer, un sultán de Zanzíbar la bautizó así cuando aún era un poblado de pescadores, quizá porque encontró en ella un descanso de las guerras y las intrigas políticas de su corte.

De la aldea tranquila quedaba ya muy poco. Dar es Salaam era grande, bulliciosa y animada, como suelen ser las ciudades del trópico. No brillaba por su esplendor —calles sucias y polvorientas, casas destartaladas—, pero se abría con generosidad al océano Índico color turquesa. Era una parte de África muy distinta de las extensas sabanas o las selvas impenetrables. Los locales la llamaban «Dar», un diminutivo cariñoso que, de forma muy apropiada, significa sencillamente «casa».

Sentada en el asiento trasero del todoterreno, Carolina veía pasar escenas pintorescas mientras Inno se abría paso entre el tráfico: mujeres transportando tinajas enormes sobre la cabeza, furgonetas desvencijadas con gente hasta en el techo, motocicletas, *tuk tuks*, un camello... Los puestecitos callejeros invadían la calzada con pilas de frutas tropicales, carne a la parrilla o pasteles de mandioca. Mezclado con el humo de los motores, flotaba en el ambiente un leve aroma especiado a clavo y canela, a cúrcuma y nuez moscada. Carolina nunca había estado en un lugar así, tan sucio, tan desorganizado y, sin embargo, tan bien dispuesto para todas las circunstancias de la vida.

—Podrás quedarte en nuestro piso, en el cuarto de Noel, hasta que salgamos de expedición —le dijo Sonia, volviéndose desde el asiento delantero—. Le he pedido a Kai que recoja todo, así no te sentirás extraña.

—¿Vivíais juntos?

Le resultó difícil no mostrar su sorpresa. Y su recelo.

—Kai, Noel y yo sí. Los cooperantes españoles. Kai vive en Kariakoo, cerca del consultorio de Angalia, y nos alquila las habitaciones. Nos estará esperando allí.

Carolina habría preferido reposar un poco antes de conocer a más miembros del equipo, pero no objetó nada. El tal Kai —¿qué tipo de nombre era ese, por cierto?— era el único compatriota de Noel en Angalia, aparte de Sonia, y, como mínimo, había presenciado el ataque del león. Sí, mejor vivir con ellos, meterse en el grupo. Al fin y al cabo, había ido a investigar. Contempló el perfil de Inno, que conducía ágil y despreocupado entre motos y peatones. Era un chico robusto, no muy alto y de aspecto ramplón. Parecía joven, tenía una expresión ingenua, casi infantil, en la cara de luna color negro brillante. Había sintonizado una música pegadiza en la radio y de vez en cuando acompañaba al cantante con voz de falsete. Todo en él respiraba alegría de vivir. «Va a ser difícil sembrar una duda tan terrible entre los compañeros de Noel —pensó con desánimo—. Entre sus amigos».

El apartamento de Kai estaba en pleno centro, cerca del mar. Era un barrio humilde, con bloques de tres o cuatro alturas pintados de colores para disimular la sordidez del cemento. Inno se detuvo frente a un edificio naranja y bajó el equipaje de las chicas. Carolina miró con aprensión los desconchones de la fachada, al anciano sin dientes encogido junto a la puerta, a los hombres desocupados al otro lado de la calle. «Ni siquiera sé si esta ciudad es peligrosa».

—Me temo que no hay ascensor —dijo Sonia, colgándose la mochila al hombro—, pero es solo un primer piso. ¡*Jambo*, Mosi!

El anciano sin dientes la saludó a su vez con voz cascada y Sonia dejó caer un par de monedas en su mano al pasar. Intimidada, Carolina sorteó al viejo sin mirarlo y la siguió escaleras arriba, siempre arrastrando su incómodo *trolley*. Odiaba verse a merced de extraños en un lugar como aquel. Y la avergonzaba profundamente la aversión irracional y algo mezquina que sentía frente a esa pobreza que Sonia, la chica mariposa, aliviaba con tanta naturalidad.

«Y Kai será igual», pensó con desespero. Kai, el director de Angalia que, según Noel, había dejado su vida en España para dedicarse a los más necesitados. Carolina no estaba en su mejor momento para mirarse en un espejo de virtud y compasión. No cuando todo el entorno le daba un poco de miedo, ni cuando el dolor aún la aprisionaba de tal forma que el drama más miserable la dejaba fría. No tenía ganas de conocer a Kai. No todavía.

Y, como si un genio bueno estuviera pendiente de sus deseos, no fue un hombre occidental quien las recibió en el piso, sino un tanzano alto, tan negro que apenas se veía en aquel rellano tan oscuro.

—¡Leo! —exclamó Sonia—. *You here?* Carolina, te presento a Leo, el otro oftalmólogo de Angalia.

—Kai está liado en el consultorio y resulta un poco triste llegar a una casa vacía —dijo él en inglés. Su sonrisa era tan acogedora que llenó la oscuridad del rellano—. Bienvenida, Carolina. *Karibu*, aunque sea en estas circunstancias. Tu marido era un gran compañero, un buen amigo.

—No era mi marido —murmuró ella automáticamente.

Leo se inclinó para ayudarla con la maleta. El movimiento y la proximidad le transmitieron una vaharada de su cuerpo. Olía a tierra seca y caliente, a cuero almizclado. Un olor intenso, atávico, que contrastaba con la dulzura infinita de sus ojos.

—Él te quería, tú lo querías: era tu marido.

La sencilla afirmación la confortó. «Solo es una etiqueta absurda», habría dicho Noel. Pero la pena de una viuda suena más seria, más importante que la de una novia.

—Esta será tu habitación —dijo Sonia abriendo la primera puerta del pasillo—. Al menos, hasta pasado mañana, que saldremos hacia Seronera.

Carolina la contempló: un camastro con mosquitera, un tablero viejo a modo de pupitre, una silla y un armario. Las paredes habían adquirido un feo tono grisáceo y la ventana tenía un cristal astillado. ¿De verdad Noel, oftalmólogo solvente, encontraba atractivo vivir así? Una vez más, se preguntó qué lo habría impulsado a abandonarlo todo —su carrera, su trabajo, las comodidades de su casa— por algo como esto.

—Os lo agradezco —dijo con el corazón encogido.

—No hay sábanas —dijo Leo—. Sonia, ¿tenéis algún juego limpio para ella? Luego te buscaré un saco de dormir, Carolina. Hay alguno de sobra en Angalia y lo necesitarás para la ruta.

Carolina asintió con la cabeza, incapaz de hablar. Sentía un terrible desamparo. Ella no pertenecía a ese mundo de humildad tropical y habitaciones sórdidas, de mendigos desdentados y cooperantes extranjeros. Incluso si la muerte de Noel no había sido un accidente, ¿cómo iba a averiguar algo sin comprender aquella vida? Sobre el pupitre distinguió una libretita de tapas azules. Más por disimular su turbación que por otra cosa, la cogió para examinarla y se llevó un sobresalto al ver el nombre escrito en la primera página: Noel Noriega.

—Voy a matar a Kai —murmuró Sonia—. Le dije que vaciara el cuarto...

—Y yo lo ayudé a hacerlo —dijo Leo suavemente—. Hemos donado casi todo, pero pensé que Carolina querría quedarse con algún recuerdo personal. Son sus notas médicas, las utilizaba a modo de diario.

Carolina pasó las páginas con delicadeza. Reconoció la letra enrevesada, los dibujitos, esa forma de subrayar dos veces las palabras importantes.

—Gracias. —Fue todo lo que pudo articular sin derrumbarse.

Le gustaba Leo. Era cálido, amable y atento, una de esas personas que saben acompañar el dolor de los que sufren.

—¿Os molestaría...? —Tomó aire, intentando que no le temblara la voz—. ¿Os parecería muy desconsiderado si me echo un rato a descansar? Estoy agotada.

—Claro que no —dijo Sonia comprensiva—. Ha sido un vuelo largo.

—Métete bajo la mosquitera cuando caiga el sol o los mosquitos te comerán viva —añadió Leo al salir.

Se tumbó en el colchón desnudo. Su desolación era inmensa y crecía con cada gesto amable de sus compañeros. ¿Cómo reaccionarían si conocieran la terrible sospecha que la había llevado hasta allí? Se los veía gente decente. La estaban acogiendo con mucho cariño, a pesar del estorbo que debía de suponer para ellos.

«No tengo que empezar todavía —se dijo—. No fue en Dar donde sucedió todo, sino en el Ngorongoro». Paseó la mirada por la modesta habitación, con su pupitre y su armario de tablones. Un pequeño remanso de paz, como el de aquel sultán de Zanzíbar. También ella necesitaba un respiro de intrigas y conflictos. Disponía de dos días en la ciudad, dos días para coger fuerzas antes de empezar la verdadera misión de su viaje.

14

El diario de tapas azules

La puerta del baño no cerraba bien: cada vez que alguien lo utilizaba, chirriaba como una carraca. A Carolina, que solo había compartido piso con Noel, le daba apuro que todos supieran exactamente lo que estaba haciendo y procuraba no hacer un solo ruido cuando iba al retrete.

Y eso que buena parte de la velada la pasó a solas con Sonia, porque Kai no apareció. Leonard, muy atento, les había dejado bocadillos, y cenaron en silencio. Ambas estaban cansadas.

Aun así, le costó conciliar el sueño. Los muelles del camastro se le clavaban en la espalda y, además, había mosquitos. Insufribles, incansables, invisibles. No sabía cómo se colaban por la mosquitera y le zumbaban al oído en el momento en que estaba empezando a dormirse. Había olvidado llevar un repelente y tuvo que resignarse a soportarlos toda la noche.

Era ya bastante tarde cuando oyó llegar a Kai. Entró arrastrando los pies con extraña pesadez y se tropezó con varios muebles en el salón. «¡Mierda!», gruñó con voz pastosa. Carolina, tensa, prestó oído. ¿Sabía que ella estaba allí? ¿Le daría por presentarse en su cuarto? Esperaba que no.

Oyó chirriar la puerta del baño. Luego, la cadena y, por último, sus pasos vacilantes hacia la habitación del fondo. Las paredes eran de papel y hasta oyó el crujido del colchón. Solo entonces, cuando supo que él estaba acostado, pudo relajarse.

A las cinco de la madrugada, la despertó una especie de recitación estentórea a través de un megáfono. «¿Qué pasa?». Más y más altavoces se le unieron por toda la ciudad. Tardó unos segundos en comprender que se trataba del canto de las mezquitas —decenas de ellas—, que suplían su carencia de medios con un exceso de entusiasmo en la llamada matutina a oración. «Hubiera jurado que Tanzania era cristiana». Ignoraba tantas cosas…, y ni siquiera podía informarse, ya que el piso no tenía conexión a internet.

Estaba amaneciendo y, sin persianas ni cortinas, le fue imposible volver a dormir. Se acercó a la ventana. Ya había mucha actividad, los puestecillos ambulantes exhibían pilas de fruta y verdura ante las mujeres que hacían la compra y, en un rincón, varios hombres compartían un barreño jabonoso para lavar sus *tuk tuks*. La calle bullía en un desbarajuste alegre y desvencijado que, desde el refugio de la ventana, no resultaba tan temible.

Calculó que aún dispondría de un par de horas hasta que sus compañeros despertaran. La libreta de Noel, ese diario médico que Leonard había tenido la gentileza de guardar para ella, estaba sobre el pupitre. Vacilante, acarició las tapas azules. No le apetecía mucho enfrentarse de nuevo al fantasma de Noel, a esos mensajes que le llegaban después de su muerte. «Ya he visto dos de sus vídeos, esto debería ser más fácil». Y tal vez le diera alguna pista. Se sentó y la abrió por la primera página.

> 13 de octubre. Consultorio de Angalia, Dar es Salaam.
> Edward Juma, 58 años. Catarata nuclear avanzada en ojo izquierdo. Manifiesta pérdida de visión casi total. Derivado al Dr. Lilanga para extracción del cristalino.

Aisha Daudi, 4 años. Tracoma. Prescripción de azitromicina. Ante la imposibilidad de ingresarla, pido ayuda con la traducción para enfatizar a su madre la importancia de la limpieza en las próximas semanas.

Amina Daudi, 22 años. Tracoma, seguramente contagiado por su hija. Tratamiento con azitromicina. Infecciones reincidentes, riesgo de triquiasis tracomatosa.

Pasó un par de páginas. Pacientes y más pacientes, y ninguno para una revisión o una simple conjuntivitis. «No todo es bonito», había dicho Sonia. Cada línea dejaba entrever graves infecciones, padecimientos prolongados, pobreza… Carolina tragó saliva. ¿De verdad Noel, su Noel, había estado aliviando toda aquella miseria? Le costaba reconocer al Peter Pan indolente y despreocupado de los últimos tiempos. Un poco más adelante, sus notas se volvían más personales.

27 de octubre. Consultorio de Angalia, Dar es Salaam.
Grace Komba, 72 años. Mi primera catarata operada a bisturí, bajo supervisión del Dr. Lilanga. Ha sido fascinante ¡y aterrador! Nunca pensé que sería capaz de extraer un cristalino sin la ayuda de un facoemulsificador.

30 de octubre. Consultorio de Angalia, Dar es Salaam.
El Dr. Lilanga me ha enseñado a diagnosticar oncocercosis. Veremos casos en la expedición de la semana que viene y solo contaremos con una vieja lámpara de hendidura. Las carreteras están en tan mal estado que no nos atrevemos a llevar los equipos delicados. También estoy aprendiendo a usar un anacrónico tonómetro de Schiotz, el único que hay aquí. ¡Hasta en las trincheras de la Segunda Guerra Mundial tenían más medios!

¿Quién sería ese doctor Lilanga que tanto mencionaba? Quedaban muy pocas páginas escritas y el encabezado se alejó de

Dar es Salaam. Noel había iniciado la malhadada expedición de la que no retornaría.

> 5 de noviembre. Consultorio portátil de Angalia, Makawa. Había una multitud esperándonos. Imagino que correría la voz de nuestra llegada. Montamos la consulta en la escuela local y operé tres cataratas; la última, ya sin necesidad de supervisión. Inno y Kai plantaron las tiendas de campaña mientras atendíamos a los pacientes, y la gente del pueblo, como agradecimiento, mató una cabra para nuestra cena.
>
> 6 de noviembre. Consultorio portátil de Angalia, lago Manyara. Hoy ha sido un día duro. Mucha carretera y bastantes casos graves. Además, hay tensiones en el equipo. No estamos en armonía. Será bueno separarnos un tiempo. Nos vendrá bien a todos.

Carolina frunció el ceño. Eso lo debió de escribir en el mismo lugar donde grabó el segundo vídeo: el abismo del Rift. También en el blog había mencionado alguna desavenencia con sus compañeros. ¿Con quién había discutido? Volvió la página con ansia. Solo quedaba una entrada. Probablemente, las últimas palabras que escribió en su vida.

> 7 de noviembre. Consultorio portátil de Angalia, Ngorongoro. Única paciente: *Mama* Mwenye, edad incierta. Presenta una leve catarata, bastante inmadura y, por tanto, complicada de extraer. He de tener cuidado con la incisión. Hoy sí que echaré de menos mi facoemulsificador. La operaré esta tarde. Si todo va bien, necesitará una revisión dentro de una semana, aunque me tranquiliza ver que la enfermera es hábil con las curas. Mr. Mwenye está nervioso... Creo que he cometido una grave torpeza con ese hombre, pero mejor no hablar de ello.

Se quedó mirando la página. Una operación difícil, un hijo preocupado, a quien él mismo reconocía haber molestado de alguna forma y que siempre llevaba un cuchillo encima... No quería precipitarse. No podía precipitarse.

A pesar de haber dormido poco, tenía la cabeza despejada y el ánimo sereno. Al fin empezaba a pensar con normalidad, a recuperar su voluntad analítica. Empleó la primera página en blanco de la libreta para ayudarse a razonar.

«A ver, reconstruyamos los últimos pasos de Noel. Salió de Dar con Sonia, Inno, Leonard y el todavía desconocido Kai. —Escribió los cuatro nombres en una lista—. Luego, en el Ngorongoro, se encontró con míster Mwenye, *mama* Mwenye y esa enfermera que menciona. —Añadió los tres—. ¿Había alguien más? No lo parece, pero tendré que comprobarlo. Hablar con los implicados, contrastar versiones...».

Contempló los siete nombres con el ceño fruncido. Sonia, Inno, Leonard, Kai, míster Mwenye, *mama* Mwenye y la enfermera. ¿Siete sospechosos? «Sonia y Leo no estaban allí. Se encontraban en el Serengueti, a cien kilómetros de distancia». Era un alivio poder tacharlos de la lista. Leonard le había parecido un hombre decente. Y Sonia..., en fin, aunque sobre ella pesaran los indicios —mucho más mundanos— de algún enredo con Noel, habría sido muy distinto tener que considerarla capaz de matar.

Quedaban cinco nombres. Cinco posibles asesinos: Inno, Kai, míster Mwenye, *mama* Mwenye y la enfermera. Los repitió para sus adentros: Inno, Kai, míster Mwenye, su madre y su enfermera. Resistió la tentación de rodear al benefactor de Angalia con un círculo rojo. Necesitaba pruebas, algo con que obligar a la policía tanzana a reabrir el caso. A esa policía corrupta que... No. De nada valía adelantar acontecimientos. Si míster Mwenye o cualquiera de los otros había cometido un acto horrendo, ya vería la forma de asegurarse de que recibieran castigo.

Pero ¿cómo desenmascarar al culpable? ¿Por dónde empezar? Esa era la cuestión. Suspiró. Aquello no era un mero ejercicio intelectual, se trataba de una acusación muy seria.

«Simba». La idea le llegó de repente, como conclusión lógica de todo el razonamiento. Alguien había querido hablar con ella desde el anonimato, alguien que decía conocer los detalles de lo ocurrido. ¿Quién era Simba? Si pudiera averiguarlo... Más que tratar de descubrir al asesino, más que empezar a infiltrar dudas insidiosas en el equipo, debía seguir la pista de quien se había colado en «Postales a Madrid» para dejar aquel comentario.

No se había atrevido a darle un encabezado a la enumeración de sospechosos, pero a su lado elaboró una segunda lista que tituló con la palabra «Simba». En ella copió los mismos siete nombres: Sonia, Inno, Leonard, Kai, míster Mwenye, *mama* Mwenye y la enfermera. Siete posibles Simbas.

Mordisqueó el bolígrafo. De nuevo, los más descartables parecían ser Sonia y Leo, que no se encontraban en el *lodge*. Sin embargo, esa vez no se atrevió a tacharlos. Aún había muchas incógnitas por despejar. «En realidad —pensó con desesperación—, pudo ser cualquiera».

—¿Carolina?

Pegó un respingo al oír la voz fresca de Sonia.

—¡Qué susto me has dado!

—Perdona. —La chica mariposa asomó por la puerta, ya vestida—. ¿Te apetece desayunar?

Carolina cerró la libreta y la acompañó a la cocina, de donde emanaba un agradable olor a café.

—Has madrugado mucho. —Consultó su reloj, apenas pasaban de las seis.

—En Tanzania, la vida empieza temprano —dijo Sonia, cascando un par de huevos en la sartén—. Las calles de Dar son peligrosas de noche y en los poblados no hay nada que hacer en cuanto oscurece. ¿Puedes poner el pan a tostar? Gracias. No tienen alumbrado público. En muchos lugares, ni siquiera electricidad.

Carolina apagó el hornillo, donde la cafetera silbaba alegremente. De la habitación de Kai salían fuertes ronquidos.

—Lo curioso es que sí suelen tener móvil, ¿sabes? —continuó Sonia—. Lo cargan por turnos con algún generador o en la tienda del pueblo. Es chocante ver a las tribus en taparrabos mandándose mensajes de texto. Las incongruencias de la vida moderna.

Repartió los huevos revueltos en tres platos y los llevó al balconcito. El sol aún no calentaba fuerte y se estaba bien allí. Era el rincón más agradable de todo el piso.

—¡Kai! —gritó—. ¡El desayuno está listo!

Se oyó un gruñido y los ronquidos continuaron. Sonia se encogió de hombros.

—Come, Carolina. He quedado con Leo en Angalia dentro de media hora. Sin Noel, él y yo tenemos más trabajo. Vente conmigo y te enseño aquello.

—Anoche lo oí llegar —dijo ella dudando—. A Kai. Parecía..., no creo que se encontrara muy bien.

Sonia desvió la vista, súbitamente azorada.

—Kai se bebe un par de cervezas de vez en cuando... Él no es médico, solo administra la asociación. Lleva varios años aquí en Tanzania.

Carolina se preguntó qué tenían que ver aquellos datos inconexos unos con otros. Terminó su plato en silencio, se vistió a toda prisa y salió con Sonia a la mañana fresca de Dar es Salaam. Ya tendría tiempo de conocer —y juzgar— al tal Kai.

15

Un día casi feliz

La sede de Angalia quedaba a menos de diez minutos a pie. Era una casa pequeña, de buen aspecto, en cuyo patio ya esperaban cuatro o cinco pacientes: un anciano con una venda en la mitad de la cara y varias madres con niños de ojos legañosos. El jeep con el logotipo del ojo y el mapa ocupaba parte del espacio bajo un tejadillo de uralita, y un par de gatos aprovechaban lo que quedaba de sombra para dormitar.

—Ah, estáis aquí. —Leo salió a recibirlas en bata blanca. Su sonrisa era tan acogedora como el día anterior—. *Karibu*, Carolina, bienvenida a Angalia.

Resultaba difícil resistirse a su amabilidad, a la sencillez de su trato. Le quedaba bien la bata sobre la piel tan oscura. Le daba un aire profesional y cercano a la vez, justo lo que un médico debe ser... Lo que Noel había sido.

—Llamadme Carol —dijo ella, en un impulso—. Así lo hacen mis amigos.

—*Carrol* —repitió él, y su pronunciación fue tan parecida a ese «villancicos» que motivó el apelativo cariñoso de Noel que se le escapó una sonrisa—. Ven, *Carrol*. Te enseñaré la clínica.

No era grande. La misma entrada hacía las veces de distribuidor para tres consultas, cada una identificada con una cartulina. «Sonia Torres. *Daktari wa macho*», leyó en la primera. Era una habitación sencilla, muy luminosa, con los típicos paneles de dibujos de oculista en la pared y un estuche de lentes de graduación sobre la mesa.

—Esta es la mía —dijo Leo, señalando la segunda puerta.

«Leonard Lilanga. *Daktari wa macho*», leyó Carolina, y ahogó una exclamación.

—Es que aquí no distinguen entre oftalmólogo y optometrista —explicó Sonia, creyendo interpretar su sorpresa—. Todos somos «doctores de ojos».

—Tú eres el doctor Lilanga —dijo ella—. Noel te menciona constantemente en su diario. Tú le enseñaste a operar cataratas y a diagnosticar enfermedades tropicales. Te estaba muy agradecido.

La sonrisa de Leo se hizo más profunda, más cálida. Una luna creciente en su cara oscura. De pronto, a Carolina se le ocurrió que aquel hombre también debía de haber sufrido una gran pérdida. Era imposible, si no, que pudiera sonreír de aquella manera, como si fuera capaz de comprender y arropar todos los dolores del mundo.

—Entonces, has podido hojearlo. Me alegro. Así ya somos viejos conocidos. Él también nos hablaba de ti, ¿verdad, Sonia?

No se le escapó el breve rictus de amargura de la chica mariposa antes de contestar con unas palabras amables. Carolina se mordió el labio. Por mucho que lo intentara, no podía confiar en ella: Noel le importaba más de lo que era capaz de confesar.

La tercera puerta no tenía cartel, aunque sí la marca de que había habido uno, como si lo hubieran retirado hacía poco. Sin que se lo dijeran supo que allí había pasado consulta Noel. Allí había descubierto esa vocación tardía que aunaba las dos facetas de su vida profesional, la de médico y la de aventurero. Allí había grabado su primer vídeo de Tanzania... No necesitaba abrir la puerta para adivinar lo que encontraría. Una camilla a un lado y el póster anatómico del ojo en la pared: la consulta que ella entrevió en su portátil a nueve mil kilómetros de distancia.

—Será mejor que empecemos —dijo Sonia, mirando preocupada cómo otros dos pacientes se unían al patio de espera—. Ahora que solo estamos Leo y yo, las jornadas se alargan. Estos días nos están llegando bastantes donaciones desde España; quizá pronto podamos traer a otro oftalmólogo.

—¿Cómo puedo ayudaros?

—No creo que...

—Podrías organizar la cola —interrumpió Leo—. Ya sabes: darles la vez e inscribirlos en el registro. Míster Mwenye nos pide cuentas, como es lógico. Nos ahorrarías mucho tiempo.

Contra todo pronóstico, aquella fue una mañana casi feliz. Carolina ocupó una mesita en el recibidor y se centró tanto en los pacientes que, a ratos, hasta lograba olvidarse de su pena. Debía anotar sus nombres, edades y dolencias en un taco de hojas grapadas, y los primeros términos que aprendió en *swahili*, antes que «hola» o «gracias», fueron tecnicismos como «ceguera», «infección» o «visión borrosa».

—¿Os paso la lista a ordenador? —le preguntó a Sonia, señalando un trasto prehistórico que ocupaba parte de la mesita.

—¿Lo harías? Tenemos que enviárselo a míster Mwenye, así que sería trabajo adelantado. Nunca nos da tiempo durante la consulta.

Era evidente que Sonia intentaba hacerle olvidar sus desplantes. La ayudó a encender el cachivache y le confirmó que tenía conexión a internet.

—Va un poco lento, pero te servirá para chequear tu correo electrónico.

Carolina no tenía muchas ganas de pensar en Madrid. Estaba más tranquila y así quería seguir. Introdujo los datos en una tabla y, entre paciente y paciente, se distrajo curioseando información en línea sobre Angalia. Al ver su página web, se le cayó el alma a los pies. Era tan arcaica, tan poco ilustrativa de la limpieza y la armonía que se respiraba en aquel lugar, que sintió la necesidad de ponerle remedio.

—Leo, ¿tienes por ahí las contraseñas de administrador de la web?

El tanzano puso cara de asombro.

—¿Las qué?

—El acceso a la web. ¿No la habéis configurado vosotros?

Obviamente, no.

—Hace unos años, una cooperante convenció a míster Mwenye para crearla... No creo que nadie la haya tocado desde entonces.

—¿Y no tienes ni idea de la contraseña?

Leo lo pensó un momento.

—En el primer cajón hay un par de cuadernos de aquella época —dijo al fin, encogiéndose de hombros—. Quizá la anotara allí.

Carolina sacó las viejas libretas de anillas y las hojeó. Sonrió al ver las agendas de expediciones pasadas, las listas de materiales que otros médicos echaban en falta —desde oftalmoscopios o un retinógrafo hasta la pata de una camilla— y las notas de los muchos cooperantes que habían pasado por aquel consultorio.

—¡Ah, aquí está!

La contraseña, recuadrada en el tosco dibujo de un ordenador, saltaba a la vista. Satisfecha, la tecleó en la casilla correspondiente y accedió a las entrañas digitales de Angalia.

El *backend* estaba hecho un desastre. Sería más fácil rehacer la web entera. Buscó una plantilla moderna y fotografías atractivas de salud visual, paisajes africanos y niños felices.

Para que el menú no se viera tan desangelado, creó un apartado de noticias y enlazó todas las que encontró sobre Angalia. Luego, remodeló la sección de contacto con un mapa «¿Dónde estamos?» y un par de imágenes de la propia clínica que localizó en los archivos del ordenador. A mediodía, ya la tenía lista para mostrársela a Sonia y Leo.

—¿Qué os parece? Os enseñaré a actualizar la información, es muy fácil cuando le coges el truco.

—¡Menudo lavado de cara! —dijo Leo—. A míster Mwenye le va a encantar.

—Siempre me avergonzaba pensar que los donantes potenciales vieran esa web tan cutre. —Sonia se inclinó—. ¿Qué correo has puesto en el contacto? ¡Ah, el antiguo! Mejor pon el de info, que es el que usa Kai para gestionar las donaciones.

—No hay problema. —Accedió a la pantalla apropiada en un par de clics y realizó el cambio.

—Y todo esto lo has hecho en una mañana —murmuró Leo, siguiendo el trazo ágil del ratón—. Es increíble.

Carolina era capaz de hacer cosas mucho más complicadas en una mañana, pero sonrió complacida. Al alzar la cabeza, sus ojos se encontraron con los del médico, brillantes de admiración, y una leve sacudida en el estómago la tomó por sorpresa.

—¿Tenéis hambre? —dijo Sonia, mirando por la ventana—. Creo que hoy nos han traído pollo con *ugali*.

—¿Nos lo han traído? ¿Quién? —Sonrojada, se alegró de tener una excusa para apartar la vista. Estaba de luto por Noel, las mariposillas en el vientre no tenían nada que hacer allí.

—Los pacientes —aclaró Leo—. A veces alguien trae comida casera. Si no, entre todos juntan unas monedas y nos la compran en algún puesto callejero.

—Creía...

Se interrumpió. Le parecía un poco grosero aludir a la pobreza de las madres y los ancianos que habían pasado por Angalia esa mañana.

—Aunque la consulta sea gratuita, no dejan de agradecer nuestra labor —repuso Leo en tono amable.

Era un detalle hogareño, más aún cuando Sonia dispuso los envoltorios de carne recién hecha en una mesa de plástico que Leo montó en el patio, a la sombra de una palmera. Carolina, que en cualquier otra ocasión habría mostrado remilgos ante la comida callejera de un país extranjero, descubrió que nada combinaba mejor con el pollo a la brasa que esa pasta cremosa de harina de maíz que en Tanzania llamaban *ugali*. Y la comió con el apetito que no había tenido en días.

La tarde resultó más tranquila. El primero en llegar fue Inno, cargado con cuatro bolsas del supermercado que dejó en el suelo junto al todoterreno. Risueño, saludó a las chicas con la mano e intercambió unos comentarios jocosos con Leo en *swahili*.

—Es para la expedición —dijo este último viendo que Carolina miraba con curiosidad las bolsas de víveres—. El viaje será largo y por carreteras solitarias. Debemos ir preparados.

Inno abrió un pequeño trastero en el patio y empezó a trasladar fardos al vehículo: tiendas de campaña, agua embotellada, un hornillo de alcohol...

—Hay un saco de dormir de sobra para ti, *Carrol*. Lo he comprobado esta mañana.

Era difícil resistirse a la afabilidad del médico, a sus labios gruesos y sensuales, a su voz profunda y cálida.

—¿Iremos en un solo coche? —preguntó—. Pensaba que teníais dos.

Él intercambió una breve mirada con Sonia y respondió, algo vacilante.

—El otro se quedó en el Ngorongoro, lo recogeremos en este viaje. Me temo que mañana estaremos un poco apretados. El trayecto de vuelta será más cómodo.

El otro jeep, el que había conducido a Noel a las fauces del león. Carolina se estremeció.

—Hola a todo el mundo —interrumpió una voz junto a la verja.

—¡Kai! —exclamó Sonia—. Ya era hora.

El famoso Kai. Carolina lo contempló con curiosidad. Era un hombre grande, con una coleta algo rala y el aire ligeramente fondón de los deportistas envejecidos. Llevaba dos paquetones de latas de cerveza Kilimanjaro y los dejó caer sobre el equipaje que Inno organizaba con tanto esmero.

—Tú debes de ser Carolina.

Acostumbrada a la cara de funeral que se les quedaba a todos en cuanto la situaban, casi le sorprendió que él siguiera sonriendo.

—Lo siento mucho, chica, créeme. Noel era de lo mejor que ha pasado por Angalia, ¡y no llevamos pocos médicos! No sé por qué no somos capaces de conservarlos...

—Carolina ha renovado la web por completo —interrumpió Sonia, sin duda inquieta por el tono de su compañero.

Él no hizo caso. Se inclinó sobre Carolina hasta echarle el aliento en la cara. Olía a alcohol rancio.

—Te voy a confesar algo. Y no es que yo le deseara nada malo a tu Noel, ¿eh?, eso que conste, pero casi tendría que darle las gracias: ¡nos ha hecho célebres! Desde que lo del león salió en los periódicos españoles, la gente se pelea por donarnos pasta. Nunca habíamos tenido tanta. ¡A ver qué tiene que decir ahora míster Mwenye!

Soltó una carcajada y le dio un codazo chabacano en las costillas. Carolina no reaccionó, estaba demasiado asombrada.

—Eres un imbécil, Kai —dijo Sonia.

—¡Eh, eh, cuidadito! Que yo no digo que me alegre de su muerte, pero ya que ha ocurrido...

—Basta —intervino Leo—. Los dos, basta ya. No queremos más peleas. Vamos a terminar los preparativos, que mañana madrugaremos mucho. Kai, ¿ayudas a Inno con el equipaje? Hay que embalar la vieja lámpara de hendidura y meter más gasas en el botiquín. Sonia, ahí llegan más pacientes. *Carrol...*

—Sigo con la lista de inscripción, no hay problema —murmuró ella, todavía mirando a Kai—. También quiero darle los últimos retoques a la web.

—Seguro que a Kai le interesará verla, ¿verdad, Kai?

A Carolina no le apetecía mucho acercarse al director de Angalia después de aquella breve exhibición y, por suerte, él estuvo demasiado ocupado todo el tiempo asegurando el equipaje para pasarse por su mesita. Cuando acabaron, los tres españoles volvieron juntos al piso y Kai no hizo más comentarios sobre Noel. En realidad, apenas habló. Al llegar a casa, se acomodó en el sofá frente a un viejo televisor y ya no prestó ninguna atención a las chicas. Carolina perdió la cuenta de las latas de cerveza que se bebió antes de que Sonia lo llevara a rastras a la cama.

16

Aguas profundas

A pesar de la borrachera, Kai se levantó de madrugada, como las chicas: habían quedado con Inno y Leo a las cuatro de la mañana en Angalia. A los dos cooperantes, con sus prácticas mochilas de excursionista, se los veía muy cómodos por las calles silenciosas de Dar. Carolina, arrastrando lastimosamente su malhadado *trolley* entre los socavones, de nuevo se sentía una novata ignorante e inexperta. Le sobraban la maleta, los vaqueros, las zapatillas blancas, que ya empezaban a volverse color tierra. África era para trajinarla, para impregnarse de ella con bermudas de muchos bolsillos y camisetas que no importara manchar. No había lugar para la moda urbanita ni los conjuntos playeros que había empacado con precipitación porque no tenía otra cosa para el trópico.

Se animó un tanto al ver a Leonard junto a la verja de Angalia. Él también vestía muy informal, parecía más campechano sin la bata blanca. La amabilidad con que la saludó fue un bálsamo para su ánimo dolorido.

—¿Preparada para el viaje? —dijo acomodando su *trolley* en un hueco entre los asientos del todoterreno.

Al subirlo a pulso se le marcaron los músculos a través de la camiseta negra, y a Carolina le sorprendió descubrir que era un hombre atlético; no solo alto, sino también vigoroso. El día anterior, le había parecido más intelectual que deportista. Respiró una vaharada de su olor, tan penetrante. Olor a tierra y cuero.

—Preparada —respondió.

Y era cierto. Había algo en Leo que la hacía sentir cómoda, como si ya no importaran ni la ropa inadecuada ni su falta de encaje en aquel grupo de cooperantes.

De noche, Dar es Salaam parecía aún más fea y desastrada. Inno condujo por una serie de avenidas pobretonas, llenas de sombras, hasta salir de la ciudad. Solo entonces, el mundo se hizo amplio y limpio. El sol naciente iluminó una carretera recta, muy despejada, en medio de una vasta planicie. Carolina sintió un agradable calorcillo en el estómago. Aquello era África, territorio de safaris, de jirafas, cebras y elefantes. Y era tal como la había imaginado: inmensa, solitaria, salvaje. Ojalá hubiera ido a disfrutarla. Sacudió la cabeza. Estaba adentrándose en lugares remotos con cuatro desconocidos. No hacía ese viaje por ella, sino por Noel.

Observó a sus compañeros por el rabillo del ojo. Inno, al volante, llevaba la ventanilla medio abierta y canturreaba en voz baja para sí. Al cruzarse con vehículos de alguna empresa de safaris, saludaba a los conductores como si fueran viejos conocidos. A su lado, Kai se había vuelto a dormir y roncaba sin inhibición alguna. Ella iba detrás, junto a Sonia. La chica mariposa lucía un impecable conjuntito de exploradora y un pañuelo de lunares anudado a la cola de caballo, perfectamente equipada para África. Cociéndose dentro de sus vaqueros de ciudad, Carolina volvió a sentir una punzada de envidia. ¿Cómo se las apañaba para ir siempre tan bien compuesta? Leo, junto a la otra portezuela, captó su mirada afligida y le guiñó un ojo. Fue un gesto sencillo, una tontería, pero la hizo sentir mejor. Era agradable pensar que contaba con un amigo en el grupo.

El viaje al Serengueti era largo. Había que cruzar el país entero, abandonar la seguridad y el bullicio de la costa índica para adentrarse en los territorios despoblados del corazón de África. En los siglos de las expediciones coloniales, casi nadie tomaba esta ruta. Las tribus salvajes, los depredadores y las temibles enfermedades africanas hacían del continente un lugar inhóspito para el hombre blanco. Alejarse de la costa era, muchas veces, arriesgar la propia vida.

Ahora, las carreteras tendidas a lo largo y ancho del territorio conectaban todos aquellos rincones antaño inexplorados. Las enfermedades se combatían con medicamentos y ya no había tribus salvajes. Sin embargo, las vastas planicies de Tanzania, vacías de gente y casi de árboles, evocaban aquel sentimiento aventurero del pasado. Como si allí pudiera ocurrir cualquier cosa.

—¿Cuánto tardaremos en llegar al Ngorongoro? —preguntó Carolina unas horas más tarde, cuando se detuvieron a desayunar en el arcén.

Kai, ya despejado después de la siesta, soltó un silbido.

—Son casi mil kilómetros, una jornada larga. La otra vez nos detuvimos por el camino para montar el consultorio y estuvimos una semana en ruta. Hacerlo del tirón nos llevará el día entero.

—¿Del tirón? —Leonard frunció el ceño—. Llegaríamos de noche. Mejor dormimos en los alrededores del lago Manyara.

Kai le dirigió una mirada fría, extraña.

—No es necesario.

—O un poco antes, en Arusha, si lo prefieres.

—¿A cuatro horas del Ngorongoro? Míster Mwenye está

impaciente por la revisión de su madre, se cabreará si lo hacemos esperar.

—Seguro que lo entenderá cuando...

Kai dio un puñetazo en el chasis del coche, que los sobresaltó a todos.

—¡Basta! Yo soy el director de Angalia y quien responde ante míster Mwenye. Tú limítate a tus cosas de médico.

Leonard no replicó, pero su rostro se tornó tan sombrío que casi daba miedo.

—Vamos, Kai —terció Sonia en tono conciliador—. Leo conoce esto mucho mejor que nosotros. Y tú tampoco quieres conducir de noche, ¿a que no?

—¿Por qué? —preguntó Carolina—. ¿Qué problema hay en eso?

Sobrevino un silencio incómodo. Fue Leonard quien, haciendo un esfuerzo por recuperar su amabilidad habitual, se lo explicó con sencillez:

—Aquí las carreteras son peligrosas. Están mal señalizadas, tienen socavones inesperados, los animales se te cruzan por cualquier sitio... Es muy fácil tener un accidente; por eso, la mayoría preferimos evitarlas en la oscuridad.

—Lo consultaremos con míster Mwenye —se apresuró a decir Sonia al ver que Kai abría la boca—. Luego lo llamamos. Pongámonos en marcha o no llegaremos ni a Arusha, ¿verdad, Inno?

El conductor asintió sucinto. Aunque no había tomado parte en la discusión, su forma de mirarlos dejaba claro que opinaba como Leonard. ¿Qué le pasaba a Kai? ¿Por qué reaccionaba así ante una objeción razonable? Intrigada, Carolina iba comprendiendo que en aquel grupo había aguas profundas, celos soterrados, peleas, rivalidades. Y en esa dinámica, ya no le importaba tanto presenciarlo todo desde fuera.

La jornada no solo resultó larga, también un poco aburrida. Las vastas distancias entre una población y la siguiente, la monotonía de un paisaje siempre llano y el sol cayendo a plomo sobre el coche contribuían a generar una sensación de pesadez en los cinco viajeros. La mayor parte del día, estuvieron completamente solos en la interminable carretera.

Nadie volvió a mencionar el asunto de dónde pasar la noche. A media tarde, Leo se irguió en su asiento y le tocó el hombro a Carolina.

—¡Mira allí! —dijo.

Al principio, ella no vio nada. De pronto, como esas ilusiones ópticas que se vuelven obvias de repente, advirtió que buena parte del cielo violáceo sobre el horizonte estaba ocupada por la sombra tenue de un monte gigantesco, y que lo que ella había confundido con un cúmulo de nubes era, en realidad, su cima coronada de blanco.

—¿Es el Kilimanjaro? —preguntó emocionada.

Leo asintió sonriente. Allí, en pleno trópico tanzano, estaban las nieves evocadoras que Hemingway empleó como metáfora de la vida y la muerte en una de esas reflexiones vitales que el continente más indómito inspira de forma natural. Las contempló en silencio, con reverencia. Eran el primer vestigio literario del África con la que tanto había soñado.

—Estamos cerca de Arusha —dijo Sonia—. Es la base para los safaris por el Serengueti. Los turistas suelen venir en avión desde Dar.

—Bueno, ¿qué hacemos? —dijo Leo mirando a Kai—. ¿Seguimos o paramos aquí?

El sol estaba ya bastante bajo en el horizonte. Apenas quedarían dos horas de luz, lo justo para buscar algún alojamiento donde pernoctar; si continuaban hasta el Ngorongoro, la oscuridad se les echaría encima. Antes de que Kai contestara, sonó el móvil de Leonard.

—¿Es... él? —preguntó Sonia vacilante.

Kai dejó en el aire sus protestas y estiró el cuello para ver el nombre en la pantalla. Todos parecían, de pronto, muy nerviosos; hasta Inno abandonó su eterna sonrisa. ¿Qué ocurría allí? ¿Por qué una simple llamada generaba tanta tensión? De nuevo, aguas profundas; relaciones que Carolina no acababa de entender en aquel grupo de cooperantes.

—*Shikamoo?* —saludó Leo llevándose el móvil a la oreja.

Los demás se quedaron en silencio mientras él conversaba en *swahili*. No se extendió mucho. Al colgar, anunció:

—Vamos a continuar hasta el lago Manyara. Míster Mwenye quiere que pasemos la noche en el camping de siempre. —Levantó una mano para anticiparse a las protestas de Kai—. Dice que lo pagues con los fondos de Angalia, que ahora nos lo podemos permitir.

—Antes también podíamos —gruñó este—. Sigo pensando que es un gasto innecesario.

Pero míster Mwenye lo había ordenado y él no opuso más resistencia. Carolina lo miró extrañada. Le costaba creer que su oposición al plan de Leo fuera solo por ahorrarse el alojamiento, parecía una reacción excesiva para algo tan nimio.

Kai seguía rezongando.

—Además, no sé por qué te llama siempre a ti. Sabe perfectamente que el responsable de la expedición soy yo.

Leo guardó el móvil sin hacer comentarios. Enfurruñado, Kai se sumió en un silencio hosco. Sin embargo, el nubarrón se había disuelto. Inno volvió a canturrear. Sonia sonrió con alivio. Y la curiosidad de Carolina por míster Mwenye se acrecentó al vislumbrar el formidable influjo que tenía sobre los chicos, organizando sus vidas a voluntad y tensionando hasta lo indecible la relación entre el médico de Angalia y su director.

17

Al borde del abismo

Aunque la mayor parte de Tanzania sea una pradera sin fin, en Arusha es donde empieza la verdadera aventura. Carolina volvió a sentir el atisbo acechante de emoción cuando, a la salida de la ciudad, se detuvieron en una gasolinera a llenar el depósito, y Leo y Kai cargaron un par de bidones extra en el jeep.

—La región a la que vamos está totalmente despoblada —le explicó Leo, levantándolos a pulso como si no pesaran más que un almohadón—. No queremos quedarnos tirados en mitad de la nada.

—¿Para qué hace eso? —preguntó Carolina, señalando a Inno, que meneaba el vehículo en pleno repostaje.

—Para que entre más gasolina —dijo Sonia sonriendo—. Aprovecha para comprar pilas para tu linterna o alguna chocolatina, que no veremos muchas tiendas de ahora en adelante.

Carolina evitó confesarle que no había llevado ninguna linterna. Al lado de la gasolinera, un pequeño supermercado vendía de todo, desde *souvenirs* hasta ropa; ella se quedó mirando las bermudas de algodón expuestas junto a los imanes de nevera y los cuencos de artesanía local. Estaba acalorada y molesta tras el largo viaje en vaqueros. Necesitaba algo más fresco, más práctico, pero allí no encontraría un conjuntito de exploradora como el de Sonia. Frunció los labios. Con aquella ropa holgada de baratillo parecería un esperpento, sobre todo, comparada con la impecable chica mariposa. «¡Qué narices!». Escogió dos pantalones cortos, unas camisetas con *I love Tanzania* estampado en varios colores y unas chancletas. Jamás hubiera salido así a la calle en Madrid; sin embargo, aquello era África, y, desde luego, iría más cómoda.

Más allá de Arusha, el paisaje empezó a cambiar. La pradera parda se fue volviendo verde; los árboles, tupidos y susurrantes, acabaron cerrándose sobre ellos como una auténtica selva. La carretera dejó de ser recta y despejada: tras pasar un pueblecito llamado Mto wa Mbu, se convirtió en un estrecho zigzag ascendente, con peligrosas curvas que ni siquiera un quitamiedos separaba del barranco. Con razón Leo no quería abordarla de noche.

—¡Mira, Carol!

Siguió el dedo de Sonia por la ventanilla, hacia la espesura. Medio oculto entre unas ramas, un mono grande, de cara alargada y ojos hundidos, los observaba con fijeza.

—¡Allí hay otro! Son babuinos.

¡Sus primeros animales en África! No esperaba encontrárselos en plena carretera. Un poco después, Inno tuvo que frenar y dar paso a una familia de colobos. El más pequeñín, fascinado por el ruido del motor, se acercó a curiosear bajo las ruedas, hasta que su madre retrocedió para recogerlo y lo condujo hacia unos arbustos.

—Llegaremos enseguida —dijo Leo.

Sucia y entumecida, Carolina, que llevaba toda la tarde soñando con una buena ducha, se alegró cuando vio las luces del camping. Era un lugar humilde, con pequeñas cabañas de adobe y baños compartidos al aire libre. Disfrutó de la experiencia de lavarse con el cielo sobre su cabeza. Solo un fino parapeto de juncos la ocultaba a la vista de los demás, pero esa vez no le importó que la oyeran en el baño; más bien consideró un lujo verse acompañada por el canto tranquilo de los pájaros al atardecer.

Ya fresca y vestida con su ropa de baratillo, salió a dar una vuelta. Leo también se había aseado y, desde el respaldo de un banco, contemplaba la amplitud del paisaje que acababan de dejar atrás.

—¿A que es una maravilla?

Carolina se sentó junto a él. Estaban muy altos, ante una formidable grieta en el terreno. Al fondo, envuelto en las sombras de la noche, se cerraba otro farallón de selva y el espacio entre ambos era inmenso: una vasta llanura que se perdía en la distancia. En ella, a lo lejos, una bruma de flamencos rosas ocultaba la superficie especular del lago Manyara.

—Este lugar... —murmuró Carolina con asombro—. Yo lo conozco, es el escenario del segundo vídeo de Noel.

—¿Un vídeo?

Ella sacó su móvil.

—También os detuvisteis aquí la otra vez, ¿verdad? —le preguntó, abriendo «Postales a Madrid» en su teléfono.

—Sí, el dueño es amigo de míster Mwenye. Aunque dormimos en las tiendas de campaña para que resultara más barato. Hace quince días, Angalia andaba muy escasa de fondos.

Ahí estaba el vídeo titulado *Al borde del abismo*. Contempló el valle del Rift detrás de Noel. Era la misma imagen, probablemente tomada desde aquel mismo banco. Pulsó el botón de reproducción:

«En África, la geografía tiene algo de dramática. Mirad

(...) la escarpa del Rift, una grieta descomunal de más de dos mil kilómetros que (...). Hoy (...) montado el consultorio allá abajo, junto al lago Manyara...».

La mala cobertura provocaba cortes en el vídeo y Noel se movía a trompicones. Carolina le echó una ojeada a Leo.

—¿Entiendes español?

—Un poco. Es su blog, ¿verdad? —Sonrió al verla afirmar con la cabeza—. Hablaba de él con mucho entusiasmo.

Al llegar a la parte más personal de la grabación, ella detuvo el reproductor. No quería seguir escuchándolo: «Ojalá Carolina viera aún mis vídeos». No solo los había visto, sino que la habían llevado a esa África soñada. Y él tenía razón: era tal como se la imaginaba. La sacudió una punzada de nostalgia. Allí estaba ella, en el mismo banco que él, con la certeza de que no volvería a verlo nunca más. ¡Habrían disfrutado tanto juntos de aquella majestuosidad! «Aquí, los humanos somos una anécdota». Lo imaginó diciéndoselo a ella en vez de a la cámara, compartiendo con ella aquel entusiasmo por la aventura, como en las noches lejanas de complicidad y charlas infinitas. «Voy entendiendo tu fascinación por el Serengueti». Ya nunca podrían visitarlo juntos. No podría compartir con él esa imagen de África —la dulzura de un cafetal en las Tierras Altas, el atisbo del horror de lo salvaje— que a ella le habían grabado en el alma sus lecturas. «Yo te llevaré. Y lo convertiré en el viaje de tu vida». Parpadeó para contener las lágrimas.

—El dolor acabará remitiendo —le dijo Leo con voz suave.

Alzó la vista. Los ojos pardos del médico eran todo comprensión. De nuevo, tuvo la sospecha de que hablaba con conocimiento de causa.

—También perdiste a alguien, ¿verdad?

—Sí.

Él se pasó la mano por la cabeza. Una mano grande, con

la palma rosada; una cabeza de caracolillos encrespados. Al volverse de nuevo hacia el paisaje, su perfil se recortó contra el crepúsculo. Fascinada por aquel rostro tan diferente, Carolina miró sus labios gruesos, negros. Unos labios cuyos besos —se le ocurrió de pronto— debían de ser mullidos como un cojín. Era la antítesis de Noel. De sus ojos azules, chispeantes; de su pelo largo y pajizo, de su cuerpo fibroso. Leonard era mucho más fornido y se movía con cierta pesadez. Sin embargo, había en su porte una voluptuosidad latente, una atracción oscura que Noel, el chico guapo, jamás sería capaz de suscitar.

—Perdí a mi mujer —dijo al fin—. En un accidente de tráfico, hace cuatro años.

—Oh.

Por un momento, a Carolina le pareció una tragedia mayor que la suya. Hasta ella caía en la trampa de dar más importancia a la palabra matrimonio que a sus quince años de noviazgo.

—Se salió de la calzada y chocó de frente contra un árbol. Estoy bien escarmentado con lo de conducir de noche, créeme. Quienes no habéis crecido aquí suponéis que cuando pedimos precaución es por si acaso, como en Europa. No es así. En África, los peligros son reales.

Era obvio que estaba aludiendo a Kai y su empeño por ahorrarse cuatro perras. Sin embargo, Carolina no pudo evitar pensar en otro incauto.

—¿Es eso lo que le ocurrió a Noel con el león?

Él alzó las cejas, sorprendido.

—Claro que no. Noel era un buen tío y respetaba nuestra opinión, la de los que conocemos esta tierra. No sé qué rayos le pasó por la cabeza para salir del *lodge* solo, en plena noche y con un león rondando por los alrededores, pero no creo que fuera falta de prudencia.

—Tú..., tú no estabas allí, ¿verdad?

Él negó con placidez.

—Sonia y yo habíamos seguido la ruta hasta Seronera. Noel se quedó con Inno y con Kai para tratar a *mama* Mwenye.

Carolina respiró profundamente. Ya lo sabía; aun así, era un alivio oírle confirmar que no se encontraba en el Ngorongoro cuando Noel murió... o fue asesinado. Lo miró pensativa. ¿Podía confiar en él? Era una acusación muy grave y ni siquiera estaba segura... Debía avanzar con cuidado, paso a paso.

—En el vídeo, Noel dice que aquí discutió con alguien del equipo. ¿Sabes con quién?

Le pareció que Leo se ponía algo nervioso.

—Bueno, la convivencia siempre provoca algún roce, llevábamos diez días juntos.

—¿Con quién discutió? ¿Con Kai?

Él abrió mucho los ojos:

—¿Con Kai? No, qué va. Se llevaban bien, aunque no fueran muy íntimos. Cierto que Kai se molestó por el cambio de planes, pero eso fue a la mañana siguiente, antes de partir.

Sin entender del todo a qué se refería, Carolina insistió:

—Entonces ¿con quién discutió aquella tarde? No sería contigo, ¿no?

El médico soltó una risa apacible.

—Nunca tuve un solo desacuerdo con Noel; al contrario, era un gran amigo. Aprendí mucho de él. —La miró con seriedad—. Cuando muere un ser querido, siempre intentamos remover su pasado para comprenderlo mejor, y no sirve de nada.

Carolina desvió la vista hacia el paisaje, la selva, los flamencos en la lejanía... Se le llenaron los ojos de lágrimas.

—Sirve para saber —murmuró.

Aquello tampoco conducía a ningún sitio. Si Leo decía la

verdad, la discusión tuvo que ser con Inno o con Sonia. ¿Cómo averiguarlo? ¿Cómo despejar tantas incógnitas?

—Dices que hubo un cambio de planes. ¿A qué te refieres?

Él volvió a pasarse la mano por la cabeza.

—En realidad, fue cosa de Noel. Míster Mwenye quería que yo operara a su madre, me conoce de hace años y Noel apenas llevaba aquí un mes.

—Eso pensé yo también, tú tenías más experiencia.

—Estaba previsto que él se dirigiera al Serengueti con Inno y Sonia para montar allí la consulta, y Kai y yo nos detendríamos un día en el Ngorongoro. Aquella noche, Noel me pidió que nos intercambiáramos. Como míster Mwenye no permite que nadie más que Inno o yo coja los coches de Angalia, tuvimos que reorganizar los grupos: Inno los acompañó a él y a Kai al Ngorongoro, y yo seguí con Sonia hasta Seronera.

Carolina se irguió presintiendo que allí había algo importante.

—¿Los demás no pueden conducir los jeeps? ¿Por qué no?

—Inno y yo somos de aquí, conocemos bien estas carreteras y sabemos qué hacer ante algún incidente. En un viaje como este es normal pinchar alguna rueda o que falle el radiador. —Rio un poco—. Noel me confesó que no había cambiado un neumático en su vida.

Carolina esbozó una sonrisa. Era cierto, su novio no era precisamente un manitas.

—¿Y Kai? Él lleva varios años aquí, ¿no?

Leo se revolvió incómodo.

—Supongo que ya te habrás dado cuenta de que Kai no es el favorito de míster Mwenye, y eso complica las cosas, porque es el director de Angalia. Es un buen tío, ¿sabes? A pesar de todo. El accidente de Noel le está pasando factura, tuvo que ser terrible...

Carolina desvió la mirada, no quería pensar en eso.

—¿Y dices que Kai protestó por el cambio de planes?

—No mucho, en realidad. Verás, míster Mwenye no aceptaría el intercambio a menos que le diéramos una buena razón, así que Noel y yo ideamos una pequeña artimaña: yo me vendé el dedo y dijimos que me había hecho un corte trasteando con el motor. Llevaba todo el viaje dándonos la lata, así que nadie lo puso en duda. Como ya imaginábamos que lo de *mama* Mwenye requeriría bisturí, llamamos al patrón para proponerle el nuevo plan. Le pareció bien y, por la mañana, se lo explicamos a los demás como un hecho consumado.

Carolina se quedó pensativa. Así que Noel, después de una misteriosa discusión con alguien del grupo, había forzado las cosas para detenerse en el Ngorongoro, en vez de seguir hasta el Serengueti. Sin renunciar a la compañía de Inno, se alejó de Sonia para ir al encuentro de míster Mwenye con Kai. ¿Por qué?

—¿Qué razón te dio Noel para hacer el cambio?

Ya no tuvo dudas, el médico estaba nervioso.

—Eso no puedo decírtelo.

—¿Por qué no? Debió de convencerte, puesto que accediste al engaño.

Leo se puso serio, algo hosco.

—Créeme, no tiene nada que ver contigo. Ni siquiera con Noel, en realidad. Él era una buena persona y quiso... proteger a alguien. Solo eso.

Carolina no insistió, aunque siguió reflexionando. Proteger a alguien. ¿Cómo? ¿A quién? Si no había discutido con Leo ni con Kai, solo quedaban dos candidatos, y tenía claro cuál era el más probable.

—¿Acaso tuvo algo que ver con Sonia? ¿Quiso alejarse de ella?

No hizo falta que Leo le contestara: su expresión le indicó

que había dado en el clavo. Tragó saliva. Ya no estaba pensando en la muerte de Noel. La terrible, aunque mucho más mundana, posibilidad de que le hubiera sido infiel con la chica mariposa volvió a atenazarle el estómago.

18

Algo más sobre Simba

Por muchas vueltas que diera, siempre acababa volviendo a Sonia. Noel había orquestado un cambio de planes para no viajar juntos al Serengueti, como estaba previsto. «Aquí siento a mi *Panxoliña* muy cercana», había dicho en el vídeo del Rift. El tono sentimental, el desánimo, todo apuntaba a la culpa del novio tras pelearse con la amante. «Debo tomar una decisión». Sonia o Carolina: ese era el verdadero dilema, el inconfesable; aunque para sus seguidores lo disfrazara de «Tanzania o Madrid».

Debía hablar con Sonia. Despejar sus dudas, confirmar suposiciones. Regresó despacio a la cabaña que compartían. Su compañera, ya en la cama, hojeaba una vieja revista de cotilleos.

—Me las traigo de España, son mi debilidad —dijo riendo avergonzada al dejarla a un lado—. ¿Has disfrutado del paseo?

Carolina frunció el ceño, indecisa. ¡Qué mal se le daban esas cosas!

—¿Ocurre algo?

Se sentó en su cama y la miró a los ojos, a esos ojos grises, huidizos, que afeaban un rostro perfectamente delicado. El rostro que Carolina hubiera deseado para ella.

—¿Te acostabas con Noel?

Lo soltó así, de sopetón, sin anestesia. No fue capaz de ser menos directa. A Sonia se le congeló la sonrisa en la cara.

—Supongo que llevas preguntándotelo desde que me conociste en el funeral, ¿no? —dijo con tristeza.

Carolina no contestó ni bajó la mirada.

—No estábamos liados. Al menos... —le tembló la barbilla—, él nunca quiso nada serio conmigo.

—¿Qué?

—¿Quién no se enamoraría de él? Era un chico maravilloso.

Carolina guardó silencio turbada. Apenas reparó en el tono agresivo, casi rabioso, de su interlocutora; tampoco quiso creer su negativa. ¿Qué significaba aquel «nada serio»? ¿Acaso había habido algo entre ellos? ¿Un desliz? ¿Un beso, una noche furtiva de pasión al calor de una hoguera africana?

—Yo lo amaba. ¡Qué extraño confesártelo a ti, precisamente! Lo amaba. Nadie me entendía como él, pero te eligió a ti. Ya lo sabrás por su última grabación: a pesar de lo mucho que le gustaba esto, de la plenitud que le proporcionaba Angalia, pretendía volver contigo, planear un futuro... ¡Yo lo amaba! ¡Y lo comprendía mejor que tú, te lo garantizo!

—¿Iba a regresar a Madrid?

Aquella entrada del blog que no se atrevió a ver, aquel *Mi querida Carolina*... Sonia la miró con los ojos entornados:

—Entonces, él tenía razón: nunca veías sus vídeos.

—Ese no fui capaz —susurró temblorosa.

Su desolación era enorme. La noticia que debería haberla alegrado —Noel la quería; su vídeo no era una despedida— la había desmadejado por completo. Se había quedado a un paso de la reconciliación, de recuperar al Noel del que se había enamorado quince años atrás. Tragó saliva preguntándose qué habría necesitado su novio para comprenderlo. ¿Quizá probar otras cosas? La idea de sus manos, aquellas manos que tan bien conocía, colándose bajo el trajecito de exploradora, acariciando su piel desnuda, arrancándole gemidos ahogados de pasión, se le hacía tan insoportable que enturbió el íntimo, fugaz resarcimiento de saberse la elegida.

—¿Así que fue contigo con quien discutió?

El súbito cambio de tema desestabilizó a Sonia.

—¿Una discusión? ¿De qué hablas?

—Tú has visto los vídeos de su blog: en el del Rift, él afirma que se peleó con alguien. Luego forzó un intercambio que lo mantuvo separado de ti el resto del viaje.

—No fue cosa suya. Leo se lesionó y no estaba en condiciones de operar a *mama* Mwenye.

—Noel le pidió que os dijera eso, lo del dedo era un montaje.

Ella alzó las cejas, sorprendida.

—Lo planeó Noel... —dijo despacio.

Como si le costara creerlo. Como si la complaciera creerlo, porque no parecía enfadada. Su delicado rostro se suavizó con la dulzura de quien empieza a considerar un suceso bajo un punto de vista más amable, más halagüeño.

—Sabes por qué lo hizo, ¿verdad? Por qué ocupó el puesto de Leo.

Sonia evitó darle una respuesta directa.

—¿Qué te ha contado Leo?

—Casi nada. Dijo que el secreto no era suyo, que Noel quiso proteger a alguien.

Carolina vaciló. A decir verdad, las palabras del médico tampoco casaban con que Noel lo hiciera para alejarse de Sonia tras una discusión. Y ella no parecía sentirse traicionada por el engaño, más bien lo contrario. ¿Qué había pasado aquella tarde en el camping? La chica mariposa se quedó pensativa.

—¡Pobre Leo! —dijo al fin soltando una risa leve—. Veo que él piensa que Noel lo hizo por..., bueno, por mí. Yo..., en fin, he hecho algunas cosas de las que no estoy orgullosa.

—¿Qué cosas?

El rostro de Sonia se endureció.

—Cosas que no tienen nada que ver con Noel. —Algo más sosegada, murmuró—: Si forzó el cambio de planes por ayudar a alguien, seguro que fue por Leo, no por mí.

—¡Leo!

—No te comentó su problemilla, ¿verdad? Claro, le parecería ofensivo y desleal... Los tanzanos no hablan de esas cosas, aquí es delito.

—¿El qué es delito?

—La homosexualidad.

—¿Leo es gay? ¡Venga ya!

—Leo no. Míster Mwenye, nuestro patrón. Lo oculta bien, pero todos lo sabemos.

—Oh.

Aquello no se correspondía con la imagen que se había formado del benefactor de Angalia. Al margen de sus sospechas, los silencios tensos y las medias palabras de sus compañeros retrataban a un hombre inquietante, algo siniestro incluso, no a alguien escondido tras su condición.

—¿Y qué tiene que ver eso con Noel? ¿O con Leo, para el caso?

—A Noel le indignaba el trato que míster Mwenye daba a Leo. Lo llama constantemente, ya lo has visto. Lo sienta a su lado, le toca el brazo..., la verdad es que roza el acoso. Leo no dice nada. No le gustaría admitir que trabaja para un homosexual. Estas cosas están muy arraigadas aquí.

Sonia hablaba con una suficiencia bastante desagradable, pero sus palabras tenían sentido, encajaban con la llamada de míster Mwenye, con que tuvieran que preparar un montaje para que aceptara su ausencia en el Ngorongoro.

—¿Y dices que en Tanzania la homosexualidad es delito? —dijo Carolina despacio—. ¿Una denuncia podría meter a míster Mwenye en la cárcel?

Sonia se encogió de hombros.

—Supongo que habría que presentar pruebas (y, sinceramente, no sé cómo se recopilarán pruebas de eso), pero sí. Si se demostrara su condición sexual, míster Mwenye iría a la cárcel. ¿Por qué lo preguntas?

Carolina no contestó. Aquella breve nota en el diario de Noel: «He cometido una grave torpeza con ese hombre». Su novio era un justiciero, un defensor de los débiles. Si había tomado a Leo bajo su protección, si en verdad lo había sustituido para mantenerlo alejado de un jefe acosador, no sería descabellado que le hubiera hecho reproches a míster Mwenye, que lo hubiera amenazado con denunciarlo, que..., en fin, que le hubiera dado una razón para querer librarse de él. ¿Qué no haría un hombre temible si se viera acorralado?

—¿Por qué me haces estas preguntas? —insistió Sonia—. Parece que pensaras..., que creyeras...

Carolina se puso nerviosa. Había sido muy directa, estaba mostrando sus cartas demasiado pronto. Sonia no era ninguna tonta y esa vez no iba a dejarlo correr. Carolina lo leía en sus ojos. Tomó aire y dijo, de sopetón:

—Quizá alguien utilizó al león para ocultar las huellas de un crimen. No estoy segura, pero quiero investigarlo.

Sonia retrocedió como si le hubieran dado una bofetada.

—No es posible... —susurró—. Nadie haría algo así ¡a Noel! —Jadeó. Se había puesto pálida—. Inno y Kai vieron al león. ¡Vieron lo que le estaba haciendo!

Conmovida, Carolina notó que estaba temblando y sintió un ramalazo de lástima. Al margen de cuál fuera su verdadera relación con Noel, aquella chica también lo quería. Lo había acompañado a España para despedirlo en su funeral, lo había llorado. Merecía saber la verdad.

—Es posible que ya estuviera muerto cuando lo atacó el león —dijo Carolina en voz baja—. Y, ¿sabes?, tal vez sea mejor así, mejor que morir...

—¡No, no! —explotó Sonia—. ¿Qué te hace pensar que lo asesinaron?

Había en su rostro un anhelo extraño, una ansiedad casi enfermiza que hizo vacilar a Carolina. Sin embargo, necesitaba desahogarse, echar fuera sus recelos, comentarlo con alguien. Se sentía sola. Era atroz albergar una sospecha tan terrible cuando ni siquiera tenía la certeza de que hubiera algo de qué sospechar. Buscó «Postales a Madrid» en su móvil y le enseñó el mensaje. El condenado mensaje que la había llevado a nueve mil kilómetros de casa:

«Yo estaba allí. El león no mató a Noel, solo borró las huellas del cuchillo».

Sonia, ya pálida, se quedó blanca.

—No lo había visto —murmuró—. Y no me perdía nada de su blog.

—Es muy reciente.

—¿Sabes quién lo ha escrito?

—No. He podido rastrearlo hasta Tanzania... ¿Estás bien?

La chica mariposa tenía la cara desencajada.

—¡Se envió desde aquí! Entonces tuvo que ser alguien de nuestro grupo.

—Eso pensé, aunque nadie ha dicho nada.

Sin pedirle permiso, Sonia le cogió el móvil para releer el mensaje.

—Es que no tiene ningún sentido —murmuró—. «Yo estaba allí». Todos llegaron en coche al oír el rugido del león. Pregúntaselo a Kai o a Inno. ¡Allí no había nadie más que Noel! Ni siquiera... —la miró de frente—, ni siquiera míster Mwenye. Porque es de él de quien sospechas, ¿verdad?

—¡No! —replicó ella con voz aguda—. No, no, eso es una acusación muy grave. Yo solo... En fin, tú misma me dijiste que siempre lleva un puñal encima. ¿No es una curiosa coincidencia que sea justo el arma mencionada? Y si temió que Noel revelara su secreto, pues..., ¡yo qué sé! Quizá le estoy dando demasiada importancia. En realidad, no tengo otra razón para pensar que no fue un accidente, solo este mensaje de Simba.

—Simba... —dijo Sonia despacio.

Reflexionó unos instantes. Había recuperado algo de color y bastante serenidad.

—Casi parece una broma— murmuró—. ¿Lo has considerado?

—Sí, claro, pero...

—Una broma —repitió para sí—. Es mucho más probable. Nadie daría un aviso real ocultándose tras un avatar tan macabro, tan retorcido.

—¿Simba? Ya, un personaje infantil. Aun así...

—No es por eso. ¿Sabes lo que significa *simba* en *swahili*?

—No.

La miró con algo de lástima.

—Significa «león».

19

La charca de los elefantes

Apenas durmió aquella noche. «León». Quien la avisaba de que su novio no había muerto entre las zarpas del felino era, precisamente, «león». ¿Qué clase de jugarreta pretendían gastarle? ¿Acaso a alguien le parecía gracioso hacerse pasar por el animal asesino? No quería creer semejante crueldad. A oscuras en una cabaña de adobe en el corazón de África, se sintió muy ridícula. ¿A qué había ido allí? ¿A torturarse reviviendo aquella muerte horrible? Era una peregrinación morbosa e inútil. Debería estar en casa, cumpliendo sus responsabilidades con Blacktech y rehaciendo su vida, en vez de jugar a detectives en Tanzania.

Volver a casa. La idea fue cobrando fuerza en ella a medida que pasaba la noche. Debería volver a casa.

Cuando la claridad mortecina del alba empezó a colarse por el ventanuco, cogió un suéter y salió de puntillas para no despertar a Sonia. Necesitaba respirar aire puro, pensar a solas un rato. Fuera hacía un poco de fresco. El paisaje grisáceo, atemporal, aguardaba la salida del sol para llenarse de color. Así era África: luminosa, de cielos limpios y azules, con llanuras y selvas que alternaban cálidos tonos de ocre con verdes exuberantes. Una tierra clara y joven que solo en el breve amanecer resultaba anodina. ¡Qué lástima haberla conocido en circunstancias tan amargas!

Se acercó al banco de Noel. Incluso bajo aquella luz poco favorecedora, la vista era impresionante, serena. Unos retazos de neblina flotaban sobre la llanura del Rift hasta el sombrío farallón a lo lejos, dándole un toque de irrealidad.

—Menudo paisaje, ¿eh?

Se volvió, sobresaltada, y maldijo en silencio al ver a Kai. No tenía ganas de compañía, y menos aún de la suya. El director de Angalia tenía la coleta deshecha y sus ojeras delataban que había pasado una mala noche.

—Leo ronca como un demonio —dijo con una media sonrisa—. Llevo dando vueltas en la cama desde las tres de la mañana. ¿Cuál es tu excusa?

—No podía dormir. Estaba pensando…

—¿En Noel?

Le chocó que fuera tan directo. Tras el desafortunado comentario sobre las donaciones, no había hecho ningún esfuerzo por causarle mejor impresión. Lo miró con disimulo. Vestía un viejo chándal apretado en la panza y unas zapatillas muy gastadas, con agujeros. Ni siquiera los pacientes de Angalia iban tan desaliñados, casi parecía un alarde de pobreza, similar a las tontas cruzadas de Noel para mantenerse a la altura de las convicciones que defendía. Como si necesitara igualarse a sus protegidos para denunciar su situación, o quizá lo hacía para encajar, para no sentirse tan solo.

—Lo vi grabar un vídeo desde aquí —dijo Kai basculando en el banco sobre las manos—. Es un sitio cojonudo.

—Sí que lo es.

—¿Puedes creer que nunca me he metido en su blog? Mira que Sonia intentó convencerme de que lo hiciera, pero no me iba su rollo, la verdad.

Claro que no. El Noel del que se había enamorado era mucho más espiritual que alguien como Kai, que pretendía serlo y le faltaba sutileza. Y el Noel de los últimos tiempos, el monigote triste e indignado con el mundo, se parecía demasiado a él para inspirarle curiosidad.

—Espero que no te importe que te lo diga —continuó, dándole un golpecito amistoso en el brazo—. Tú y yo empezamos con mal pie. A veces me paso al hablar, no me lo tengas en cuenta. Noel era un gran tipo, sentí su muerte como la de un hermano. Ojalá... —La voz se le quebró—. Ojalá hubiera podido ayudarlo.

Carolina tragó saliva. No le gustaba Kai, era irresponsable, chabacano e indolente; otro Peter Pan de pacotilla con todos los defectos que le achacaba a Noel desde que había plantado su vida y su carrera. Sin embargo, hablaba con tanta franqueza, con una sinceridad tan ingenua, casi infantil, que la animó a abrirse un poco.

—No sé si he hecho bien en venir.

Él tomó asiento junto a ella. Era tan grandote que el banco crujió bajo su peso.

—Es un peregrinaje extraño el tuyo, eso te lo reconozco. Nos sorprendió bastante.

—Supongo que os sentís incómodos conmigo. Una desconocida de luto...

—Sobre todo nos preguntábamos por qué ahora y no cuando Noel estaba... vivo.

Ella se sonrojó. Un mes entero llevaba su novio en Tanzania y ni siquiera lo sabía.

—No pretendía molestarte. ¿Ves?, siempre acabo metiendo la pata. —Kai se frotó las sienes, parecía un poco enfermo—. En realidad, yo tampoco quería volver. Ya está, ya lo he dicho: maldita la gracia que me hace ir otra vez a aquel sitio. Si ayer hubiéramos hecho marcha, como yo decía, hoy podríamos salir hacia Seronera, en vez de pasar allí un día entero, y la noche.

—¿Te refieres al Ngorongoro?

—Leo piensa que me planté por ahorrarme la pasta. No es verdad, ¡si ahora Angalia está muy bien de fondos! Había planeado la ruta para estar lo mínimo con el cabronazo de míster Mwenye.

Carolina alzó las cejas.

—Sí que pones fino a tu jefe.

—Te lo repito ante quien quieras: es un cabronazo —dijo él con candidez—. Dicen que montó el *lodge* para que lo llevara su madre, pero en realidad es él quien mueve los hilos, como en el resto de sus negocios. Casi siempre lo hace desde Dar, solo ha venido a la región porque *mama* Mwenye está enferma, a figurar como buen hijo.

—¿Por qué te cae tan mal? —Carolina sentía curiosidad, a su pesar.

Kai se levantó de nuevo. Distraído, arrancó una ramita del arbusto más cercano.

—¿El cabronazo? Quiere quitarme la dirección de Angalia y dársela a Leo. «Mejor un médico», dice. No tiene ni idea: las donaciones vienen de España y necesita una cara blanca para dar confianza.

Carolina torció el gesto. Ahí estaba de nuevo aquella suficiencia que había detectado también en Sonia, como si su altruismo y su origen europeo les dieran motivos para sentirse superiores. A ella la incomodaba la miseria africana, pero al menos no se creía por encima de nadie. Kai le dio un toquecito en la rodilla.

—No te habrá molestado lo de las donaciones por Noel, ¿verdad? Es que, desde que lo del león salió en las noticias, nos llueve el dinero. Me llaman, me escriben. «¿Cómo podemos ayudar?». «¿Cómo podemos honrar su memoria?». «Con dinero», les respondo yo siempre. Un poco más y ya no necesitaremos al cabronazo. ¡Angalia sin míster Mwenye! Eso sería la hostia. ¿Acaso es malo debérselo a Noel? Si arrancándome un brazo hubiera podido salvarlo, te juro por Dios que lo habría hecho, pero no pude. No pude...

Definitivamente, aquel hombre no le caía bien. No quiso reparar en el temblor de su barbilla ni en sus ojos atormentados; la hería su falta de delicadeza.

—No debería haber venido —murmuró.

El sol estaba saliendo por encima del farallón oscuro. En la planicie, la bruma se disipaba dejando a la vista el brillo plateado del lago Manyara. Mucho más cerca, el pueblo empezaba a despertar. Un todoterreno madrugador rompió el silencio al pasar por la carretera. Dos mujeres con enormes tinajas en la cabeza entraron en las cocinas del camping. En el prado vecino, cuatro o cinco niños salieron de una casa riendo alborozados.

—Es el colegio local —explicó Kai—. Hoy empiezan las vacaciones.

Había en el aire una intangible sensación de alegría, de risueño ajetreo. El hombretón le volvió la espalda con brusquedad.

—Yo tampoco quería venir, pero ya que estamos, al menos, disfrutemos del safari.

No la miró. De pie frente al banco, se estiró con más ganas que maneras, cortando con su actitud cualquier otro intercambio de confidencias.

—Pensaba que un safari consistía en perseguir animales con cámara o rifle —repuso ella—, no en repartir gafas para la miopía.

—«Safari» es una palabra *swahili* que significa «viaje», nada más. Fuimos los *mzungu* quienes la popularizamos.

—¿Mzungu?

—Es como llaman por aquí al hombre blanco…, a los turistas, para entendernos, porque en África todos lo somos un poco. A mí nunca dejaron de llamarme así, y eso que estuve seis meses conviviendo con los masáis.

La miró de reojo, como para comprobar si la había impresionado. Al ver que no decía nada, volvió a la carga:

—Toda una experiencia, ¿sabes? Esa gente sí que valora lo importante. Fue antes de empezar en Angalia. En realidad, así me reclutó el cabronazo: le hablaron del *mzungu* loco que vivía con las tribus. Él es medio masái, ¿lo sabías?

Carolina alzó las cejas.

—La familia de su madre vive en un poblado cerca del *lodge*. *Mama* Mwenye no quiere alejarse del Ngorongoro, por eso él le montó el tinglado en la región y por eso tuvimos que apechugar y operarla allí. En Dar, la vieja no sabría ni coger un autobús.

—¿Su padre también es de una tribu? No le pega a un hombre de negocios, la verdad.

Kai soltó una risa aguda.

—¡Ja! Su padre era un pez gordo del Gobierno, o eso dicen las malas lenguas. No me preguntes cómo acabó con una mujer de las tribus, no tengo ni idea. Pero sin su ayuda, míster Mwenye estaría ahora arreando vacas en la aldea, en vez de ser uno de los hombres más ricos del país. Nunca ha vivido entre los masáis, conozco yo mejor a su gente que él.

Carolina lo dudaba, pero no hizo ningún comentario.

—¿Sabías que, entre los masáis, matar un león era el ritual de paso a la edad adulta? —continuó Kai—. El Gobierno tuvo que prohibirlo porque estaban acabando con la especie entera. Solo hacen excepciones con los devoradores de hombres, por eso míster Mwenye pudo disparar al león de Noel con su rifle. Le hubiera gustado cargárselo. Sí, le hubiera gustado demostrarle a su madre que ya no es un crío, porque, a ella, mucho *lodge* y mucha pasta, pero lo que le importa es el orgullo de la tribu, y matar a ese león lo habría convertido en un héroe ante ellos.

—¿No lo logró?

—¡Ja! Ni lo rozó. Tiene muy mala puntería. Además, no habría impresionado a los masáis, no con un arma de fuego. Un guerrero masái solo cuenta con su lanza y su machete. Son unos valientes: rodean al león en grupo y uno lo ataca mientras los demás lo cubren. Hay que ser muy rápido y hábil, porque, si no lo matas a la primera, se vuelve contra ti.

—¿Y tú, qué? ¿Cazaste algún león cuando conviviste con ellos?

Carolina no intentó evitar el tono mordaz. Kai trataba el asunto con una fascinación que le revolvía el estómago.

—Ya te lo he dicho, ahora está prohibido —dijo él con tirantez—. Aunque habría podido hacerlo; aprendí a utilizar sus lanzas, ¿sabes?

Cogió una piedra, tomó impulso y la arrojó colina abajo. Para sorpresa de Carolina, el proyectil describió una gran parábola y acabó impactando en el tronco de un árbol a bastante distancia. Se negó a asombrarse. Sin embargo, Kai no presumió. Dio un largo suspiro y volvió a sentarse en el banco, junto a ella. En realidad, su pensamiento no se había alejado de Noel.

—Me quedé paralizado —murmuró—. Cuando lo vi bajo aquel bicho no supe qué hacer. Míster Mwenye al menos lo ahuyentó para que no siguiera… comiéndoselo. Yo me cagué de miedo. Seis meses en un poblado masái fantaseando con ir a cazar leones y cuando tuve uno delante, cuando un compañero me necesitó, me vine abajo. Era tan grande, tan fiero… Menudo cobarde de mierda que soy, ¿eh?

«Sí —tuvo ganas de espetarle—. Sí, un blandengue, un gallina, un inútil engreído». Le daba igual su confesión, su repentina piedad, eso no le iba a traer de vuelta a Noel. Apretó los labios. Estallar contra Kai no serviría de nada.

—Espero que ya se lo hayan cargado —murmuró él—. Las tribus iban a organizar una batida. El Ngorongoro no será seguro para nadie mientras esa bestia siga suelta.

Se quedó callado unos momentos y su cambio de tema al volver a hablar despistó a Carolina.

—¿Te llegó a contar Noel que bajamos al cráter?

—¿Al cráter?

—El Ngorongoro es un volcán extinguido, bestial, con una inmensa pradera circular en el interior. Está lleno de animales: elefantes, avestruces, incluso leones... —La miró de reojo—. Hay de todo excepto jirafas, que no pueden trepar para entrar y salir de él. El *lodge* está en el borde del cráter, en lo alto. Unas vistas impresionantes, pero lejos de la fauna, así que, cuando Noel terminó la operación, cogimos el jeep y bajamos a la caldera. Inno es guía de safaris y sabe buscar animales y acercarse a ellos sin asustarlos... Fue alucinante, Noel flipó.

Carolina tragó saliva. Así que al final lo había hecho. Aunque no en el Serengueti, acabó haciendo un auténtico safari en África, como los que le había prometido a ella.

—Fue el mismo día de su muerte —añadió Kai con una extraña vacilación.

Ella siguió callada.

—Tengo una frase suya grabada aquí —continuó él, dándose unos golpecitos en la frente—. Cuando llegamos a la charca de los elefantes, unas cuantas hembras duchaban a las crías con sus trompas, jugueteaban... «Esto le encantaría a Carolina», dijo. ¿Sabes por qué me quedé con eso?

Negó con la cabeza.

—Era la primera vez que mencionaba tu nombre delante de mí.

—Ah.

—Hacía un mes que lo conocía y nunca me había hablado de su novia. No lo veía al teléfono contigo ni te compraba recuerdos... —Le puso una mano en la rodilla con ánimo amistoso, bonachón—. Ese día pensó mucho en ti. «Esto le encantaría a Carolina». Ya ves. Luego volvimos y se encerró a grabarte uno de sus vídeos.

El último. Ese *Mi querida Carolina* que no se había atrevido a ver. Desvió la vista a las cabañas de adobe, a los niños en el prado de la escuela, a todas partes menos a Kai, que la miraba con indulgencia.

—No te sientas mal. Te preguntabas qué haces aquí... Pues a Noel le hubiera gustado compartir el Ngorongoro contigo. Es un bonito homenaje que hayas venido.

Carolina parpadeó para contener las lágrimas. Al final, Kai había encontrado la forma de conmoverla. Se volvió hacia él. No era mala persona, en realidad. Un poco fatuo, quizá, y bastante bocazas, pero tenía buenas intenciones. Y también estaba sufriendo por la muerte de Noel.

—Supongo que no podremos bajar a la caldera esta vez, ¿no? —musitó ella.

Acababa de comprender que le gustaría ver lo que Noel vio, sentir lo que él sintió. Eso sí que sería un bonito homenaje.

—Bueno, el cabronazo querrá que nos quedemos al menos una noche para que Leo le revise bien los ojos a su madre, y allí habrá poco que hacer —dijo Kai sonriendo—. Será casi un día libre para nosotros... Seguro que lo podremos organizar, lo comentaré con el equipo cuando lleguemos al Simba.

—¿Adónde? —Carolina abrió mucho los ojos.

—Al Simba Luxury Lodge, el hotel de míster Mwenye. Es un lugar increíble, ya verás. Cabañas de lujo, nada que ver con esto, y unas vistas al cráter que...

Carolina no lo escuchaba. ¡El Simba! Súbitamente, lo que casi había descartado como una broma macabra cobraba nuevo sentido. El avatar que tan ofensivo le resultó al tomarlo por un personaje infantil o por su significado en *swahili* bien podía referirse al lugar de los hechos. «El león no mató a Noel, solo borró las huellas del cuchillo». Se estremeció. Claro que tenía que ir al Ngorongoro. Claro que debía investigar lo ocurrido en aquel *lodge*. Aún no podía descartar el homicidio.

20

Lo que ocurrió bajo la acacia

No era mala persona. Carolina tuvo que hacer un esfuerzo para recordárselo varias veces aquella mañana, porque Kai, poniendo a prueba la mejor opinión que tenía de él, volvió a discutir con Leo antes de salir. Esa vez, el motivo fue uno de los niños que había visto jugar en el prado vecino.

—Solo hay que llevarlo hasta el cruce —decía Kai en tono agresivo—. ¿Qué te pasa? Lo hacemos constantemente.

—Pasa que tenemos prisa, ¿o no te acuerdas de míster Mwenye? No voy a dejar al crío solo en el cruce sin saber si ya han atrapado al león, y perderemos bastante tiempo buscando su poblado.

—Mejor eso a que vaya andando desde aquí.

—Cualquier coche de camino al Serengueti lo llevará encantado, no irá a pie.

—Lmatarion. Se llama Lmatarion.

Leo le echó una mirada despectiva, extraña en alguien tan afable.

—Te crees que comprendes mi país y ni siquiera pronuncias bien los nombres.

Kai acabó saliéndose con la suya. Era el director de Angalia y esa vez no hubo ninguna llamada de míster Mwenye que viniera a desbaratar sus planes. El chiquillo se apretujó en la parte trasera del jeep con una amplia sonrisa agradecida. No tendría más de nueve años.

Por lo que Carolina pudo inferir de la conversación en la hora larga de trayecto, aquella era una situación bastante común entre los niños masáis. Sus familias vivían en regiones tan remotas que solo podían ir al colegio si se quedaban internos, y volver a casa en vacaciones llegaba a convertirse en una odisea.

—Suelen apañarse bastante bien —le explicó Sonia—. Como por aquí no pasan buses, cualquier coche se convierte en un taxi para quien necesite transporte. Los tanzanos prefieren ir con turistas porque nunca les cobran, ¿a que sí, Lmar...? Lo siento, yo tampoco soy capaz de pronunciar tu nombre.

—En el cole me llaman Matthew —dijo el chiquillo en inglés impecable, con un brillo travieso en los ojos que desmentía su tono circunspecto.

—Matthew, mucho mejor. Tu cole lo llevan misioneros, ¿no?

—La misión del Sagrado Corazón de Jesús en las Tierras Altas —recitó él—. Son monjas irlandesas. ¡Me han regalado esto!

Señaló con orgullo su vieja camiseta deportiva, con el dorsal de un jugador de fútbol que llevaba al menos quince años retirado.

—Muy bonita —dijo Sonia con indulgencia. Volviéndose hacia Carolina, añadió en castellano—: Leo tiene razón, no hacía falta que lo lleváramos nosotros, cualquier grupo de turistas lo habría hecho de buena gana; les parece muy pintoresca esta manera de viajar. «Qué maravilla. En Europa, nadie recogería a un niño en la carretera, ¡que luego te acusan de secuestro!». La vida en África es más relajada.

—¿Por qué dice Leo que hay que buscar el poblado? ¿Acaso no sabemos dónde está?

—Es que los masáis son nómadas. Van de aquí para allá siguiendo los pastos para el ganado y montan el pueblo en cualquier lugar. De todas formas, dudo que la tribu del chiquillo se haya trasladado, son familiares de *mama* Mwenye y suelen quedarse cerca del *lodge*; ella les da comida o dinero cuando les hace falta. De hecho...

Sonia se tanteó los bolsillos y sacó una chocolatina y un paquete de caramelos, que Lmatarion acogió con gran excitación. No debía de probarlos a menudo. Carolina lo miró con disimulo. Qué vida tan extraña la suya, a medias entre la escolarización occidental y las costumbres ancestrales de su familia. ¿Qué futuro tendría un chiquillo como él? ¿Acabaría siendo un guerrero masái, con sus lanzas y sus vacas, o un abogado o un hombre de negocios como míster Mwenye? El abanico de opciones resultaba chocante.

Entre la escarpa del Rift y el cráter del Ngorongoro, la carretera era una animada sucesión de pueblecitos y campos de cultivo. Atrás quedaron las grandes estepas solitarias; plantaciones de banano, maíz y sisal se alternaban con casuchas polvorientas y tenderetes de artesanía con nombres tan fantasiosos como Silent Park Groceries o Chicago Art Gallery. A la altura de Karatu, un par de obreros se afanaban en reparar los socavones del arcén vertiendo alquitrán con una simple regadera.

Era un escenario mucho más doméstico y mucho más transitado, sobre todo por jeeps parecidos al suyo. Aunque noviembre no fuera un mes muy turístico —faltaba poco para la temporada de lluvias—, aquella ruta no solo conducía al Ngorongoro, sino también al Serengueti, los dos lugares más icónicos de Tanzania. Sonia tenía razón: Matthew-Lmatarion no habría tenido dificultades para encontrar un medio de transporte hasta su aldea.

Al llegar a la falda del volcán, el paisaje se volvió agreste. Los campos de labranza dieron paso a un bosque denso y oscuro, casi una selva, a ambos lados de la carretera. Desapareció el asfalto. El vehículo comenzó a ascender por una ancha pista de tierra color teja, acompañado por los cantos de distintas especies de pájaros y por el chillido ocasional de algún babuino.

—El cráter se formó hace millones de años, cuando el Ngorongoro explotó. Lleva muchísimo tiempo extinguido, por eso está tan verde.

Kai, enardecido por su triunfo, parloteaba para Carolina, a quien tomó bajo su ala tras la charla mañanera. Ella intuía que Leo hubiera podido hacer observaciones más interesantes, pero el médico se mantuvo en silencio casi todo el viaje. Parecía abstraído, un poco hosco, incluso. Resultaba difícil interpretar su expresión. ¿Estaría molesto por el asunto del chiquillo? No lo veía amargándose por algo tan tonto, era mucho más plausible que lo tuviera en tensión el encuentro con míster Mwenye. Carolina no había olvidado las revelaciones de Sonia y se estremeció. Si realmente Leo sufría el acoso de su jefe, si realmente Noel había intervenido y con ello le había dado al benefactor de Angalia una razón para quitárselo del medio...

Míster Mwenye, que siempre llevaba un cuchillo encima, que tenía un secreto peligroso, que estaba con Noel la noche en que murió. Tan próxima a conocerlo, sentía algo parecido al miedo. ¿Cómo iba a averiguar si aquel hombre había cometido un crimen? Dejó escapar un leve suspiro. Fuera como fuese, debía hacerlo. Por Noel.

El bosque se mantenía disciplinadamente dentro de los límites marcados por la pista de tierra, aunque más allá se adivinaba enorme e impenetrable. Solo arriba, en la cresta montañosa, raleaba lo suficiente para dar espacio a la hierba y la maleza, como una coronilla en los primeros estadios de calvicie. Matthew-Lmatarion se pegó a la ventanilla y observó el terreno con atención.

—¡Allí están! —gritó de repente.

Entre los matorrales pastaba una manada de vacas huesudas de grandes cuernos, vigiladas por tres o cuatro niños de su edad y varios hombres con llamativos mantos rojos.

—Podéis dejarme aquí, no hace falta ir hasta el poblado. *Hey! Supai!*

Los chiquillos corrieron a su encuentro gritando alborozados. Los hombres se acercaron a paso más moderado, arreando a las vacas con varas largas y chasquidos de lengua. Matthew-Lmatarion se descolgó del jeep con la agilidad de un mono y empezó a charlar con sus amigos en un idioma distinto del *swahili* que empleaban Inno y Leo. Los adultos sí debían de hablarlo, porque Leo intercambió algunas palabras con ellos.

—Fíjate en sus lanzas, Carol —susurró Kai—. Son guerreros masái.

No hacía falta fijarse. Aquellos hombres, que a distancia parecían simples pastores, tenían un aspecto fiero, orgulloso. Eran enjutos, de pómulos altos y mirada arrogante. Las finas pértigas con las que guiaban las vacas y despejaban el terreno al caminar estaban afiladas por un extremo y eran, en realidad, las mortíferas armas que empleaban para defenderse de los depredadores. Porque los guerreros masái —esto Carolina lo supo después— ya no pelean entre ellos, sino contra la vida salvaje que amenaza su ganado. Contra el rinoceronte, contra la hiena y contra el más temible de los grandes carnívoros africanos: el león.

—Aún no lo han cazado —dijo el médico, volviéndose hacia las chicas con gesto preocupado—. Anoche se coló en su aldea para comerse una vaca.

—¿No había matado también a un masái? —preguntó Carolina recordándolo de pronto.

—Sí.

Leo habló un poco más con los pastores y Carolina dedujo que les estaba contando quién era ella, porque la señaló y mencionó al *mzungu* Noel. Uno de los guerreros se acercó y la tomó de las manos con gravedad. Fue un apretón firme, de mirada dura, estoica, curiosamente cargada de comprensión.

—El hombre que murió era su hermano —le aclaró Leo.

Carolina tragó saliva.

—Siento mucho tu pérdida —dijo en inglés.

Él inclinó la cabeza en correspondencia. Un pastor tribal y una especialista en informática. No podían ser más distintos y, sin embargo, los unía la más universal de las tragedias: la muerte de un ser querido.

—Tenemos que seguir. —Leo consultó su reloj—. Míster Mwenye nos espera.

—Nos están invitando a tomar té en su aldea —dijo Kai con extraña mansedumbre, al escuchar las palabras que intercambiaban—. No queda lejos.

Se había mantenido en un insólito segundo plano durante todo el encuentro. Sabiendo que conocía bien a los masáis, Carolina hubiera esperado que tomara la iniciativa para fanfarronear ante el equipo. Lo miró con curiosidad. Quizá la presencia de los guerreros le imponía más de lo que quería admitir, o tal vez fuera la proximidad del *lodge* y de míster Mwenye lo que le aplastaba el humor.

—¿Hablas *maa*? —preguntó Leo sorprendido.

—Pues sí, aunque mi pronunciación no pase tu filtro —repuso Kai mordaz—. Pero tienes razón: no conviene buscarle las cosquillas al cabronazo. Mejor otro día.

Se asomó para dar las excusas oportunas a los guerreros, que acogieron con regocijo su conocimiento del idioma.

—Les he dicho que dejamos pendiente la visita. Si a la vuelta de Seronera ya han atrapado al león, tendremos algo que celebrar.

No quedaba mucho trayecto. Doscientos metros más adelante abandonaron la pista principal para tomar un desvío estrecho y pedregoso, poco transitado: el famoso cruce donde hubieran dejado a Matthew-Lmatarion de no haberse topado con los pastores de su tribu. Inno redujo la velocidad e intercambió una mirada extraña con Kai, intensa. El hombretón echó un brazo sobre el asiento y se volvió hacia atrás. Antes de que pronunciara una palabra, Carolina lo supo.
—Fue aquí, ¿verdad?
—Sí.
Fuera, la hierba se agitaba suavemente con la brisa. Nada era distinto, nada evidenciaba lo ocurrido.
—Paremos un momento —rogó.
—¿Seguro que quieres hacerlo? —dijo Sonia preocupada.
—*Simama*, Inno —murmuró Kai, señalándole un lugar adecuado para detenerse. Él la había entendido mejor.
Carolina bajó del coche y miró a su alrededor. El camino se perdía, rojizo y polvoriento, en el pastizal. Era una zona despejada, de hierba alta y matorrales. En el denso silencio se oían crujir las ramas espinosas. A un lado, bastante separada del bosque, se erguía una acacia parda, enorme, de tronco bifurcado.
Hay una ligereza muy particular en las acacias africanas. Son árboles grandiosos, de copas etéreas que parecen descansar sobre el propio aire: nubes de hojas vaporosas flotando en la sabana. Y aquel tronco bifurcado...
—Él estaba allí —dijo Kai señalándolo.

No le costó distinguir el lugar, justo bajo el árbol. Un rincón de hierba aplastada, más oscura que el resto. Se acercó a él. La tierra ya había absorbido la sangre y solo una gran mancha parduzca delataba la tragedia.

—¿Cómo fue? —le preguntó a Kai, armándose de valor.

No quería saberlo. No quería pensar en Noel allí tirado, gritando, intentando protegerse de las tremendas fauces de un animal que pretendía arrancarle la carne y las entrañas, pero necesitaba entender lo ocurrido. Leonard también había bajado y la miraba con inquietud. Dentro del vehículo, Sonia estaba muy pendiente de sus palabras. Inno se aferraba al volante con los nudillos blancos por la tensión.

—Oímos el rugido. —El susurro tembloroso y angustiado no parecía de Kai—. Era tarde, ya estábamos en la cama. ¡Joder, aquello nos hizo saltar! Salimos todos de las cabañas y el jeep no estaba, Noel tampoco. Otro rugido tremendo. El cabronazo nos había advertido de que un león rondaba por la zona; un león solitario, ya viejo, famélico…, un paria. Había matado a un masái y temían que se convirtiera en un devorador de hombres.

Leo hizo un gesto, incómodo.

—Deberíamos seguir.

—El coche estaba aquí, justo donde nos hemos parado —continuó Kai—. Aún tenía el motor en marcha, los faros encendidos iluminaban la acacia y vimos al león… ¡comiendo! ¡Se lo estaba comiendo!

—Basta, Kai. —Leo le puso una mano en el hombro—. ¿Estás bien, *Carrol*?

Las piernas le flaqueaban y tuvo que sentarse en una piedra. Kai gimió con desespero.

—Ojalá pudiera quitarme esa imagen de la cabeza, ojalá hubiera podido ayudarlo.

—Vamos al coche. —Leo le tendió la mano a Carolina.

Se sentó junto a ella. También él parecía afectado por la historia, aunque no tanto como Sonia, que miraba la mancha de hierba oscura con ojos horrorizados. Kai se acomodó delante y tanteó el espacio bajo su asiento. Con un suspiro de derrota, sacó una cerveza recalentada y se la bebió en dos largos tragos buscando en ella el olvido que tanto necesitaba.

21

El Simba Luxury Lodge

El sendero desde el cruce era estrecho y pedregoso. No había mucha distancia, pero los baches obligaron a Inno a conducir tan despacio que aún tardaron otros diez minutos en llegar a la arcada de madera del Simba Luxury Lodge.

Para sorpresa de Carolina, su primer sentimiento fue de alivio. Aquel nombre era una invitación a arrinconar el relato de Kai, a dedicarse a Noel de una forma menos dolorosa. Para buscar la verdad sobre su muerte necesitaba apelar a la lógica y la racionalidad, no recrearse en los aspectos más macabros del asunto.

Era fácil relegar cualquier pensamiento sombrío en un lugar como aquel. El *lodge* ocupaba una amplia extensión ajardinada, con senderos de gravilla y casitas de troncos en esmerado desorden. Olía a césped recién regado y a flores. Un aroma íntimo y vigorizante, muy distinto al de la hierba pajiza de la sabana. Aunque lo mejor de todo eran las vistas: al fondo, el terreno caía en terraplén hacia el Ngorongoro. No había árboles ni arbustos, no había nada entre el jardín y el enorme, magnífico cráter. Desde allí arriba se distinguía perfectamente su forma: una circunferencia grandiosa, llana como una sartén, rodeada por un tupido muro de bosque verde oscuro. Una extensa planicie de pastos y praderas; un páramo abierto, entremezclado con marjales y lagos y algún riachuelo. Era el paisaje más bello que Carolina había visto en su vida, todo luz y libertad. Tan hermoso que emocionaba. Del violento arrebato de la Tierra que es una erupción volcánica, el tiempo y los elementos habían modelado una plaza natural inconmensurable, iluminada con los colores suaves de una acuarela.

Inno aparcó bajo un tejadillo de bálago, junto a la entrada. Carolina, aún aturdida por su primera visión del Ngorongoro, buscó con la mirada alguna figura que pudiera identificar como el temible míster Mwenye, pero allí solo los esperaba una joven negra de apariencia tímida y pelo trenzado con recato.

—*Karibu* —los saludó sin sonreír.

—*Jambo*, Justine —dijo Kai saltando al suelo. Se había bebido dos cervezas desde el cruce y había recuperado su exaltación habitual—. ¿Qué tal *mama* Mwenye?

—Ella mejor —replicó en un inglés bastante tosco—. Ojos mejor.

—De eso se trataba. Y de humor, ¿cómo va?

La chica miró por encima del hombro, temerosa de que alguien lo hubiese oído.

—Señora como siempre —murmuró—. Ella gruñe y riñe a mí...

—¿Y míster Mwenye? —le preguntó Carolina a Leo en voz baja.

Llevaba tantos días esperando y temiendo conocerlo que ahora sentía una decepción absurda por su ausencia.

—Oh, no se molestará en salir a recibirnos —dijo él—. Imagino que estará con su madre, y lo mismo debería hacer yo.

Alzó la voz e intercambió unas frases en *swahili* con Justine, que le señaló la cabaña más imponente del complejo. Sin aspavientos, el médico sacó su maletín y se dirigió hacia allí.

—Id acomodándoos —les dijo a los demás—. Luego os sigo.

Carolina lo miró mientras se alejaba. Aquella gran casa de troncos se le antojaba la guarida de un monstruo insondable, invisible. Un monstruo que, sin aparecer siquiera, forzaba al pobre Leo a ir a su encuentro, a... ¿A qué más lo forzaba? ¿Habría descubierto Noel algo verdaderamente terrible en aquel lugar? Por un momento, sintió la loca tentación de escabullirse tras el médico y espiar por la ventana. Apenas prestó oído al parloteo de Kai, que seguía intentando hacerse el simpático ante Justine.

—Bueno, ¡aquí estamos de nuevo! Creo que no conoces a mis compañeras. Chicas, Justine es la asistente y enfermera de *mama* Mwenye.

Sonia, que apenas había pronunciado una palabra desde el cruce, se limitó a hacer una inclinación de cabeza. Carolina se volvió con sorpresa. ¡Justine era la auxiliar que Noel mencionaba en su diario! Había imaginado a una mujerona de mediana edad, efusiva y eficiente, no a aquella joven sumisa. La miró con curiosidad. ¿Por qué parecía tan amedrentada?

—Venid —les indicó echando a andar por el jardín—. Yo enseña habitaciones.

Era un lugar muy hermoso, lleno de orquídeas y buganvillas. Un sendero despejado que abría la vista al cráter ocupaba el espacio central. A ambos lados, los tejados de bálago de las cabañas emergían entre los setos. No se oía más que el canto desordenado de los estorninos. Sin embargo, una extraña pesadez turbaba un poco el idilio. Una quietud, una vaga amenaza que se atisbaba en el temor de Justine, en sus pasos vacilantes. El *lodge* era demasiado artificial, un edén cuidadosamente recreado donde quizá pasaban cosas terribles bajo la superficie.

—Veo que aún no habéis vuelto a abrir —dijo Kai mirando a su alrededor.

—Míster Mwenye dice esperar. Primero, doctor. Mañana vienen empleados. Luego, huéspedes.

—¡Y entretanto has seguido ocupándote de todo tú sola! —Impresionado, Kai se dirigió a las chicas—: Justine es una máquina. Mientras estuvimos aquí, cocinaba, limpiaba y atendía a *mama* Mwenye sin ayuda de nadie.

—Vosotros, una noche aquí, nada más —dijo ella—. Resto de tiempo, solo míster Mwenye y *mama* Mwenye. Fácil.

—¿Y quién es ese? —intervino Carolina, señalando el borde del cráter, al fondo del jardín.

Entre Kai y Justine le habían confirmado lo que ya sospechaba: que la noche que murió Noel, las únicas cinco personas que estaban en el *lodge* eran las de su lista. Sin embargo, delante de sus narices, un hombretón con uniforme verde oscuro y botas militares se paseaba con un rifle al hombro y el cigarrillo en los labios.

—Él, Hunter. Él protege.

—Ah, así que míster Mwenye ha contratado a un *ranger* —dijo Kai—. ¡A buenas horas!

Justine hizo un gesto ambiguo con la mano.

—Hunter trabaja siempre aquí. Mientras *lodge* cerrado, él vacaciones.

No aclaró si le habían interrumpido esas vacaciones o si ya estaba previsto que volviera un poco antes de la reapertura. Su presencia era un terrible recordatorio de que el león seguía suelto. Con aire apocado, la enfermera se dirigió a Sonia.

—¿Tú mujer de Noel?

—No, no. —Sonia dio un paso atrás azorada—. Yo no, es ella.

Por un instante, pareció que Justine no la creía. Se quedó petrificada, mirándola con los ojos desorbitados. Fue una reacción tan excesiva para un simple error que los dejó perplejos a todos.

—Yo siento confusión —balbució con la vista aún puesta en Sonia. Avergonzada, le costó volverse hacia Carolina y, cuando al fin lo hizo, agachó enseguida la cabeza—. Noel buen hombre —murmuró—. Muy buen hombre. Yo triste por él.

Echó a andar deprisa, casi huyendo, y los otros la siguieron sin saber qué pensar. No se detuvo hasta llegar a un complejo de cuatro casitas de troncos y con un gran ventanal orientado al cráter.

—Como la otra vez, ¡cabañas individuales! —dijo Kai con placer infantil—. Qué bien vamos a estar: una cama cómoda, buena señal de internet, ¡y no le cuesta ni un duro a Angalia!

—Una para cada uno de nosotros y otra para Leo —dijo Carolina—. ¿Y para Inno?

Kai cruzó una breve mirada con Sonia.

—Inno duerme en el coche. Míster Mwenye no lo considera un miembro del equipo, sino un sirviente. Aquí la gente es muy clasista.

—Oh.

Justine le entregó una llave a cada uno.

—Yo preparo almuerzo dentro de media hora. Míster Mwenye dice él os acompaña.

—Eso podía ahorrárselo —masculló Kai—. En fin, ¡qué le vamos a hacer! ¿Vas a preparar una tarta de pimienta, Justine? Estaba deliciosa. Luego quizá podríamos bajar de safari por el cráter. Ya veréis, chicas, es…

—Os veo en un rato —lo interrumpió Sonia—. Voy a descansar un poco.

Y, sin más, se metió en su cabaña y cerró la puerta.

—Vaya. —Kai se rascó la cabeza, descolocado—. Lleva toda la mañana muy alicaída… Tú te encuentras bien, ¿verdad, Carol?

—Sí —replicó ella.

Sorprendida, comprendió que era cierto. Estaba en el Simba Lodge, un lugar que tendría que provocarle pesadillas, e iba a enfrentarse al hombre que le infundía la más atroz de las sospechas. La situación debería haberla llenado de angustia y, sin embargo, no era así. Deseaba conocer a míster Mwenye, hablar con él, investigarlo, lo que fuera necesario para hacer justicia a la memoria de Noel. Se demostraría a sí misma que él le importaba, que no habían permanecido juntos quince años por inercia. Los muertos atan con más fuerza que los vivos. Mientras respiraba el aire ajardinado, mientras contemplaba aquella vista fabulosa, se sintió en paz por primera vez en muchos días. Probablemente, desde que la llamada del secretario del embajador volvió su vida del revés.

22

Míster Mwenye

Cuando salió de su cabaña para comer, todo era quietud y silencio en el jardín, salvo por Justine, que ponía la mesa en una terraza cubierta. Era un lugar muy agradable, una especie de chiringuito de un lujo cuidadosamente disimulado bajo una apariencia rústica —suelo de madera, techos de bálago, piezas de artesanía local colgadas en las paredes...— y unas vistas impresionantes al cráter.

—Te ayudo —se ofreció a la enfermera, que doblaba servilletas amarillas en forma de cisnes y nenúfares.

—No necesario. Todo listo.

La mesa le había quedado preciosa, muy africana, con manteles trenzados, platos de colores y una gran vasija con juncos e hibiscos a modo de decoración. Costaba creer que lo hubiera preparado ella sola.

—Voy por la comida. ¿Tú beber algo?

La terraza no tenía cocina. Debía de estar en la cabaña grande, la misma a la que se dirigió Leo en busca de *mama* Mwenye... y de su hijo. ¿Vivían allí? Sintió un aleteo de emoción ante la oportunidad de echar un vistazo.

—Deja que te ayude, anda. Iremos más rápido.

Ese argumento sí convenció a Justine, que hasta pareció

aliviada, como si temiera recibir una regañina por no terminar a tiempo. La guio por la puerta de servicio y entraron en una cocina industrial muy moderna. Allí también estaba todo preparado: un par de jarras de limonada, grandes fuentes con aperitivos exóticos y dos o tres peroles con guisos que olían de maravilla.

—Tú llevas, yo llevo, ¿sí?

Había tanta comida que tuvieron que hacer varios viajes para transportarla toda, y Carolina aprovechó uno de ellos para colarse en la casa, mientras Justine se demoraba arreglando algún detalle en la terraza. Más allá de la cocina, había un pasillo estrecho con puertas cerradas. Al fondo distinguió la voz cascada de una vieja y la de Leo respondiéndole con paciencia. Era *mama* Mwenye, claro. A su hijo no se lo oía por ninguna parte. Carolina no disponía de mucho tiempo y abrió la primera puerta: una despensa. La segunda era un trastero. La tercera, ya más alejada de la zona de servicio, la turbó. Era una especie de cuarto de caza con varios pares de botas, tres o cuatro rifles colgados en la pared... ¡y cuchillos! Miró por encima del hombro. Ni rastro de Justine ni de nadie más. Entró. Había una buena colección de hojas de distintos tamaños, amontonadas en una estantería, desde navajas suizas hasta bastos cuchillos de monte.

«Cualquiera de estos valdría para matar». Vacilante, alargó la mano sin atreverse a tocarlos. ¿Estaría alguno de aquellos cuchillos manchado de sangre seca? Como pista, sería más bien endeble, pero... En el cuarto había poca luz y Carolina sacó su móvil con dedos trémulos para accionar la linterna.

—¿Puedo ayudarla?

La voz glacial a sus espaldas la sobresaltó de tal forma que el teléfono se le cayó al suelo. Se volvió. Un hombre negro, muy fornido, ocupaba todo el dintel de la puerta, tapando cualquier posibilidad de escapatoria.

—Yo...

—La mujer del doctor Noriega, imagino. —En su tono había un vago rescoldo de amenaza—. La acompañaré fuera. No entiendo cómo Justine le ha permitido entrar aquí.

—No, si ella no...

Imposible explicarse con coherencia. Carolina, consternada y recelosa, siguió a míster Mwenye al exterior. Porque era él, no cabía duda. ¿Qué estaría pensando? ¿Había adivinado sus sospechas? La condujo de vuelta a la terraza en un silencio que no supo interpretar. También su rostro era impenetrable. Ella lo observó por el rabillo del ojo. Tenía la cara picada de viruela y una expresión de perro dogo que el traje gris perla con pañuelo de seda al cuello —más apropiado para una reunión de negocios que para un parque natural— no lograba suavizar.

Al acercarse a la terraza, comprendió que no era la única que cometía incorrecciones con él: Sonia y Kai ya los aguardaban allí y le llegó la voz aguda de este último, entre trago y trago de cerveza, explicándole a Sonia lo muy obsesionado que estaba su anfitrión con los leones.

—Quiere impresionar a su madre y a su tribu —decía despectivo—, y nunca ha conseguido matar ni uno solo.

La misma historia que le había contado a ella. Resultaba violento ver a aquel niño grande, con su chándal viejo y su panza fondona, insistiendo en un relato que más parecía el reflejo de su propia obsesión por encajar entre los tanzanos. Si míster Mwenye comprendía el castellano, no se dio por aludido. En cuanto Kai lo vio, no solo cerró la boca, sino que, en sus ansias por adelantarse a saludarlo, casi pisó a Sonia.

—*Shikamoo*, míster Mwenye.

Él respondió con un gesto seco.

—Habéis llegado pronto, no había ninguna necesidad de correr —dijo consultando su reloj de oro—. Espero que el viaje no haya resultado demasiado fatigoso para nuestra invitada.

Carolina se apresuró a negarlo. La incomodó su urbanidad, no sonaba sincera, y menos aún después de haberla pillado colándose en su casa. El intercambio de saludos con sus compañeros le dio tiempo a serenarse un poco y observarlo con mayor detenimiento. Míster Mwenye, benefactor de Angalia, hijo abnegado, homosexual clandestino. Al fin lo conocía y no le gustó. Había en él una rudeza latente, una vulgaridad a medias disfrazada con el traje caro y los gestos dignos. Tenía el cuello corto y la nariz muy gruesa, y una muela de oro que enrarecía cualquier amago de sonrisa. Intimidaba. Como un matón de barrio reconvertido en mafioso, intimidaba.

La comida fue tensa. Al parecer, los ojos de *mama* Mwenye no evolucionaban todo lo bien que esperaba su hijo y, aunque no culpaba directamente a ninguno de los médicos, no estaba contento. Sonia, abstraída, apenas pronunció palabra, y Kai, que tanto se envalentonaba criticándolo cuando no lo tenía delante, desplegaba un servilismo abyecto. Leo era el único que mantenía una actitud razonable ante él, y Carolina, con la revelación de Sonia muy presente, lo admiró aún más por ello.

—Entonces ¿saldréis mañana hacia Seronera? —preguntó míster Mwenye, sirviéndose *ugali* con el guiso de cordero.

Tenía una profunda voz de bajo, tan grave que hacía vibrar los tablones de la mesa. Solo lo acompañaban ellos cuatro: Kai, Sonia, Leo y Carolina. *Mama* Mwenye guardaba cama e Inno, lo mismo que Hunter, comía aparte. Justine iba y venía con los platos. No había nadie más en todo el recinto.

—Sí —dijo Leo con firmeza—. Así quedamos con los masáis. Es un gran esfuerzo para ellos desplazarse al Serengueti justo antes de la época de lluvias, lo menos que podemos hacer es no retrasarnos.

—Podríais haber montado aquí el consultorio base. Está cerca de sus poblados.

—No de los que viven en los alrededores del lago Victoria. Ellos también necesitan asistencia. Además, no querríamos molestar a sus huéspedes, míster Mwenye. Tengo entendido que volverán a abrir mañana.

El tanzano esbozó una sonrisa un tanto retorcida en su rostro de dogo.

—Mis huéspedes estarían encantados de presenciar una labor humanitaria en directo, puede que incluso colaboraran con donaciones. A los turistas europeos les entusiasma darle un toque trascendental a su curiosidad.

Carolina apretó los labios. En otras circunstancias, ella también hubiera viajado a África de vacaciones, y la fastidió pensar que había algo de verdad en su comentario. En cambio, Kai se plegó como una hoja.

—No nos cuesta nada quedarnos un par de días más. Si míster Mwenye lo desea…

—No hace falta —replicó Leonard—. *Mama* Mwenye se está recuperando bien.

Dadas las circunstancias, era sorprendente cómo plantaba cara a su patrón.

—Ella se queja, doctor —dijo este con voz suave—. Le molesta la luz del sol.

—Es normal al principio.

—Se siente inútil. Mañana abrimos y tiene mucho personal que dirigir.

—Debería reposar una semana más todavía. Seguro que Noel se lo prescribió al operarla.

—Bueno… —Kai intentó intervenir.

—Lo hizo, sí. —Aunque míster Mwenye no levantaba la voz, su frialdad era aterradora—. Pero tenía menos experiencia que usted, doctor Lilanga. Me pregunto…

—La intervención salió bien.

Hubo un silencio tenso. Carolina, nerviosa, recordó las palabras del diario. Noel estaba preocupado por la cirugía.

La catarata de *mama* Mwenye era complicada, él apenas había operado sin equipos modernos...

—No es que tuviera nada en contra de su marido, señora Noriega. —Carolina se sobresaltó cuando míster Mwenye se inclinó hacia ella, pero solo pretendía mojar pan ácimo en el guiso de cordero—. Era un buen hombre, una buena persona que dedicaba su tiempo a nuestro país. Sin embargo, habría preferido un médico local para mi madre, si le soy sincero. Alguien familiarizado con nuestras costumbres que la tranquilizara en *swahili*.

—No creo que conocer la lengua o las costumbres influya en el resultado de una operación —repuso ella con lealtad—. ¿Tú qué opinas, Sonia?

La aludida agachó la cabeza. Al parecer, nadie más estaba dispuesto a contradecir al benefactor de Angalia.

—Ayuda a que el paciente esté cómodo —terció Kai—. Y es bueno para los tanzanos ver ejemplos de prosperidad entre su propia gente.

Leo puso mala cara. También míster Mwenye. Hasta Sonia parecía incómoda. Carolina sintió una especie de vergüenza nacional por aquel servilismo que Kai exhibía sin darse cuenta. Estaba muy enfadada con él. Tanta rebeldía, tanto inconformismo, y en el momento que tenía enfrente a ese hombre horrible, actuaba como un cobarde. Ni siquiera era capaz de apoyar a Leo en sus esfuerzos por alejarse de él. ¡Con razón Noel había tomado cartas en el asunto!

—Creo que tenéis intención de bajar de safari a la caldera esta tarde, ¿no es así? —preguntó míster Mwenye—. Es un lugar soberbio, el Ngorongoro. Rebosa de vida.

—Sí, señor, a menos que usted nos necesite para alguna otra cosa.

—Yo me quedaré —dijo Leo.

Míster Mwenye lo aprobó con un seco movimiento de cabeza. Obviamente, no le habría hecho gracia que el médico se ausentara. Carolina se mordió el labio. ¿Iban a dejarlo solo? Ni Kai ni Sonia parecían inquietos por ello; al contrario, Kai estaba entusiasmado.

—Quizá Justine quiera venir con nosotros —dijo mientras la chica recogía los platos—. ¿Qué dices, Justine?

—Justine está bien donde está —lo cortó míster Mwenye, en un tono tan duro que Carolina se estremeció.

No, aquel hombre no le gustaba. No le inspiraba confianza. Podía imaginarlo cuestionando a Noel tras la operación con aquella frialdad suya tan espeluznante y a este, en respuesta, echándole en cara el acoso al que sometía a Leonard. Una discusión subida de tono; la amenaza de una denuncia que lo conduciría a la ruina y la cárcel…, y míster Mwenye, furioso, tanteándose el traje caro para desenfundar el cuchillo que siempre llevaba encima. Tenía motivos, tenía armas y conocía bien los leones. Pudo perfectamente preparar el escenario de una magnífica coartada.

¿Sería de verdad capaz de matar? La acusación era demasiado grave para lanzarla a la ligera y no se le ocurría ninguna forma de desenmascararlo. Le faltaba astucia para esa clase de investigaciones, ya la había pillado en el primer intento. Tampoco iba a arrancarle una confesión, estaba claro. La idea de enfrentarse a un tipo duro como él resultaba ridícula. Y, si no se andaba con cuidado, podría acabar corriendo la misma suerte que Noel. Se estremeció. ¿Era eso lo que le había ocurrido? ¿Había perdido la partida en un choque demasiado áspero con aquel bruto? ¡Pobre Noel! Pobre perseguidor de injusticias, castigador de maldades. ¡Qué mal resultado había obtenido de sus buenas intenciones!

A la hora del café, míster Mwenye se excusó alegando que tenía trabajo y los dejó solos. La tensión de la comida cedió con su marcha. Los cuatro se relajaron y hasta la terraza resultaba más agradable. ¡Cómo les minaba el espíritu aquel hombre!

—Ya podía haberse quedado en Dar —masculló Kai, pinchando trozos de piña de una fuente exquisitamente presentada por Justine—. ¿Por qué sigue aquí? ¿No tiene cosas que hacer en la capital?

—Está preocupado por su madre, eso es todo —dijo Leo con sequedad.

El médico no parecía el mismo. Desde que habían llegado al Ngorongoro, se había mostrado retraído y distante con sus compañeros, incluida Carolina.

—¿A qué se dedica? —preguntó esta—. Quiero decir, aparte de Angalia.

—Negocios... —dudó Kai.

—Negocios turbios —apostilló Sonia, abriendo la boca casi por primera vez desde que llegaron.

—Eso no lo sabes.

—Es un secreto a voces. Trafica con la caza furtiva: marfil, pieles de jirafa, leones... Este *lodge* y Angalia son solo una tapadera.

—No, es un filántropo.

Sonia puso los ojos en blanco. Kai, ya libre de inhibiciones, pegó un puñetazo en la mesa.

—Si piensas eso, ¿por qué trabajas para él?

—Por la misma razón que tú, que Leo, que Noel... Porque, sea como sea, su dinero nos permite ayudar a gente que lo necesita.

Sonia había alzado la voz sin darse cuenta. Ya estaban ella y Kai enzarzados en una nueva discusión. Deseando que interviniera y calmara los ánimos, Carolina miró a Leo, pero él vació su vaso de un trago y se levantó para marcharse.

—¿Adónde vas? —le preguntó, impresionada por el tremendo cansancio que reflejaba su rostro.

—A ver a mi paciente.

Lo vio alejarse bajo el sol africano. La espalda ancha, el paso atlético, la resolución con que volvía a la gran cabaña de troncos para cumplir con su deber, por difícil que fuera... Kai apuró también su vaso. El gesto, que en Leonard había resultado varonil, en él quedó bruto y basto.

—Bueno, ¿nos vamos al Ngorongoro?

Sonia no los esperó. Aún furiosa, se dirigió al jeep a paso vivo. Carolina la siguió arrastrando los pies. Toda la vida deseando hacer un safari y, ahora que lo tenía al alcance de los dedos, hubiera preferido mil veces quedarse en el *lodge* para proteger a Leo, para seguir investigando a míster Mwenye y para empaparse del recuerdo de Noel, que tanto pesaba en aquel lugar idílico.

23

El paraíso

El sendero de la ladera interior del cráter descendía, estrecho y tortuoso, por un oscuro túnel de selva. Resultaba tan distinto de las extensas sabanas africanas que Carolina se animó un poco: aquella escapada no suponía una traición a su safari ideal. No estaba consumiendo ese viaje soñado con una excursión improvisada y compañeros irritados, en medio de un terrible duelo. La idea la llenó de ligereza: tal vez aún lograra disfrutar de la tarde.

Inno condujo en un silencio concentrado hasta llegar al fondo de la caldera. Allí, la asombrosa estampa disipó buena parte de la apatía y el malhumor de los ocupantes del jeep: una inmensa llanura circular de hierba muy rala, tan abierta, tan expuesta, que resultaba difícil estimar sus dimensiones. Parecía pequeña y grande al mismo tiempo. Pequeña porque era abarcable con la vista y eso engañaba al ojo, y grande por lo diminutos que se veían los árboles, los animales y algún que otro vehículo que circulaba a lo lejos.

—¿Cuánto decíais que mide? —preguntó Carolina asombrada.

—Veinte kilómetros de diámetro —repuso Kai tan orgulloso como si lo hubiera fabricado él mismo.

Una planicie perfecta, hundida en un cráter. Un jardín del Edén en el que los horizontes eran verdes y no se perdían en la distancia. Con ese peculiar dramatismo de la geografía africana, el Ngorongoro era tan amplio como cerrado. Normal que las jirafas no pudieran acceder a él. Lo increíble era que lo hicieran animales tan poco ágiles como los elefantes, los hipopótamos o los rinocerontes.

—¡Mirad! —exclamó Kai, señalando una algazara de alas rosadas.

Eran flamencos. Cientos de ellos, alzando el vuelo a la vez desde algún punto del cráter para salir, como un arrebol del cielo, al mundo exterior. Para salir del paraíso.

Fue la primera de las sorpresas de la tarde. Recorrieron la caldera despacio, casi esquivando manadas de cebras, ñus, búfalos y gacelas, que pastaban con despreocupación en aquella pradera joven y luminosa, con los abruptos farallones de selva como telón de fondo. Olía a verde y a río.

—¡Fijaos en el potrillo de cebra!

—¡Qué grandes son los búfalos!

—Nos está mirando un avestruz.

La mayoría de los animales no hacía nada concreto, sencillamente estaban allí. Embellecían el paisaje, y mirarlos inspiraba la misma ternura sosegada que ver dormir a un bebé. Era muy distinto de un zoo, donde su hábitat artificial provoca ansias por que «hagan algo» o que interactúen de alguna forma con los humanos. También era distinto de los documentales de televisión, en los que la actividad se concentra en unos pocos minutos. Allí, todo era sereno y apropiado. Los animales pertenecían al paisaje y por eso resultaba tan grato contemplarlos.

Carolina, que procuraba mantenerse siempre ocupada, que valoraba la eficiencia por encima de todo y le tenía un temor reverencial al aburrimiento, se relajó como no lo había hecho en años. Porque eso le transmitían los animales: una paz increíble. «Esto es vida —pensó—. Esto es vida, y no andar asfixiada por plazos de proyectos, sin tiempo para disfrutar de las cosas, de un café, de unas vacaciones...». Suspiró. ¡Cuántas veces le había dicho Noel algo parecido!

—Es un auténtico paraíso —sentenció Kai satisfecho.

Inno meneó la cabeza.

—Deberíamos volver ya, va a llover.

Carolina contempló el cielo, moteado de inocentes nubecillas blancas.

—¿Cómo lo sabes?

El tanzano se encogió de hombros.

—¡Bah, no seas aguafiestas! —dijo Kai—. Llévanos a las acacias. Seguro que allí vemos elefantes.

No todo el Ngorongoro era pradera. Con reticencia, Inno los condujo a un bosque poco denso donde, como Kai había predicho, se toparon con una manada de elefantes. Carolina se enderezó, impresionada por su tamaño, por su majestad y por la ternura que desprendían sus rostros arrugados al tantear delicadamente la hierba con la trompa y llevársela a la boca.

—¿No podemos hacer lo mismo que ellos? —preguntó señalando a unos turistas, a cierta distancia, que habían alzado el techo de su vehículo para ponerse en pie y observarlos con comodidad.

—Bah, chorradas de safaris —dijo Kai despectivo—. Míralos, tan rubios, ya quemados como cangrejos. Vienen como si esto fuera Disneylandia, echan un par de fotos y vuelven a casa presumiendo de lo bien que conocen África, ya ves.

Aquel era un juicio demasiado duro para un grupo de gente divisada a distancia, y más viniendo de quien opinaba que cualquier extranjero era un poco turista en África. Qué irritantes resultaban las contradicciones de Kai. Siempre representando un papel para el que no se sentía a la altura. Con aire retador, Carolina abrió su ventanilla y se asomó para contemplar los elefantes más a gusto.

—¿Es una familia? —preguntó en un susurro.

—Solo hembras —dijo Inno—. Los machos van por libre, son ellas quienes cuidan las crías. Mamás, abuelas..., todas juntas. La jefa es la grandota.

Una auténtica matriarca. Tenía un colmillo partido y les sacaba una cabeza a las jóvenes. Aunque lo mejor eran los elefantitos bebé. Había dos realmente chiquitines, muy juguetones. Se acariciaban con la trompa e intentaban escabullirse a una charca cercana. El más pequeño recibió un golpetazo cariñoso del otro y corrió a refugiarse bajo las piernas de su madre, donde halló consuelo mamando en una actitud tan humana que Carolina suspiró de delicia.

—Son maravillosos.

Sintió la mano de Kai en el hombro, pesada, algo bruta. Y un susurro basto al oído.

—Ya dijo Noel que esto te encantaría.

Pretendía ser amable, lo sabía; reflotar el recuerdo placentero de la conversación que habían mantenido en el valle del Rift. Sin embargo, la brusca evocación de su novio muerto fue como una puñalada.

—¿Aquí los encontrasteis la otra vez?

Los elefantes, los que Noel había deseado que ella viera. Kai asintió orgulloso, no se dio cuenta de la desazón que le había provocado. Estúpido. Qué estúpido era. Aquella tarde Carolina había conseguido sobreponerse al desconsuelo, disfrutar de una actividad normal, sentir alegría..., y él la había vuelto a engrilletar en su mazmorra de tristeza. En ese momento lo odió.

—Inno, ¿podemos movernos? —dijo Sonia.

La excursión no había aliviado su mal humor. Seguía muy callada y miraba el cielo con inquietud. Ya no era azul ni sonriente, las nubecillas blancas se habían transformado en una masa baja, plomiza, que oscurecía el cráter por momentos. Flotaba en el aire un tenue olor tormentoso.

—Deberíamos volver —asintió Inno—. Si llueve, la carretera se convertirá en un barrizal.

Esa vez, Kai no lo discutió. Dio permiso al chófer con un gesto y, mientras este ponía el motor de nuevo en marcha, empezó a ilustrar a sus compañeras acerca del clima tanzano en un desagradable tono dogmático.

—Dicen que en el trópico no hay estaciones. Pues claro que las hay, solo que no son las cuatro típicas. Aquí, el año se divide en la época seca y la húmeda. Están a punto de empezar las lluvias y pueden ser muy bestias. Dentro de un mes, a ver quién consigue entrar en el Ngorongoro sin quedar atascado...

Sonia y Carolina lo escuchaban a medias. Varios jeeps surgieron de distintos puntos del cráter para dirigirse también a la salida. No había demasiados, se notaba que noviembre no era un mes habitual de vacaciones. A lo lejos sonó un trueno. Inno, preocupado, miró al cielo, y Carolina recordó las palabras de Leo sobre las calzadas africanas: «Suponéis que cuando pedimos precaución es por si acaso... En África, los peligros son reales».

Un poco más adelante, ya casi al inicio de la carretera de ascenso, se toparon con un vehículo detenido junto a unos arbustos.

—Han pinchado —dijo Inno frunciendo el ceño—. ¿Por qué no bajan a cambiar la rueda?

Se colocó a su altura y cruzó unas palabras con el chófer. En la parte trasera, los cuatro turistas a los que Kai había ridiculizado los miraron con una expresión extraña, a medias entre la excitación y el miedo. El gesto de Inno fue inequívoco: su cara se volvió gris.

—Hay un león al otro lado —dijo sin atreverse a mirar a Carolina.

Ella se irguió en su asiento. Forzó la vista a través de los cristales de ambos vehículos y lo vio. Estaba tumbado perezosamente junto a los arbustos, casi bajo las ruedas del otro todoterreno. Con razón no salían a arreglar el reventón.

—¿Es... él? —preguntó en un murmullo.

—No, no, ¡qué va! —se apresuró a decir Kai—. Este no es un león viejo ni solitario. De hecho... Sí, ¡fíjate! Allí, entre la hierba alta: sus leonas.

Resultaba difícil distinguirlas, meras cabezas del mismo tono pajizo que el paisaje. Había tres, al menos, y los observaban atentas.

—Están acostumbrados a los jeeps, por eso no huyen.

—Pero atacarán si se asustan —dijo Inno—. Nadie puede salir del coche.

—¿Y esos chicos? No van a esperar ahí hasta que se vayan.

Retumbó otro trueno, mucho más cerca. No tardaría en llover. El resto de los turistas habían abandonado ya el cráter, solo quedaban ellos.

—Tendremos que llevarlos nosotros —resolvió el tanzano abriendo su portezuela—. Ya volverán mañana a por el coche.

Uno a uno, el chófer y los cuatro chicos —estos últimos aturdidos y emocionados— fueron pasando a su vehículo sin bajar al suelo. Antes de que Inno cerrara de nuevo, el león se incorporó.

—¡Rápido! —susurró Kai.

Ni siquiera los miró. El felino agitó la melena, abrió las fauces en un tremendo bostezo y se alejó tranquilo, en silencio, sin prestar atención a nada. Los turistas, apretujados en el asiento trasero junto a Sonia y Carolina, intercambiaron una amplia sonrisa. No parecían darse cuenta real del peligro; para ellos, eso era parte de la aventura.

—Lindo gato —dijo el más rubio, con un guiño simpático—. ¡Muchos dientes!

Carolina sintió un regusto de bilis en la boca. El cuerpo de Noel había sido desgarrado, devorado, por unos dientes como aquellos, y los chicos solo pensaban en la estupenda anécdota que tendrían para contar a su vuelta. Inno arrancó y emprendieron el ascenso justo cuando las primeras gotas, cálidas y gruesas, empezaban a caer. Las leonas seguían allí; su mirada directa, arrogante, los persiguió hasta que se perdieron de vista.

24

Las opiniones de Leo

La lluvia prometida no llegó a caer; se quedó en unas pocas gotas, aunque las nubes siguieron pesando sobre sus cabezas. Atardecía cuando volvieron al *lodge*, tras dejar a los turistas en un camping cercano. Los ánimos estaban por los suelos. Sonia continuaba muy callada, Kai había vuelto a echar mano de las cervezas guardadas bajo su asiento, hasta Inno parecía menos risueño que de costumbre. El tropiezo con el león los había alterado a todos.

El olor a césped y a lavanda del *lodge* resultaba dulce, hogareño, muy distinto de la tierra áspera que lo circundaba. El ambiente era tranquilo y vacío.

—¿Quién va a venir aquí, después de lo que pasó? Les da mal rollo. —La voz de Kai era pastosa.

—Cállate —dijo Sonia con brusquedad—. Estás borracho.

Aún faltaba un rato para la hora de cenar y se dispersaron al dirigirse a las cabañas. Carolina remoloneó por el jardín recreándose en la serenidad que tanto perturbaba a Kai. «Así debió de ser la última tarde de Noel», pensó, aún conmovida por las sensaciones del safari. Él también se había emocionado ante aquel paraíso de animales. Ante las cebras, los ñus, los elefantes... Especialmente, los elefantes. «Debería ver su último vídeo», el que grabó aquella tarde pensando en ella. *Mi querida Carolina.*

—¿No vas a refrescarte un poco antes de la cena? —le preguntó Leo, que se había acercado a ella en silencio.

—Prefiero quedarme aquí y disfrutar de las vistas.

Habría sido un buen momento para ver el vídeo, pero aún no se sentía preparada. Necesitaba reunir el valor y saber que, después, podría estar sola largo rato.

—*Mama* Mwenye se encuentra mejor —dijo él, sentándose junto a ella—. El patrón ha ido a hacerle compañía.

Carolina esbozó una sonrisa. Tan distinto a Noel y, sin embargo, también tenía la costumbre de meter a sus pacientes en la conversación, como si fueran un tema interesante para ella. Le recordó al oftalmólogo de los primeros años, el de los tiempos felices. Leo advirtió su gesto y le sonrió a su vez. Realmente, era un hombre atractivo. La camisa azul claro de manga corta contrastaba con su piel negra brillante, con sus ojos pardos, con aquellas manos grandes, callosas pero delicadas —manos de cirujano—, que tan pronto revisaban las bujías de un coche como operaban un ojo a bisturí. Tenía un aire de cálida tranquilidad que infundía confianza y, al hablar, siempre aportaba consuelo.

Carolina rememoró su gesto cansado de después de comer, el tono seco y firme con que se enfrentaba al jefe que lo telefoneaba, que lo reclamaba, que, al parecer, le demandaba más de lo que él estaba dispuesto a conceder.

—Ese míster Mwenye...

No supo cómo seguir. Leo nunca le había hecho confidencias y el dueño del *lodge* se había mostrado muy correcto con ella. Era demasiado difícil explicar sus recelos, demasiado delicado forzar a Leo a abrirse, así que prosiguió por otro camino.

—¿Tenía míster Mwenye alguna queja de Noel?

—¿De Noel? Claro que no, ya lo oíste durante la comida.

—No parecía muy contento de que él hubiera operado a su madre, y si está tardando en recuperarse...

—Tonterías. No hace ni dos semanas de la intervención. Es una mujer mayor y quejica. La extracción de la catarata fue impecable. —Le dio un golpecito cariñoso en el brazo—. No dejes que su actitud te afecte. Es un hombre complicado, pero respetaba mucho la labor profesional de Noel. Todos lo hacíamos.

Carolina vaciló. Leo era tan bondadoso, tan acogedor... Ojalá ella pudiera corresponder a su amabilidad, ojalá pudiera ayudarlo a liberarse del yugo de aquel hombre, como quizá había intentado Noel.

—En su diario, el que me guardaste en Dar...

Se interrumpió. En realidad, no lo conocía tanto, no sabía cuánto pesarían en él las diferencias culturales. Y Sonia le había dejado bien claro que ese era un tema tabú en Tanzania.

—Recuerdo el diario.

Carolina respiró hondo.

—Noel escribió que había cometido una torpeza con míster Mwenye, y yo me preguntaba...

—¿Si fue durante la operación? Qué va, me lo habría contado cuando hablamos.

—¿Hablaste con él aquella tarde?

—Sí, lo llamé para comentar los detalles médicos. Estaba muy satisfecho porque había salido airoso de un caso difícil. Su torpeza no fue un error profesional, no te preocupes.

Carolina tragó saliva.

—Entonces, debió de ser algún asunto personal.

—Supongo que sí.

—¿Crees que pudo hacer alguna tontería por... por defenderte a ti?

—¿A mí? —Leo alzó las cejas sorprendido—. ¿De qué iba a querer defenderme?

—Bueno, ya sabes... Del... del acoso.

—¿Acoso? —El asombro de Leo tenía que ser genuino—. ¿Quién te ha dicho eso?

—Fue la razón del cambio de planes, ¿no? Noel te lo ofreció para que no tuvieras que encontrarte con él. Tú mismo me dijiste que estaba protegiendo a alguien.

—¡Pero no a mí! —repuso él soltando una carcajada—. Míster Mwenye acosándome, ¡qué absurdo! Él jamás pondría en semejante situación a un empleado.

—Discúlpame, yo pensaba... —Carolina, muy apurada, se ruborizó.

—Noel no me protegía a mí —repitió él en tono amable—. ¿Quién te metió esa idea en la cabeza?

—Sonia me aseguró que tú..., que él... —musitó ella.

—Que yo era un pobre diablo a quien el monstruo tenía sometido, ¿eh? Pues no debería propalar maldades contra míster Mwenye. Si el rumor de sus inclinaciones es cierto, que no lo sé, bastante tiene con ocultarlo. Sí, a veces se pasa de autoritario, pero es un hombre íntegro. Lo conozco bien.

Carolina desvió la vista, confusa. No podía ser. Míster Mwenye era el villano, su villano. Un bruto sin escrúpulos, un traficante de negocios dudosos..., un cazador con un completísimo arsenal de cuchillos. ¿Dónde iban a parar sus sospechas y conjeturas si esa fachada escondía a un hombre honesto?

—Entonces ¿a quién protegía Noel? —preguntó débilmente.

Leo negó con la cabeza.

—Ya te lo dije: no es mi secreto.

Ella recordó la frialdad turbia de míster Mwenye cuando la descubrió, su indefinible aire de amenaza. Kai le tenía miedo, y también Justine. Sonia lo despreciaba. ¡Y Leo lo apoyaba! Dividida entre su simpatía por él y las críticas del resto del equipo, entre el anhelo de olvidar el mensaje de Simba y el de hacer justicia a Noel, Carolina no sabía qué pensar. ¿Era míster Mwenye el tipo duro y cínico que Kai temía? ¿El depredador que Sonia había descrito? ¿O era ese empresario adusto e incomprendido que Leo defendía con tanta seguridad?

«Lo observaré con calma durante la cena», se dijo. Sin prejuicios. Trataría de entablar conversación con él, de penetrar en sus verdaderos sentimientos hacia Noel.

No pudo hacerlo. Para disgusto de todos, Kai se presentó a la mesa borracho perdido y tuvieron más que suficiente con contener sus excesos. Las dos chicas y Leo suspiraron de alivio cuando al fin pudieron levantarse y arrastrarlo de vuelta a su cabaña. Míster Mwenye, muy serio, hizo un gesto a Hunter para que los escoltara con su rifle.

—Ni se os ocurra salir en la oscuridad —fue lo último que les dijo—. El león sigue ahí fuera.

Carolina se dirigió a su alojamiento haciendo esfuerzos por no mirar con aprensión a su alrededor. Pese a las orquídeas y los jazmines, el *lodge* ya no le parecía un refugio tan idílico.

25

Secretos en la noche

No solo míster Mwenye despertaba sus recelos, Sonia también la había engañado. Le había asegurado que Leo sufría el acoso de su patrón, que no lo contaba porque la homosexualidad era un tema incómodo para cualquier tanzano, cuando, en realidad, ni lo primero era cierto ni él le daba importancia alguna a lo segundo. Es más, se había reído al mencionarlo ella.

Sonia, siempre Sonia. «Yo lo amaba». Apenas habían hablado después de aquello y no lo lamentaba. No quería enfrentarse de nuevo a sus raptos sentimentales, a sus reproches velados, a la amarga posibilidad de que ella y Noel hubieran intimado más de lo que confesaba. «Yo lo comprendía mejor que tú». Se había referido al tercer vídeo en un tono tan agrio... «Te eligió a ti». ¿Sería cierto?

A solas en su cabaña, ya no pudo seguir evitándolo. Tenía que verlo. Debía enfrentarse a lo que Noel había querido decirle el último día de su vida, fuera lo que fuese. Abrió el ordenador y se conectó a la red. Tenía buena cobertura, pese a encontrarse en medio de la nada. En un par de clics localizó el título que buscaba: *Mi querida Carolina*.

La miniatura del mapa mostraba el familiar fondo de troncos, tan parecido al de su propio alojamiento. Se lo quedó mirando. Eran realmente similares: el tono caoba de la madera, el paisaje del Ngorongoro enmarcado en la pared..., hasta el agujero de la mosquitera de la cama. «Se alojó aquí —pensó de pronto, con extraña emoción—. En este mismo cuarto». Respiró hondo. Ver el vídeo en el lugar donde lo había grabado era casi como invocar su fantasma. Como si quisiera resucitarlo, traerlo de vuelta desde el mundo virtual que tan bien conocía... Sacudió la cabeza. Qué estupidez. Pulsó el botón de reproducción, y Noel, con un aire apacible como nunca lo había visto, empezó a hablar.

«Llevo tanto tiempo sin dedicarle un vídeo a Carolina que me resulta raro dirigirme a ella. Si al menos pudiera convencerla para ver este...».

Noel suspiró, aunque no parecía desanimado.

«Hoy he estado de safari y ha sido maravilloso. La paz que he sentido al observar los animales... No hacen nada, ¿sabéis? Quien piense que los depredadores acechan a cada paso y que hay persecuciones dignas de una película de acción, está muy equivocado. Un safari es como tumbarse a mirar las estrellas del cielo: simplemente, te paras a disfrutar de algo hermoso. La naturaleza. ¡La vida! Pararse a ver la vida... ¡Lo hacemos tan poco!».

Eso, eso era justo lo que Carolina había experimentado: pararse a ver la vida. Lo que, concentrada en su carrera, atrapada por la responsabilidad y la ambición, no había hecho jamás. Noel tenía una habilidad especial para pintar sentimientos con palabras. Por eso su blog había tenido tanto éxito, porque sabía hacer soñar.

¡Cuánto le hubiera gustado compartir aquellas impresiones con él! Decirle: «Tenías razón, necesitaba frenar un poco». Se lo imaginó junto a ella en la cabaña, tumbado en la cama con las manos en la nuca, iniciando, a partir de las cebras y los elefantes, una conversación existencial que exprimirían hasta el alba, como tantas veces habían hecho en los primeros tiempos. Y la conmovió comprender que algo parecido tenía en mente Noel aquella última tarde.

«Ojalá hubiera esperado a Carolina para este safari. O, mejor aún, ojalá estuviera aquí ahora, conmigo, que ya hemos perdido demasiado tiempo peleados. Esto habría roto el hielo, nos habría ayudado a reencontrarnos. Imagino el brillo de sus ojos... Tiene los ojos más expresivos del mundo. Es una persona callada, ¿sabéis? No tímida; solo que prefiere pensar a hablar. Y cómo piensa. No conozco a nadie tan lúcido, tan profundo. Merece la pena superar su reserva, porque todo lo que dice es enriquecedor. Yo voy más a tontas y a locas, ya sabéis».

Se pasó la mano por los rizos castaños y esbozó una sonrisa pícara. ¡Qué bien conocía Carolina esa sonrisa! La del niño travieso que la enredaba para salir de fin de semana en vez de quedarse en casa trabajando, que le regalaba un paseo en camello por su cumpleaños o alguna otra loca actividad que a ella jamás se le habría pasado por la cabeza.

«Me habéis pedido que retome "Postales a Madrid" como era antes y me temo que voy a decepcionaros. ¡O, al menos, espero tener ocasión de hacerlo! Porque... ¡qué narices! Este vídeo es para ti, Carolina, y te voy a hablar a ti, aunque no lo estés viendo. Mi querida Carolina... Me he dado cuenta de que quiero estar contigo, conseguir que vuelva a ilusionarte la idea de envejecer juntos. Tenemos que hablar, mi *Panxoliña*. Tenemos que...».

Un inoportuno pitido de móvil lo interrumpió. ¡En aquel preciso momento! Noel calló para leer el mensaje y luego frunció el ceño. Cuando dejó el teléfono a un lado, ya no continuó en el mismo tono.

«Supongo que es mejor que hablemos en persona. Esta experiencia en Tanzania me ha hecho reflexionar. Vuelvo a casa en unos días, cariño. Y, entonces, haremos planes».

El vídeo terminaba ahí, interrumpido en el momento más álgido, como la propia vida de Noel. Interrumpido en medio de la temida y anhelada confirmación de que iba a volver a ella. Que la había escogido a ella por encima de Tanzania. Por un instante lo imaginó volviendo a casa. «*Panxoliña*, esta vez te he traído un regalo. No, no lo llevo en la maleta, lo tienes en el ordenador. Mira mi último vídeo. Míralo». Porque él era así, zalamero, cariñoso y con una espontaneidad juguetona a la que Carolina siempre fue incapaz de resistirse.

Ya nunca podrían trazar aquellos planes de futuro. No reflexionarían juntos sobre qué los había alejado. Noel apagó la cámara pensando en pasar el resto de su vida con ella, y su vida no duró más de una noche. ¡Era tan injusto! Ni siquiera había tenido la oportunidad de decírselo de vuelta. Que sí, que ella también quería ilusionarse de nuevo, que lo amaba. ¡Lo amaba! Tantos años esquivando la idea ingrata de que su amor se había agotado y solo cuando ya estaba muerto se daba cuenta de que no.

Parpadeó con fuerza. Por eso se resistía a ver el vídeo: para no llorar. Y menos allí, en el Ngorongoro, tan lejos de cualquier fuente de consuelo. Casi mejor que aquel dichoso mensaje de móvil hubiera interrumpido a Noel antes de que...

Un momento: ¡el móvil! ¡El móvil que nunca apareció! Noel lo tenía consigo aquella noche, en las horas previas a su muerte. ¿En qué punto entre la grabación y el león lo había perdido? Repasó el vídeo y lo detuvo en el momento en que leía el mensaje. Hubo una expresión de leve sorpresa en su rostro antes de fruncir el ceño. ¿Acaso la interrupción tenía algo que ver con su extraña salida en jeep minutos después?

—¿Quién te escribió, Noel? —murmuró—. ¿Qué te decía?

Imposible saberlo. Imposible, porque el teléfono se había evaporado. No podía ser casualidad: alguien había intentado eliminar pruebas. «¿Pruebas de qué?».

En la cabaña hacía un calor espantoso. Necesitaba tomar aire fresco y abrió una ventana. Fuera, la oscuridad era ya absoluta. En el jardín, levemente iluminado con luces discretas, se respiraba una tranquilidad muy similar a la de dos semanas atrás, cuando Noel grabó el vídeo. «¿Qué te pasó, cariño? ¿Qué te indujo a salir del *lodge*?».

Hubo un repentino movimiento detrás de una palmera: el *ranger* hacía su ronda. Él no estaba allí aquella noche. Solo Inno, Kai, míster Mwenye, su madre y la enfermera. Cinco personas más Noel, todas aisladas en distintas cabañas, salvo Inno, que dormía... ¡en el mismo coche!

Se quedó paralizada. Inno tuvo que ver salir a Noel. ¿Cómo no lo había pensado antes? ¿Por qué él no había dicho nada? Oteó el jardín con nerviosismo. Desde su ventana veía el tejadillo de bálago del aparcamiento y jugueteó con la idea de acercarse a hablar con él. No, sería una locura, con el león rondando. Además, la zona estaba a oscuras. O el chófer no se encontraba allí o ya dormía, y en ambos casos correría un riesgo inútil. Ya se lo preguntaría por la mañana, en el viaje al Serengueti. Con un suspiro, cerró la ventana. Tampoco aquella iba a ser una conversación sencilla... En el momento en que se retiraba, un grito autoritario retumbó en el tranquilo jardín.

—*Simama! Stop!*

Sonó un tiro. Un petardazo violento, repentino, que arrancó ecos a la oscuridad y una sarta de chillidos agudos.

—¡No dispares! ¡No dispares!

Carolina volvió a asomarse a la ventana con el corazón desbocado. Alguien forcejeaba tras los arbustos. ¿Estaba ahí el león? ¿Quién había disparado? La puerta de la cabaña de Leonard se abrió de golpe y él salió corriendo.

—¡No vayas, Leo! ¡Es peligroso!

Él no hizo caso, parecía saber adónde dirigirse. La misma voz histérica seguía chillando «¡No dispares!» y, de pronto, Carolina la reconoció: era Kai. Dudó un instante. Nadie más que Leo se aventuró al jardín. Carolina no podía dejarlo solo y corrió tras él hacia los arbustos.

Allí se topó con una escena grotesca. Kai, en un estado lastimoso, se acurrucaba debajo de una mesa de pícnic, mientras que míster Mwenye, rifle en tierra, lo miraba con una mueca de desprecio. La estampa era magnífica. Míster Mwenye tenía aire de cazador, de rey salvaje disfrazado de hombre civilizado, con su traje a medida y el fusil apoyado en el suelo. Hasta su expresión de desdén —los ojos entornados, la cabeza erguida— era regia. Intercambió unas palabras en *swahili* con Leo y luego pasó al inglés.

—Ordené que nadie saliera de noche. El león sigue ahí fuera.

Pensó que se refería a ella y a Leo, pero enseguida comprendió que le hablaba al maltrecho Kai.

—Solo quería tomar el aire —lloriqueaba este desde su escondite—. Solo tomar el aire, no es razón para dispararme.

Seguía totalmente borracho. Leo se acercó a él.

—Vamos, Kai. Es hora de dormir.

Él se dobló sobre sí mismo y vomitó entre las begonias.

—Ya he tenido suficiente paciencia contigo, Kai —dijo míster Mwenye—. El doctor Lilanga te sustituirá en la dirección de Angalia. Vuélvete a tu casa.

Kai se levantó. Sus ojos se aclararon, como si recuperara de golpe la lucidez. Se limpió la boca con la mano.

—No puedes echarme, *amigo*. No eres el dueño de Angalia.

Míster Mwenye no movió ni una ceja.

—Ya no necesitamos tu dinero —insistió Kai. Señaló a Carolina—: Gracias a Noel, ahora nos llueven donaciones. —Soltó una risa histérica—. ¡Su muerte nos ha librado de ti, al fin!

Míster Mwenye seguía inmóvil. El desprecio impregnaba toda su corpulencia, todo él. Se volvió hacia Leonard, como si Kai no mereciera ni una respuesta.

—Lo quiero fuera de mi propiedad mañana al amanecer. Y en cuanto a Angalia, tú decides, doctor: o él o yo.

Le dio la espalda al grupo y se encaminó hacia la casa grande. Las risas de Kai se volvieron sollozos convulsos.

—Yo no quería. ¿Cómo no voy a celebrar que entre dinero? No me alegro de su muerte. ¡No me alegro!
—Vamos, Kai. A la cama. —Leo, muy serio, se lo cargó al hombro—. Duerme un poco, *Carrol* —le dijo en voz baja—. Saldremos temprano.

Ella se dirigió a su cabaña, confusa y asqueada. ¿En qué se estaba convirtiendo Kai? ¿Cómo podía humillarse tanto? Al pasar por delante del alojamiento de Sonia, la vio ante la puerta con el pelo alborotado y una simple camiseta larga.

—¿Qué ha ocurrido?
—Kai... —empezó, sin saber cómo seguir.

Se sobresaltó. Sonia no estaba sola, una sombra se perfiló junto a ella, recortada sobre la luz del interior. Un hombre. No muy alto, robusto, desnudo de cintura para arriba... ¡Inno! El chico para todo de Angalia se apoyó en el quicio con un cigarrillo en los labios. Brusco, deliberado, cogió a Sonia desde atrás, la atrajo hacia sí de un golpe de brazo y la manoseó groseramente mientras miraba a Carolina, retador. Esta, turbada por su impudicia y por la extraña sonrisa de ella —a medias entre la excitación y el bochorno—, dio un par de pasos atrás.

—Mañana te cuento —murmuró.

No deseaba más que refugiarse en la soledad de su cuarto y reflexionar sobre todo lo ocurrido aquella noche, pero, al abrir la puerta de un tirón, se dio de bruces con alguien. Justine, la enfermera, la esperaba dentro y tenía una expresión asustada. Sobre la mesa, medio envuelto en un pañuelo de tela, había un cuchillo manchado de sangre seca.

26

Justine

Carolina miró el cuchillo. Miró a la enfermera: más que asustada, parecía aterrada.

—¡Shhhh! —dijo Justine, con los ojos desorbitados, como un potrillo—. No habla alto, por favor.

—¿Qué haces aquí? —susurró ella—. ¿Y qué es esto?

El cuchillo, en su crisálida de tela, semejaba algo entre una ofrenda y una prueba criminal... La prueba —lo intuyó enseguida— de que la muerte de Noel no había sido un accidente, sino un asesinato hábilmente encubierto, casualidad o no, por las violentas dentelladas del león.

—¿Eres Simba? ¿Me dejaste tú el mensaje?

Justine meneó la cabeza.

—Simba no mata a Noel. Esto mata. —Señaló el cuchillo con el dedo, sin atreverse a cogerlo—. Yo guardo para tú.

—El mensaje de Simba —insistió Carolina—. Fue obra tuya, ¿verdad?

—Simba no, simba no. ¡Esto!

Señaló otra vez el cuchillo, frustrada y confundida. Carolina se acercó a su ordenador, que seguía abierto sobre la mesa, y tecleó rápidamente para mostrarle el comentario en la web.

«Yo estaba allí. El león no mató a Noel, solo borró las huellas del cuchillo».

—¿Lo escribiste tú? Lo traducirías en línea, imagino...

El rostro de la enfermera se iluminó.

—Sí. —Hizo una pausa para buscar las palabras—. Yo quiero tú vienes. Tú hacer... castigo de culpable.

Carolina respiró hondo. Así que era cierto: alguien había matado a Noel. Alguien le había clavado aquel cuchillo y luego había dejado su cadáver a merced de las fieras. ¿Quién? ¿Quién había podido ser tan despiadado? Su investigación, el impulso que la había llevado a Tanzania, ya no era un mero ejercicio intelectual. Ahora era una realidad aterradora.

—Hay que llamar a la policía —dijo—. Hay que...

—¡No! —casi chilló Justine, y enseguida miró a su alrededor con aire furtivo, arrepentida de su arrebato—. No policía. ¡No dice a nadie! Tú promete.

—¿Cómo no vamos a decirlo? ¡Lo han asesinado, no fue un accidente!

Se inclinó hacia el cuchillo. Era pequeño y ligero, una especie de cortaplumas, en realidad. O un bisturí, como los que solía usar el propio Noel en su consulta, hacía siglos. Se estremeció. No tenía nada que ver con los bastos puñales y navajas de monte que guardaba míster Mwenye en su cuarto de caza. La punta estaba recubierta por una costra casi negra.

—¿Qué pasó? —dijo en un hilo de voz—. ¿De verdad lo viste? ¿Sabes quién fue?

Justine frunció el ceño tratando de seguir sus preguntas, frustrada por no entenderla del todo.

—Tú no dice a nadie que yo allí. ¡No dice! Tú promete y yo cuenta.

—¿Por qué? ¿Por qué no pueden saberlo? Eres testigo de un crimen, deberías haber ido a la policía.

Esta nueva mención puso a Justine al borde de la histeria.

—Si tú policía, yo no cuenta. ¡Yo no cuenta!

Carolina no quería hacerse responsable de lo que Justine tuviera que decir. Aquello era un asunto de las autoridades, no carnaza para una *vendetta* personal. ¿Qué haría ella con sus declaraciones? ¿Cómo conseguiría que el asesino pagara por su crimen? Pero no podía quedarse sin escucharla, no cuando ya había llegado hasta allí, hasta el Ngorongoro.

—De acuerdo, te lo prometo. No diré nada a nadie.

Justine respiró más tranquila.

—Yo allí —empezó—. Noel no sabe. Yo esconde en coche. Quería... —miró hacia atrás con temor— escapar.

—¿De qué? ¿Acaso estás prisionera aquí?

Aquella mirada suya, siempre acorralada. Y el tono duro de míster Mwenye cuando se dirigía a ella... Era un mal hombre, lo sabía, por mucho que Leo lo defendiera.

—Vieja —dijo Justine—. Vieja quiere yo aquí.

—¿*Mama* Mwenye te tiene prisionera?

—No prisionera. Vieja..., vieja sola. Ella quiere compañía.

—Entonces ¿por qué necesitabas esconderte para escapar? Es igual. —Se adelantó al ver su cara de incomprensión—. ¿Sabes adónde iba Noel cuando salió?

—Yo oí. Él dice cruce.

—¿Cruce? ¿Te refieres al desvío de la carretera principal? ¿El lugar donde murió?

—Sí, allí. Yo escondo. Pienso: en cruce, espero otro coche y pido viaje. Yo me voy lejos.

Tras un momento de perplejidad, Carolina reconstruyó aquello en su cabeza. La imaginó aventurándose en la noche con la incierta expectativa de que alguien la recogiera y la llevara a cualquier parte, lejos de allí. ¿Qué males pesaban sobre ella? ¿Por qué quería huir a toda costa? Eran preguntas demasiado complicadas para el limitado dominio del inglés de Justine.

—¿No te daba miedo el león? Tenías que saber que rondaba por allí.

—León, sí... León no sube árbol. Yo pienso: paso noche en árbol y león no atrapa a mí.

La acacia del cruce. La acacia bajo la que murió Noel, con su tronco ahorquillado, habría sido el refugio perfecto para él también. ¡Si tan solo hubiera podido trepar a ella! Pero no. Seguía olvidando que Noel fue asesinado, que el león atacó su cadáver, no tenía ninguna posibilidad de salvación.

—¿Sabes para qué salió? ¿A quién le dijo que iba al cruce?

Justine entornó los ojos esforzándose por comprender.

—¿A quién se lo dijo? —le repitió Carolina, despacio.

No obtuvo respuesta. La enfermera giró la cabeza con un sobresalto.

—Vieja llama.

—Yo no he oído...

—Escucha.

Un lamento quejumbroso, muy tenue, llegó hasta ellas a través de la noche.

—Yo voy.

—¡No! Espera, tienes que acabar de contarme...

—Grupo vuelve aquí después de Serengueti. Tú viene, yo cuento, ¿sí?

—¡No sé si volveremos! No puedes dejar...

—Sí vuelve. *Mama* Mwenye más revisión.

Se dirigió a la puerta.

—¡Espera!

—Tú viene. Yo cuento —repitió—. Tú promete: no decir nada. ¡Nada! ¿Sí?

—Dime solo con quién habló Noel al salir.

—¡Promete!

—Sí, sí, te lo prometo, pero dime...

Los quejidos se elevaron de intensidad.

—Yo voy.

Carolina la cogió del brazo.

—¿A quién le dijo que iba al cruce?

Ella se zafó. Antes de salir corriendo hacia la cabaña grande, la miró a los ojos.

—A Inno.

27

Rumbo al Serengueti

Kai no apareció a la hora del desayuno. Cuando Carolina se acercó a la terraza por la mañana, solo estaban Leonard y Sonia.

—Sírvete, *Carrol* —la invitó Leo—. En las bandejas hay huevos con beicon, y Justine acaba de hacer zumo de piña.

Sonia la saludó con nerviosismo y ella evitó su mirada, incómoda al rememorar la sórdida escena con Inno. ¡Inno! El chófer risueño y cantarín ya no le parecía humilde ni bonachón. ¿Por qué había ocultado la salida de Noel, la noche fatídica? ¿Por qué no explicó que sabía adónde iba? Carolina cogió una tostada y la mordisqueó en silencio, mientras sus compañeros comentaban lo ocurrido con Kai.

—¡Pobre! Las cuentas de Angalia nunca estuvieron demasiado saneadas, eso le quitaba el sueño.

—Míster Mwenye llevaba tiempo queriendo echarlo —dijo Sonia—. No le gustaba tener un blanco al cargo.

—Porque no es médico, no por europeo. Siempre pensó que Angalia debería estar gestionada por alguien del gremio.

—¿Y aceptarás? —Sonia se sirvió un poco de zumo—. ¿Aceptarás su puesto?

Leo desvió la mirada.

—Como dice Kai, ahora tenemos muchos fondos. No necesitamos a míster Mwenye.

Fondos ganados gracias a la desgracia de Noel, fondos que le habían conseguido a Kai esa ansiada independencia... Carolina sacudió la cabeza, confundida. Un solo día en el Ngorongoro, y todas sus ideas sobre el posible asesinato de Noel se le habían vuelto del revés: ni míster Mwenye parecía tener motivos claros ni Kai e Inno estaban tan limpios como creía. «Como había querido creer», se corrigió. Porque —en ese momento se daba cuenta—, se había resistido con todas sus fuerzas a considerarlos sospechosos. Eran compañeros de Noel, amigos. ¿Cómo iban a matarlo? Pero debería haberse atenido a la lógica: cualquiera de las cinco personas que pasaron aquella noche en el *lodge* podía ser culpable. Allí no estaba solo míster Mwenye, sino también su madre, Justine y, por supuesto, Inno y Kai. ¿Podía descartar a alguno de ellos? Quizá a la anciana recién operada, y Justine no habría llamado su atención sobre una muerte declarada accidental si fuera la asesina. Eso dejaba su lista reducida a míster Mwenye, Inno y Kai. Los tres habían tenido la oportunidad: míster Mwenye seguía sin gustarle, Kai había sacado un beneficio de lo ocurrido, Inno había sido el último que lo vio con vida. No podía descartar a ninguno.

—Esquivas mi pregunta, Leo —dijo Sonia—. ¿Aceptarás la dirección de Angalia?

—No lo sé —suspiró él. Se sirvió un par de salchichas recién hechas—. Tengo que hablar con Kai. Ahí viene.

Carolina se volvió. Kai, pálido y ojeroso, se acercaba a paso cansino desde su cabaña. Se había cambiado el eterno chándal —aún debía de tener restos de vómito—, pero seguía tan desaliñado como siempre. Lo miró con cierta repulsión. Fuera o no culpable de algo más grave, se había alegrado de la muerte de Noel, aunque lo negara.

—Buenos días —dijo él con la voz ronca—. Espero que al cabronazo no le importe que desayune antes de salir de su propiedad.

—En cualquier caso, estamos casi listos —le dijo Sonia en tono amable—. Inno tiene los jeeps a punto.

—¿Nos llevamos los dos? —dijo Carolina sorprendida.

—Claro. ¿Para qué querríamos dejar uno aquí?

—Pensaba que pararíamos de nuevo a la vuelta —murmuró, recordando las palabras de Justine.

—Y lo haremos —replicó Sonia. Parecía contenta de suavizar las cosas con ella—. El Serengueti está totalmente despoblado y las distancias son grandes; es más práctico viajar con un coche extra que pueda servir de apoyo.

—Voy a recoger mi maletín —dijo Leo—. ¿Vamos juntos, Kai? Así hablamos.

—Claro —repuso él con indiferencia, como si ya todo le diera igual.

—Vosotras estaréis bien con Inno, ¿verdad?

Carolina se estremeció; no le hacía gracia ir con aquel hombre. Miró a su compañera, que no modificó un ápice su expresión.

—No hay problema. —Fue lo único que dijo, con la misma indiferencia.

No vieron a míster Mwenye antes de partir, parecía decidido a evitar a Kai o tal vez estaba desayunando con su madre. Tampoco Justine apareció para despedirlos. A Carolina le hubiera gustado verla, aunque solo fuera de pasada; cruzar una mirada, un simple gesto que le recordara su promesa. Se marchaban al Serengueti, donde Noel ni siquiera había llegado, y ya estaba deseando volver. Poco iba a descubrir allí.

Leo y Kai partieron delante. Sola en el asiento trasero del mismo vehículo que había conducido a su novio a la muerte,

Carolina contempló la trenza rubia de Sonia y la nuca negra de Inno. No se dirigieron la palabra, ni un gesto ni una mirada cómplice. Actuaban como si la noche anterior no hubiera pasado nada... o, al menos, nada que no hubiera ocurrido muchas veces. Inno sintonizó la música y ni se inmutó al llegar al cruce. Sonia tampoco habló. Entristecida, Carolina contempló de refilón la mancha oscura de hierba bajo la acacia, mientras uno canturreaba ritmos africanos y la otra miraba a lo lejos abstraída.

Aunque Seronera estaba a poco más de cien kilómetros del Ngorongoro, la carretera sin pavimentar era tan accidentada que el viaje se hacía largo. Carolina se abandonó al monótono traqueteo mientras reflexionaba sobre sus nuevos descubrimientos. Las palabras de Justine eran un rumor sordo y constante en su cabeza. «Yo quiero tú vienes. Tú hacer castigo de culpable». ¿Cómo, si no le revelaba quién era? ¿Si no la dejaba ir a la policía? No podía tomarse la justicia por su cuenta, y aquello estaba tan alejado de la civilización... El Ngorongoro y el Serengueti, pese a ser un reclamo turístico, eran lugares aislados, muy aislados.

Se llevó la mano al bolsillo donde guardaba el bisturí, aún envuelto en el pañuelo blanco de tela. La prueba de que Noel había sido asesinado, de que el león, efectivamente, solo borró las huellas de un crimen. ¿Quién lo había empuñado? Había reducido las opciones a tres. Como si fueran quinientas, ¿cómo iba a cargar contra Kai, Inno o míster Mwenye sin pruebas?

Inno seguía entonando estribillos con voz de falsete; de nuevo, el chico alegre y bonachón que conocía. Sin embargo, había entrevisto su lado oscuro, aquella insolencia, aquella violenta posesión... ¿Cuánto tiempo llevarían juntos él y Sonia? ¿De verdad a ella le gustaba su actitud? ¿La estaría...? Era horrible pensarlo: ¿la estaría obligando de alguna forma? Porque, al igual que la chica mariposa le había insinuado unos abusos inexistentes de míster Mwenye hacia Leo, Carolina había creído ver ella un resabio de temor, de mortificación, en su sonrisa nerviosa ante las maneras duras de él.

De todas formas, eso poco tenía que ver con Noel. No podía señalar a un criminal solo porque la disgustara. Lo mismo que Kai: censuraba su desaliño, su insufrible vanidad, pero de ahí a considerarlo un asesino... Sin embargo, él tenía un motivo. La muerte accidental de un cooperante le había dado a Angalia la notoriedad necesaria para librarse de míster Mwenye. ¿Y si lo planeó? ¿Tenía tanta sangre fría? La desesperación abre caminos tortuosos, y Kai se encontraba al borde de un abismo.

—«*Nashindwa na mali sina we, ningekuoa Malaika*» —seguía entonando Inno con placidez.

Como si no hiciera dos semanas que había visto a un león comerse a un compañero. Como si no acabaran de pasar por el lugar donde ocurrió. Su animado canturreo empezaba a indignarla. Inno actuaba con demasiada despreocupación. «Está tan tranquilo como Kai alterado». Y tan sospechosa era su indiferencia como las borracheras culpables del director de Angalia. «Lo vio aquella noche, no lo olvides». Inno vio a Noel antes de su muerte y no dijo nada.

«Tampoco Justine». La enfermera pudo haberle mentido. Pudo haber clavado el bisturí en un pollo de la despensa del *lodge* y luego mandarle el mensaje de Simba como broma pesada. No. ¿Qué ganaba ella levantando un escándalo? Su terror era real; su buena voluntad también. Entre tanta incertidumbre, tenía que aferrarse a algo, y Justine la había llevado hasta el Ngorongoro. ¿De verdad estaba intentando escapar aquella noche? ¿Acaso la ayuda involuntaria de Noel era lo que lo había conducido a la muerte? «Muy buen hombre», había dicho de él. Si su fuga frustrada tenía relación con el crimen, entonces la aguja volvía a apuntar al primer candidato de su lista: a un siniestro míster Mwenye, capaz de matar a quien osaba robarle a una empleada..., a una esclava, casi.

Suspiró de frustración. Tres sospechosos: míster Mwenye y Kai podían tener razones para querer ver muerto a Noel, Inno tuvo la oportunidad y ninguno de los tres le inspiraba demasiada confianza. Sola en el asiento trasero del todoterreno, se cogió la cabeza con las manos. Era terrible recelar de conocidos, de compañeros: Kai había sido amable y bonachón con ella, Inno era un chiquillo y míster Mwenye contaba con la confianza de Leo. Dos de ellos eran inocentes y los estaba considerando posibles asesinos. ¡Asesinos! Personas capaces de cometer un crimen monstruoso. Se sentía sucia por pensar así de quienes la habían acogido con tanta generosidad.

El traqueteo del jeep era cada vez más acusado. Por la ventanilla, los riscos y selvas del Ngorongoro habían dado paso a una serie de suaves montes ondulados de color pardo amarillento, como coletazos del fin de la zona montañosa. Sonia se volvió hacia ella y le sonrió.

—Aún quedan un par de horas de viaje, ahora empieza la verdadera aventura.

Carolina le devolvió la sonrisa, agradecida por su gentileza. Agradecida por saberla lejos del lugar del crimen —a ella y a Leo—, en el momento en que Noel murió. «Al menos —se dijo—, no tengo que sospechar de todo el mundo».

28

Tus ojos en Tanzania

Escocia. Sin saber por qué, Carolina se encontró recordando aquel viaje —de los pocos que hizo con Noel— a los confines de las islas británicas, donde los picachos más inaccesibles estaban precedidos por sedosas ondulaciones de pradera abierta; una sucesión de montes leonados en los que cualquier forma de vida quedaba expuesta en la distancia. No resultaba hostil, exactamente. Era salvaje en la acepción última de la palabra: libre, sin dueño, sin civilizar. Así eran también los cerros y prados entre la selva del Ngorongoro y la extensa llanura del Serengueti. Una región suavizada e indómita, con el mismo aire agreste que otras Tierras Altas muy lejanas.

Solo que en Escocia no había aldeas masáis encerradas en un cerco de espinos, ni pastorcillos de cabeza rapada protegiendo sus vacas con lanzas de guerra y mucho menos se toparían de bruces con una jirafa en la calzada. ¡Una jirafa! Caminaba majestuosamente, con el largo cuello estirado y los cuernecillos de peluche bien rígidos, atentos a la presencia de algún depredador.

—¿Podemos parar un segundo? —preguntó emocionada.

Inno, risueño, le hizo una ráfaga de luces a su compañero y ambos se detuvieron. La jirafa paseó su mirada dulce e indiferente por encima de ellos y siguió su camino, rápida en la solemnidad de su paso, hasta perderse en la distancia.

—Hace cincuenta años no se hubiera acercado tan tranquila a los masáis —dijo Kai desde el otro coche.

—Ellos comprenden la importancia de conservarlas para el turismo —repuso Sonia con sequedad—. Sin el dinero que les dejan los visitantes, lo pasarían bastante mal.

Carolina seguía contemplando el puntito de la jirafa, tan plácida, tan digna, casi como un símbolo de buena suerte.

—Verás muchas más en el Serengueti —le dijo Leo sonriendo—. Ya estamos muy cerca.

A nivel geológico, la cara noroeste del Ngorongoro era un aluvión por donde el volcán, millones de años atrás, había expulsado lava y cenizas. En las proximidades del cráter, las ondulaciones de la pradera creaban un paisaje suave y magnífico, pero, según descendían hacia la llanura, la tierra revelaba cicatrices de un origen convulso. La carretera se volvió grisácea y arenosa; la humedad dio paso al polvo. El mismo jeep, al rodar, levantaba una gran nube, como la huella sucia de una estrella fugaz. Aparecieron más jirafas, medio ocultas entre la maleza parda y las acacias; manadas de búfalos; alguna cebra, y numerosos rebaños de cabras y vacas al cuidado de pastores masái: una curiosa estampa doméstica entre los animales más extraordinarios de África.

Kai insistió en detenerse para comer algo antes de llegar al Serengueti.

—Ya sabéis lo que pasa luego: nos ponemos a montar el campamento, empezáis las consultas y no probamos bocado hasta la noche.

Justine les había preparado una cesta de pícnic con sándwiches de pollo, huevos duros, tomates y fruta, y la despacharon en aquel paraje de árida transición entre los dos parques naturales. Un grupito de cuatro o cinco niños masáis se quedó mirándolos a cierta distancia. Debían de pertenecer a alguna de las aldeas al borde de la carretera, donde los turistas se detenían para curiosear y sacar fotos de las cabañas de bosta, del ganado esquelético y de la tribu entera bailando danzas tradicionales a cambio de unas monedas. Los críos tenían aspecto cansado, algo enfermo. Vestían viejas camisetas europeas, y la única chiquilla que no iba descalza protegía sus pies con unas chancletas de neumático.

—Tomad. —Kai les ofreció unas galletas.

Sonia, más discreta, les tendió las suyas en silencio. A Carolina le impresionó la expresión indiferente con que acogieron la comida. En territorio masái, los adultos no mendigaban, pero los niños extendían la mano al paso de los vehículos pidiendo dinero, bolígrafos, caramelos..., cualquier cosa.

—¿Qué les pasa?

—Hambruna —dijo Kai con aspereza—. El final de la estación seca es difícil para las tribus. Los pastos escasean, el ganado no da leche... ¿Os parece bien si les damos las manzanas? Yo ya he comido más que suficiente.

—El chiquillo que recogimos en el Ngorongoro no era así —murmuró Carolina, recordando la vitalidad de Matthew-Lmatarion y los ojos brillantes de sus amigos.

—¡Ah, es que ellos son unos privilegiados! Los familiares de *mama* Mwenye reciben mucha ayuda del *lodge*. —Kai esbozó una sonrisa torcida—. Hasta en la *boma* donde viví unos meses (y queda bastante lejos) habían oído hablar de «la tribu de las mil vacas». Los demás no lo tienen tan fácil.

Carolina habría querido darles el resto de su bocadillo. No tenía hambre y le parecía cruel comerlo delante de ellos, pero, de nuevo, su timidez frente a las miserias ajenas le impedía ofrecer una limosna con la naturalidad de Kai o Sonia; sobre todo, un trozo de pan ya mordisqueado.

—Tenemos que seguir —dijo Leo con gravedad.

Tampoco él les había cedido comida y su expresión denotaba cierta dureza. Carolina se quedó mirando a los chiquillos mientras el jeep se alejaba, y sintió una mezcla de alivio y piedad al verlos hacer un corro y repartirse las galletas y las manzanas entre todos, tan civilizados como solo los niños llegan a serlo cuando la situación lo requiere.

Muy pronto, las tierras áridas y convulsas que descendían desde el Ngorongoro se aplanaron para dar paso a la estampa más conocida del continente: la sabana africana, el Serengueti con el que Carolina tanto había soñado. Era impresionante, un auténtico mar de hierba vacío, con horizontes inalcanzables y solo el viento batiendo la llanura. Al principio, la vegetación era rala y verde. A medida que se internaban en el parque, se fue volviendo amarilla, alta y espigada. Luminosa y extensa. El mundo entero pasó a ser sabana: un gran océano dorado bajo el brillante cielo azul.

No vieron muchos animales, aunque sí algunos todoterrenos. Aparecían como lejanos puntitos, recorrían la vasta planicie hasta cruzarse con ellos y desaparecían dejando una estela de polvo en dirección al Ngorongoro.

—Se nota que la temporada de lluvias está cerca —observó Sonia—. Ya quedan pocos.

El sol caía a plomo en aquel espacio inmenso. No había sombra donde refugiarse, ni un solo árbol. El único alivio para la vista lo constituían los *kopjes*, grandes formaciones rocosas que brotaban aquí y allá como islotes en la llanura, como atalayas desde las que admirar el mar de oro.

—¿Dónde duermen los turistas? —preguntó Carolina—. ¿También en Seronera?

—Algunos sí, en un pequeño camping. Leo y yo encontramos allí un grupo numeroso hace dos semanas; se marcharon aquella misma noche y dejaron el pueblo muy tranquilo.

No se cansaba de mirar. Esa era el África que siempre había querido conocer, la que planeaba descubrir con Noel. Lo imaginó junto a ella, oteando el horizonte en busca de animales, asombrándose de la lentitud con que transcurría todo bajo el aplastante sol africano..., experimentando el significado más primitivo de la palabra «inmensidad». «Hoy soy yo tus ojos, Noel —se dijo en silencio—. Hoy soy tus ojos en Tanzania».

Seronera se encontraba en el centro del Serengueti. Los dos jeeps avanzaban por larguísimas rectas, y solamente el traqueteo y los incontables baches lo diferenciaban de una travesía en barco. Había algo hipnótico en aquel paisaje inmutable, y también en eso era como el mar: siempre igual, siempre cambiante.

Al llegar a Seronera, el hechizo se rompió un tanto. Resultó ser un poblado sucio y pobretón, con casuchas de ladrillo y uralita, y bastante basura en las calles de tierra. No había mucha gente a la vista. Sin embargo, en cuanto Leo y Sonia bajaron las cajas de gafas usadas e instrumental médico, una discreta multitud empezó a congregarse ante ellos, como si hubieran estado esperándolos para salir de sus refugios a la sombra.

Carolina, un poco desplazada, se quedó aparte mientras montaban la consulta en un cobertizo vacío, muy modesto pero limpio. Inno y Kai descargaron las tiendas de campaña y los útiles de cocina, y empezaron a organizar el campamento. Todos tenían algo que hacer, todos menos ella.

—¿Es seguro dormir al raso? —le preguntó a Kai, contemplando las ínfimas lonas pardas que los separarían del mundo salvaje aquella noche.

—Los animales no entran en un poblado si pueden evitarlo —dijo él clavando una piqueta—. Como mucho, nos visitará alguna hiena para hurgar en la basura. No dejes comida dentro de la tienda, y los desperdicios hay que llevarlos a los cubos de allá para que no se acerquen. Pueden darte un buen susto.

—Yo pensaba que habría una alambrada o algo...

—Y quedarnos enjaulados como un zoo de personas, ¿eh? —repuso Kai con amabilidad—. Anda, pásame aquel mazo. Apuesto a que no has ido de camping en tu vida.

Pues no. Sus viajes siempre habían sido de hotel y con todas las comodidades. La tranquilizó ver a Kai de buen humor. Si él, tan afectado por el suceso del león, se lo tomaba con calma, no debía de haber peligro.

Viendo que allí no pintaba nada, fue a dar un paseo por Seronera. No le llevó ni cinco minutos recorrer sus dos o tres calles. Demasiado pequeña, demasiado aburrida. Un asentamiento temporal para la mayoría de los que vivían allí, que no se ocupaban de embellecerla ni de darle un aspecto acogedor porque no la consideraban un hogar. No le gustó. Al modo humilde y africano, Seronera tenía el aire provisional de un refugio en tierra de nadie.

Más allá de la última casa, la sabana se extendía con la misma majestad inmutable. Era impresionante; sobre todo, en contraste con el poblado. Carolina estaba aprendiendo que así sucedía siempre en Tanzania, donde el ser humano ocupaba una ínfima parte del espacio y la naturaleza aún era primigenia, indómita. ¡Cuánto le hubiera gustado comentar todo eso con Noel! Ahora comprendía por qué a veces se sentía vacío en sus viajes, por qué recurría al blog para paliar su soledad... «Quizá me sirva a mí también», pensó de repente. Los seguidores de Noel habían sido tan generosos con ella, tan cálidos... Recordó sus buenos deseos tras contarles que se marchaba a África. «Les prometí el Serengueti». En un impulso, colocó el móvil contra una piedra, con la sabana de fondo, y grabó.

«Hola a todos:

»¡Aquí estoy, al fin! Reconocéis este paisaje, ¿verdad? Si os soy sincera, no sé muy bien a qué he venido. Noel tituló su primer vídeo de Tanzania *Mi Serengueti*, y no llegó a contemplarlo. ¡Le habría gustado tanto! Es impresionante: tan despejado, tan... amplio. Hoy dormiremos al aire libre. Impone, ¿sabéis? Aquí la naturaleza está muy presente, es poderosa.

»Estoy con los compañeros de Noel. Me siento..., no sé, como ocupando su lugar, aunque sin ninguna labor humanitaria que le dé sentido a mi viaje. ¿Cuál es mi misión?».

Hizo una pausa. Obviamente, no podía revelar su verdadero objetivo, pero no se refería a eso. Había algo más profundo, algo que no atinaba a explicar, que a Noel le había aportado paz en su último mes de vida. La satisfacción del deber cumplido, quizá. De ayudar al prójimo, de entregarse a su bienestar.

«En cualquier caso, siento que estoy honrando su memoria. Noel quería compartir esta experiencia conmigo y, en el fondo, ha sido él quien me ha traído aquí».

Se apresuró a apagar el vídeo. Nunca se acostumbraría a abrir su corazón en público, a dejarse conocer a través de la cámara, como tan bien hacía Noel y tanto gustaba a sus seguidores. Ella seguía prefiriendo situarse entre las bambalinas electrónicas de internet que en primera línea.

—¿Hay alguna red wifi por aquí? —le preguntó a un chiquillo que la miraba con curiosidad.

Él señaló el único bar del poblado, una caseta abierta a la sabana con dos o tres mesas de plástico a modo de terraza. El acceso a internet era de esos tarifados por minutos y compró una sesión de media hora a un precio bastante caro. No le dolió pagarlo: era el peaje por conectarse al mundo desde la nada.

La red iba fatal. Le costó toda su pericia y mucha paciencia colgar la grabación en «Postales a Madrid». Nunca se le había ocurrido incluir algún complemento de compresión de vídeos para esos casos y se preguntó cuántas veces habría experimentado Noel la misma frustración. Cuando terminó, apenas le quedó tiempo para chequear su correo y enviarles un par de líneas a Rebe y a sus padres. La sesión se le agotó mientras le escribía también a Elvira.

—¿Quieres más? —le preguntó el camarero, un joven de piel color café que secaba vasos con placidez en la caseta.

Su local era bien modesto, pero la brisa cálida que se colaba entre las mesas y la espléndida vista dorada y azul ante sus ojos lo convertían en un lugar incomparable. Carolina sonrió.

—Tal vez mañana —dijo.

29

Tierra y cuero

La noche fue una aventura emocionante. Atardecía cuando Carolina volvió al campamento, e Inno asaba chuletas en una hoguera, junto a dos tiendas de campaña: una para ella y Sonia, y otra para Leo y Kai. El chófer, como siempre, dormiría en uno de los jeeps.

—¿Por qué lo hace? —les preguntó a los demás mientras el tanzano se alejaba en busca de sal y especias.

—Es por los robos —dijo Kai avivando las brasas—. Los masáis se vuelven locos por los cables y los tornillos, y saben cómo escamotearlos sin que te des cuenta hasta haber recorrido una buena distancia.

Carolina se imaginó los vehículos desvencijándose poco a poco por el Serengueti y la idea le hizo tanta gracia que se echó a reír.

—¡Anda, al fin le hemos sacado una carcajada a la chiquilla! Mira que te haces de rogar, ¿eh?

Era imposible molestarse con Kai por un comentario tan amistoso. Cuando dejaba a un lado su vanidad y su petulancia, llegaba a resultar una compañía agradable, y eso inhibía sus sospechas.

Tampoco le gustaba recelar de Inno, el atento Inno, que se

empeñaba en servirle las chuletas más jugosas, bien tostadas por fuera y tiernas por dentro.

—¿A que están ricas? —le preguntó complacido. Tan distinto del bruto arrogante de la cabaña que Carolina llegó a plantearse si no habría sido fruto de su imaginación.

Alejarse del malhadado Ngorongoro les había sentado bien a todos. Hasta Sonia parecía más alegre. Cuando terminaron de cenar, se desperezó con un bostezo y dijo:

—Me voy a la cama. Ha sido un día largo y mañana tendremos muchos pacientes. ¿Habéis visto cuántos masáis pasarán aquí la noche?

Para Carolina, todo era tan novedoso que no le había extrañado la cantidad de gente que rondaba por la zona. Al otro lado del poblado había un bullicioso camping de turistas, pero la verdadera actividad estaba en los alrededores de su propio campamento, junto al cobertizo que hacía de consulta. Pocos masáis habían encendido fuego y ninguno levantó una sola tienda de campaña. En la oscuridad, casi pasaban desapercibidos. Mucho más acostumbrados a la vida nómada que cualquiera de ellos, se limitaban a tumbarse al raso en un rincón, allí donde la tierra de las calles acababa convirtiéndose en sabana.

—Yo también me retiro —dijo Kai, y dio un último trago a su cerveza.

Inno se levantó a la vez que él, recogió la parrilla y los cacharros, y se alejó hacia el jeep, canturreando bajo las estrellas. Tan solo quedó Leo, que no parecía apurado por marcharse.

—¿No tienes sueño? —le preguntó a Carolina.

Qué blanca era su sonrisa. Una luna flotando en la negrura, lo único visible de su rostro en la oscuridad. ¡Tan cálida! Carolina dudó. En realidad, hubiera sido el momento perfecto para hablar con Sonia e indagar los dos o tres asuntos que la inquietaban respecto a ella. Su extraña expresión la noche anterior, cuando Inno la manoseó tan groseramente... Al hilo de esa imagen, la horrible insinuación de abusos a Leo, más que una mentira, parecía un grito de ayuda, una especie de proyección hacia sus propias circunstancias. Sin embargo, esa noche no le apetecía pensar en enfrentamientos o conversaciones desagradables. No cuando el equipo volvía a estar en armonía y menos aún en un lugar tan idílico, de horizontes tan amplios que el cielo nocturno era una cúpula de estrellas sobre sus cabezas.

—Todavía no —respondió.

Se recostó para contemplar la inmensidad atemporal del firmamento.

—Mira, la Vía Láctea. —Se la señaló a Leo—. Es impresionante.

El poblado estaba muy tranquilo. Fuera, en la sabana, el viento solitario murmuraba entre la hierba alta. Todo era sereno y salvaje al mismo tiempo.

—Me encanta este lugar —dijo Leo—. Nunca había venido hasta que empecé a trabajar para Angalia.

—¿Por qué lo hiciste? ¿Por qué una asociación europea y no un hospital tanzano?

Él no contestó inmediatamente. Distraído, jugueteó con un par de tallos pajizos del suelo.

—¿Nadie te lo ha contado? Míster Mwenye me patrocinó la carrera, le debo mucho.

—Oh.

—La educación superior es cara en Tanzania. Mis padres, con su tiendecita de comestibles en Dar, jamás hubieran podido pagarme los estudios de medicina. Míster Mwenye tenía cierta relación con mi colegio y ofreció una beca al mejor alumno del último curso. Gracias a él pude ir a la universidad.

Carolina apretó los labios. Ese, ese era su principal sospechoso de asesinato.

—Creo que también le pagó los estudios a Justine —continuó Leo.

—¿Ah, sí?

—Le oí hablar de ella en alguna ocasión. Es prima suya por parte de madre, vivía en la misma aldea que el pequeño Lmatarion. Una chica inteligente, según el propio míster Mwenye; si los masáis ya valoran poco la escolarización de sus hijos, imagínate la de sus hijas.

—¿No querían que estudiara?

—Más bien no le daban importancia. Desde luego, no iban a vender parte de sus vacas para pagarle la universidad. Ella también le debe mucho a míster Mwenye.

Carolina pasó por alto el leve desprecio en el tono de Leo al hablar de los masáis.

—No parece muy contenta con su situación.

—Me lo imagino, pobre chica. La educación debió de suponer una dualidad irreconciliable para ella. Una enfermera graduada no encaja como esposa de un guerrero masái, pero una mujer que no ha visto un autobús hasta los dieciocho tampoco se sentirá cómoda jamás en la ciudad.

—Así que acabó sirviendo a *mama* Mwenye.

Leo arrancó una brizna de hierba.

—Hay pocos masáis con estudios superiores, y a la mayoría les cuesta encontrar su sitio. Es más fácil para nosotros, los urbanitas.

—Ya veo —murmuró Carolina.

Ahora entendía por qué Justine necesitaba esconderse para escapar: no tanto porque fuera una prisionera, sino más bien para no decepcionar a quien se lo debía todo. O para no faltar a un compromiso... Miró a Leo de reojo. ¿Los obligaría míster Mwenye a trabajar para él como pago en especie? ¿Por eso los trataba con tanta aspereza? No olvidaba su frialdad con el médico en aquella tensa comida ni el tono duro con que se dirigía a Justine. Hubiera sido una grave indiscreción preguntárselo, así que cambió de tema.

—¿Has hablado con Kai?

—Sí. Dejará Angalia y volverá a casa después de este viaje. Lleva tiempo alejado de los suyos.

—También él es un hombre altruista —dijo ella, no muy convencida.

—No lo es —repuso Leo con extraña rotundidad—. Siempre me he preguntado por qué gente como él se ofrece para vivir años entre nosotros, en un país extranjero. ¡Voluntariamente! Yo no lo haría. Dejar a mi familia, que me necesita, y dedicar todo mi tiempo y mi esfuerzo a unos desconocidos. ¿Qué sentido tiene?

—En África hay tanta pobreza...

—¿Acaso es culpa de Kai? Él se debe a los suyos, no a Tanzania. Me ha contado que sus padres son ya mayores, que están enfermos. ¿Quién cuida de ellos? ¿Otros desconocidos?

—Supongo que no lo necesitan tanto. Pueden acudir a buenos hospitales, tienen recursos...

Carolina se interrumpió confusa. ¿Por qué lo defendía? Aquel era un razonamiento que ella misma había esgrimido contra Noel. ¡Cuántas veces le había reprochado que antepusiera todas las causas del mundo a su relación! Sin embargo, una oscura lealtad de raza, de mentalidad, la obligaba a explicarse en nombre de su gente. En cierto modo, aquel rechazo de Leo le parecía desagradecido.

—Tú también te dedicas a los demás, ¿no? Ahora estás de expedición.

Él esbozó una media sonrisa.

—Una semana, no meses y meses. Y, si aún viviera mi mujer, quizá ni siquiera eso. —Agitó la cabeza con un suspiro—. No. Lo que hacen los europeos como Kai es pura cobardía: evitan enfrentarse a su realidad, evitan crecer. Son niños eternos que no quieren asumir las responsabilidades familiares. Es más fácil alejarse de quien te importa y aplacar la culpa con un gesto altruista; un gesto, no un deber, porque huyen en cuanto se cansan. «Vamos a ayudar a los pobrecitos africanos». Pues los pobrecitos africanos detestamos la condescendencia *mzungu*.

Carolina pensó en Noel. Siempre ausente, siempre esquivando el compromiso. Un Peter Pan idealista... y cobarde. Se le llenaron los ojos de lágrimas. Sin tanto alcohol ni tanta frustración, su novio había seguido una deriva muy similar a la de Kai.

—Lo siento, *Carrol* —dijo Leo contrito—. Solo pensaba en voz alta.

—No, si tienes razón. Noel... ¿sabes?, no estábamos bien, él y yo. Esto era su parque de atracciones. No le gustaba enfrentarse a la vida real que yo representaba.

Se cubrió la cara con las manos. Era terrible admitirlo, pero seguía enfadada con él. Muerto y todo, no se veía capaz de perdonarlo. Leo le pasó el brazo por los hombros, acompañando su dolor en silencio.

—Yo iba a romper con Lisa cuando ella murió —dijo de repente, con voz temblorosa—. Discutíamos mucho. Aquella noche le dije que quería el divorcio y salió de casa cegada de ira y de pena... No debí dejar que cogiera el coche.

—Oh, Leo.

Aquello era aún más trágico que su historia y, aun así, había un poso de consuelo en la similitud de sus situaciones, la hacía sentirse menos sola. Buscó su mano y se la apretó.

—Cuatro años —murmuró él—. Cuatro años, y sigo sintiéndome tan culpable como si la hubiera matado yo.

—No puedes pensar así. Fue un accidente.

Leo esbozó una sonrisa triste.

—Eran peleas estúpidas, ¿sabes? De eso me di cuenta después. Qué lástima que solo la muerte destape las cosas importantes. Dudo que hubiésemos sabido arreglarlo.

—Noel quería volver conmigo. Habría sido un reencuentro mágico. —Carolina suspiró—. Y, sin embargo, tampoco lo nuestro hubiese durado. Él no era feliz con la vida que yo le ofrecía.

Leo le acarició el hombro con cariño.

—Nunca le he contado esto a nadie —susurró en su oído.

Carolina, que hasta entonces había mantenido la vista baja, se atrevió a alzar los ojos. El médico tanzano la miraba con extraña intensidad. Sus labios, mullidos como un cojín, estaban muy cerca, su penetrante olor almizclado la envolvía. Aspiró profundamente. El olor a cuero y a tierra que ya la había aturdido el día que lo conoció.

—Leo, yo...

Sería tan fácil dejarse llevar, cerrar los ojos y besar aquellos labios que casi la estaban ya rozando, perderse en las profundidades de su boca, en la calidez de sus abrazos. Se estremeció, asombrada por el deseo basto, atávico, que la invadió de repente. Hacía meses que no tenía sexo. Y mucho más desde que el sexo era algo emocionante. Tuvo el convencimiento de que, si Leo la besaba, si la rozaba con sus dedos, se rendiría a él allí mismo, sobre la hierba, a la vista de todos, y no descansaría hasta enterrarse en su confortante oscuridad.

—No —susurró, asustada de sí misma.

—*Carroll*...

Aquel apodo, tan parecido al de Noel. No podía, no debía. Volvió la cabeza y se apartó de él.

—Buenas noches —balbució, muy turbada.

Y huyó a su tienda como si hubiera cometido un pecado imperdonable.

30

La promesa de un safari

Si algo tiene la pasión desenfrenada es que, una vez que despierta, resulta difícil de apagar. Carolina abrió los ojos a las dos de la mañana, aturdida por un sueño demasiado vívido con Leo. ¿Por qué no lo había besado? Total, solo era sexo, solo eso. Inmóvil en su saco de dormir, fantaseó con la idea de salir y tropezarse con él en mitad de la noche. Quizá él, atormentado también por el deseo, se había quedado junto al fuego, aguardándola. Ella se acercaría en silencio, se mirarían a los ojos y, sin cruzar una sola palabra...

Apartó las mantas y tanteó el suelo en busca de sus calcetines. En cualquier caso, necesitaba ir al baño.

—Sonia... —llamó en un susurro.

No hubo respuesta. Alargó la mano: su compañera no estaba. Ofuscada por las sensaciones del sueño, no le dio mucha importancia. Salió de la tienda con la vaga esperanza de encontrarse al médico. Fuera, el aire era fresco y dulce. Más suave de lo que cabría esperar en aquellas salvajes soledades. Las estrellas titilaban en lo alto, iluminando la sabana con luz tenue.

Al cruzar a las letrinas, percibió un movimiento tras unos arbustos. Una cabeza redonda. Negra. ¿Sería él? ¿Sería Leo?

Se acercó en silencio. ¿Qué estaría haciendo allí, medio escondido?

La cabeza se agitó un poco. Quienquiera que fuese, estaba agachado o arrodillado sobre algo. Arremetiendo contra algo en sigiloso frenesí. Entre los arbustos, distinguió una mano grande y basta, negra, sobre un cuerpo blanco. Inmovilizándolo contra el suelo, manejándolo a su antojo, a su satisfacción. Acompañaba sus embestidas de unos gruñidos sordos, muy leves, inconfundibles.

¿Era Leo? Por un instante sintió una absurda rabia al pensar que pudiera estar desfogándose con otra; además, de aquella forma tan violenta. La cabeza negra se volvió hacia ella. Era Inno. Y no le hacía falta ver a Sonia para imaginarla allí abajo, sometida como una potranca, entregándose a los embates mecánicos, casi brutales, de aquel hombre.

Cuando Carolina despertó, la chica mariposa dormía a su lado. Su fino rostro tenía una expresión tan inocente, tan infantil, que le costaba asociarlo a la sórdida escena que había presenciado durante la noche. Salió sin hacer ruido y respiró el aire tibio y joven de la mañana.

Aunque todavía era temprano, Inno ya freía huevos en un hornillo de gas. Al verla, agitó la espumadera a modo de saludo. Parecía muy fresco y tan servicial como siempre. Carolina vaciló. Le costaría actuar con naturalidad después de lo ocurrido. Miró hacia la tienda de Leo y Kai con la vana esperanza de ver salir a alguno de ellos.

—Justo a tiempo —dijo Inno con una sonrisa, y le tendió un plato a rebosar de huevos, tomates, salchichas y pan tostado—. ¿Rico?

Siempre le había gustado el desayuno inglés y comió con apetito. Inno cascó más huevos en la sartén. Su humildad y su buen humor contrastaban tanto con la dura impudicia de la noche anterior que Carolina no sabía qué pensar. ¿Cuál era el verdadero Inno? ¿El chico amable y solícito que ella conocía o el bruto empedernido que le había dejado entrever? El primero sería incapaz de matar a una mosca. El segundo... Impulsada por la necesidad de entender mejor su carácter, le preguntó:

—¿Dónde aprendiste a manejarte tan bien en un campamento? Tú no eres masái ni de ninguna tribu, ¿no?

Él hizo una mueca de desagrado.

—Nada de tribus. Los masáis son sucios y tramposos. Y los datoga, peores. Yo soy de Arusha. Trabajé en una empresa de safaris antes de hacerlo en Angalia.

—Ah, por eso conocías el Ngorongoro.

Dudó, no sabía muy bien hacia dónde conducir la conversación. Inno pasó los huevos a una fuente y continuó:

—Serengeti es mejor. Más animales, más... —Hizo una pausa para buscar la palabra adecuada y dio con una bastante curiosa—: Más solemne.

Ella contempló las praderas inmensas, tenuemente iluminadas por el amanecer. Había algo regio en aquella quietud sin tiempo, en la promesa grisácea del día azul y oro que se aproximaba.

—Aquí hay jirafas, ¿no? —dijo pensativa.

—¿Quieres verlas? Yo te llevo.

Carolina se sobresaltó. No tenía ganas de alejarse con él a solas en un jeep. El otro Inno, el de las violencias nocturnas, no le inspiraba ninguna confianza.

—No es necesario.

Quizá fue demasiado brusca. La cara del chico se ensombreció como si le hubiese pegado una bofetada.

—¿Por qué? ¿Tienes miedo de mí?

—¡No! —respondió con voz aguda.

—Solo te ofrezco un safari. Tú aburrida mientras Leo y Sonia trabajan. Yo también.

Su exposición, que tan ingenua le hubiera parecido en otras circunstancias, se le antojaba ahora siniestra. Era uno de sus sospechosos; un hombre de dos caras que sometía con dureza a su amante y había callado datos cruciales sobre Noel. No iba a ponerse a su merced en la sabana desierta. Ni pensarlo. En ese momento, Kai asomó fuera de su tienda.

—¡Eh, desayuno! —exclamó contento.

Con la seguridad de saber que había alguien más mirando, Carolina tomó una súbita decisión. Mientras Kai se ataba las botas, le susurró a Inno:

—Sé que fuiste el último en ver con vida a Noel.

Él abrió mucho los ojos.

—¿Cómo lo sabes?

—Alguien os vio. ¿Te dijo adónde iba? ¿Por qué salía?

El chico negó con la cabeza.

—Solo dijo «cruce». Que se acercaba al cruce un momento y que...

—¿Qué? ¿Qué más?

—Nada.

Su mirada huidiza lo delató. Estaba mintiendo.

—¿Qué más te dijo, Inno?

Él chasqueó la lengua, incómodo, y contestó de mala gana.

—Que no quería verme allí cuando volviera. Se enfadó mucho conmigo.

—¿Por qué?

—¡Guardadme algunas de esas salchichas! —gritó Kai mientras se dirigía a las letrinas.

—No importa.

—A mí sí me importa. Era mi novio.

Una frialdad aterradora le estrujaba el estómago. Otra discusión, otra desavenencia furtiva. ¿Acaso no terminaría nunca de bucear en las aguas profundas de aquel grupo? Inno se demoró más tiempo del necesario cortando pan para tostadas.

—Siempre me regañaba —dijo al fin—. No se alegraba de mis... éxitos.
—¿Éxitos?
Él esbozó una sonrisa torcida.
—Muchas chicas me quieren.
—¡Tengo un hambre...! —Kai salió del baño secándose las manos con el chándal.
—¿Estabas con alguien en el coche? —preguntó Carolina rápidamente—. ¿Por eso te regañó Noel?
Meneó la cabeza, confundida: Justine no había mencionado a nadie más. La sonrisa de Inno se hizo amplia, vanidosa y también algo cándida.
—Sí, con Justine.
—¿Hay beicon? —preguntó Kai al sentarse con ellos—. Dadme un poco.
El chico le tendió un plato lleno y se volvió hacia Carolina con la expresión ladina de un truhan simpático.
—No se lo digas a Sonia —susurró.

Cada vez sentía más desconfianza hacia Inno y también hacia Justine. Se la había imaginado escondida tras un arbusto, esperando la ocasión para colarse en el jeep y escapar, y resulta que ya estaba dentro ¡y bien entretenida! Aquello sabía a engaño. Parecía tan formal, tan asustada... ¿Cómo logró ocultarse de Noel? ¿De verdad él no se percató de que llevaba una pasajera? ¿Y qué había sucedido en realidad entre los dos chicos? Cada vez que avanzaba un paso, se tropezaba con más y más enigmas.

A su alrededor, el campamento empezaba a despertar. Los masáis que habían dormido al raso iban congregándose frente al consultorio. El grupo era numeroso: a Leo y Sonia les esperaba un día largo.

—Bueno, ¿qué vas a hacer hoy?— preguntó Kai en tono animado.

Carolina los contempló a él y a Inno. Dos posibles asesinos. Uno cargaba con un motivo poderoso; el otro, con una discusión justo antes del crimen. ¿Y si ninguno de ellos era el culpable? Aún quedaba míster Mwenye, y la abrumaba sospechar así de los compañeros de Noel. Necesitaba librarse de sus recelos, necesitaba saber la verdad. Y, para ello, lo único que podía hacer era seguir sonsacándoles cuanto había sucedido en aquella malhadada expedición.

—Inno estaba proponiéndome un safari —dijo de golpe—. ¿Por qué no repetimos los tres la escapada del Ngorongoro?

Si uno de ellos era culpable de algo horrible, la presencia del otro garantizaría que no ocurriera nada peligroso. Comprendió su error demasiado tarde: no había contado con el amor propio de Kai. Al todavía director de Angalia se le borró la sonrisa.

—Oye, que los médicos no son los únicos que vienen a trabajar, ¿sabes? Hay que repasar los motores, comprar alimentos, gasolina...

Siguió enumerando todas las tareas de las que debía ocuparse, cada vez con voz más chillona.

—Y, ahora que lo pienso, Inno, tú también deberías ayudarme, que para algo estás cobrando un salario.

El chófer torció el gesto, pero no dijo nada.

—A ver, que no quiero estropearos la diversión, ¿eh? Podéis ir mañana.

—No, si yo no...

Atrapada en su propia trampa, Carolina no supo cómo excusarse para no hacer la escapada sin Kai. No quería quedar a solas con aquel chico que a ratos se le antojaba tan temible. Sin embargo, el aire satisfecho en su cara redonda e ingenua le hizo ver que no le resultaría fácil librarse del compromiso.

31

Un Roberto más

Inno y Kai no tardaron en marcharse para cumplir su larga lista de tareas. Ni siquiera esperaron a que se levantaran sus compañeros: el chófer les dejó el desayuno caliente tapado en la sartén y desapareció murmurando detrás de su jefe.

—Buenos días.

Carolina se sobresaltó al oír a Leo a sus espaldas. No lo había visto salir de su tienda, y eso que estaba muy pendiente.

—¿Hay agua? Me muero de sed.

No acababa de despertarse, volvía de correr. Lo comprendió al volverse y verlo en ropa de deporte, risueño y encendido por el ejercicio, con el cuerpo brillante de sudor. Su piel… era puro chocolate. Un delicioso chocolate negro, líquido, bien batido, que formaba gotas espesas que daban ganas de lamer. Estremecida, le entregó la botella grande de agua. Él la tomó con una sola mano y dejó que el chorro le empapara la cara. Se la sacudió, riendo.

—Me he metido entre las gacelas. ¡He corrido con ellas!

La imagen de Leo en carrera veloz entre los ágiles cervatillos de la sabana era tan sugerente, tenía tanta fuerza, que Carolina jadeó. Turbada por las sensaciones de la noche anterior y las que le provocaba su fina camiseta pegada al pecho, apenas se atrevía a mirarlo.

—Tienes el desayuno aquí —murmuró.

—Primero necesito una ducha. —El médico soltó una risa franca, alegre. Se volvió hacia el grupo de masáis congregados alrededor del cobertizo y les hizo un gesto de saludo—. Espero que Sonia no tarde en levantarse. ¿Te gustaría ayudarnos, como en Dar?

Carolina se puso nerviosa. Sí, claro que le gustaría, pero…, pero… La mera presencia de Leo la ofuscaba demasiado. La llenaba de unas ideas impropias de una mujer que acababa de perder a su novio.

—Yo…, bueno…, mejor dentro de un rato —dijo un poco al tuntún—. Me gustaría dar una vuelta, es un poblado interesante. Luego, quizá. Te lo prometo.

Y se alejó a toda prisa, sin atender al desencanto en los ojos de Leo, con la esperanza de que un paseo la ayudase a recobrar la serenidad.

Deambuló por Seronera sin un objetivo concreto. ¿Por qué no había aceptado? Tenían trabajo; habría podido ser útil en vez de dedicarse a vagabundear como una tonta. Tras visitar la gasolinera, la pequeña tienda de comestibles y un par de campings de turistas, acabó acercándose al bar con su ordenador y compró otra sesión de internet. Le habían llegado muchos mensajes de ánimo tras el vídeo —«Qué hermoso homenaje», «Cuéntanos más de ese sitio»— e invirtió un buen rato en contestarlos con aquella conexión tan mala. Mientras se peleaba con la red, Kai encontró un momento en su ocupada jornada para pasarse por allí.

—Reason, ponme una cerveza, anda… ¡Ah, Carolina! Me he tomado un descanso.

Ya iba un poco achispado. Entristecida, contempló sus

esfuerzos por mantenerse erguido en el taburete. De pronto, la invadió una inmensa e inesperada pena por él y sus aires de importancia.

—¿No prefieres un refresco, Kai? —le preguntó con timidez—. Te sentaría bien, con el calor que hace.

Ni la escuchó. Abrió la lata con un chasquido y bebió un largo trago.

—¡Qué buena! ¡Qué fresca! Uno tiene que reponer fuerzas cuando trabaja, ¿no crees?

Ella evitó contestar. Pese a su chabacanería, Kai era muy sensible a la censura y no le gustó verse juzgado.

—Deberías tener cuidado —le soltó—. No vayas a darle esperanzas a Inno con ese safari.

—¡A Inno!

—Pues sí. Le tira los trastos a todo lo que se mueve, y, si es una mujer blanca, mejor. Las colecciona como trofeos, el muy engreído. Por eso anda revolcándose con Sonia, supongo que ya te habrás dado cuenta.

—Imaginé que estaban juntos, sí —repuso ella con recato.

—¿Juntos? Bonita manera de decirlo. Esos van a lo que van: a desfogarse como animales.

—Vamos, seguro que Sonia...

—Sonia lo alienta, Inno jamás se le arrimaría si no lo hiciera. Por eso te digo que no le des alas, que luego se toma confianzas indebidas. En la última expedición, llegó a ser muy desagradable. La manoseaba en público, se le ponía faltón delante de los pacientes... No sé cómo ella lo aguantó, la verdad. Todos nos cabreamos mucho, pero solo Noel intervino. Leo no se quiere meter en nada y yo..., en fin, a mí ya me tienen harto. Son tal para cual, los dos.

—¿Noel intervino?

Kai dio otro largo trago a su cerveza. La coleta medio deshecha y el chándal sucio le daban un aspecto bastante repelente.

—Tu novio, y perdona que te lo diga, tenía complejo de salvador del mundo... Intentó hablar con Inno «de hombre a hombre» y al pieza no le gustó nada, se puso muy agresivo.

Carolina se incorporó con brusquedad:

—¿Inno se peleó con Noel? ¿Cuándo?

—¡Menudos gritos! Casi llegan a las manos. Fue antes de llegar al Ngorongoro, luego Leo apareció con el dedo vendado. A mí no me la dan con queso: sé bien que todo fue un apaño de Noel para separar a Sonia de Inno. En un principio, iban a ir los tres juntos al Serengueti.

La discusión. La famosa discusión al borde del abismo del Rift, que tanto había conmocionado a Noel. Así que fue con Inno... ¡Y por Sonia!, por mantenerlos separados. «Noel intentaba proteger a alguien», le había dicho Leo. Y Sonia, sin duda avergonzada, trató de desviar sus pesquisas hacia otro lado, contándole aquellas patrañas sobre el acoso de míster Mwenye. Inno. El sórdido hombre con dos caras; el último en ver a Noel con vida... El que —ahora lo sabía— también tenía motivos de resentimiento. Dos peleas: la del Rift, conocida por todos, y la del Ngorongoro..., justo antes de su muerte.

Necesitaba digerir las novedades, pero Kai, haciendo equilibrios de borracho al borde de su taburete, seguía despotricando contra sus compañeros. Que si ella no escarmentaba, que si él era un depravado, que si el otro ya podía poner orden ahora que lo habían nombrado director... Parecía un crío resentido, un niño triste empeñado en no crecer, exactamente como decía Leo. Una turbia muestra, pensó ella con un estremecimiento, de lo que podría haber sido Noel en el futuro.

—Siento mucho tu choque con míster Mwenye, Kai —le dijo con voz suave—. Leo me ha dicho que dejas la asociación.

Él se encogió de hombros.

—Es lo mejor para todos —murmuró—. Aunque no sé qué voy a hacer ahora.

—¿No quieres volver a España? ¿Ver a tus amigos? ¿A tu familia?

No le respondió. Con mano insegura, abarcó el espacio africano, aquella pradera dorada y luminosa que se abría más allá de la caseta.

—Esta era mi familia y me ha rechazado. Voy a tener que buscarme una nueva... Noel sí que gustaba. Todos le pidieron que se quedara en Tanzania. ¡Le hubieran ofrecido mi puesto, seguro! Me daba envidia. —Soltó una especie de sollozo—. Yo no quería que muriera. No quería y aun así..., no sirvió de nada. Yo ya estaba en la cuerda floja, y cuando estás en la cuerda floja, lo fácil es ser egoísta.

Dio otro largo trago a la cerveza y llamó al camarero.

—¡Otra! —dijo, y se volvió hacia Carolina con brusquedad—. Sabes que Kai no es mi verdadero nombre, ¿no?

—Lo suponía, no es muy español.

—Se lo copié a un surfista hawaiano, Kai Simmons, campeón mundial de olas gigantes. El tío se pasa la vida viajando de playa en playa para batir su propia marca. Es un triunfador, todos lo conocen, lo admiran, lo quieren... ¿Quién va a querer a un Roberto más? —Le echó una ojeada a su compañera—. Pues sí: Roberto Rodríguez, ese soy yo. Uno de mil. Aquí llegué a ser alguien importante, pero han dado las doce para mí. Ya no podré...

Era penoso. A ese hombre, a ese crío enfadado con el mundo, con su coleta deshecha y su chándal de pobretón impostado, le daban igual las miserias de África, o los pacientes de Angalia, o que Noel hubiera muerto. Solo le importaba su propia persona. Asqueada de sus gimoteos, Carolina se levantó.

—¿Adónde vas? —preguntó él con ansia.

Ella se alejó sin responder. No podía soportar ni un minuto más aquel lamentable alud de autocompasión.

32

La consulta itinerante

La única nota positiva del encuentro con Kai fue que la atemperó lo suficiente para acercarse a Leo con ánimo sereno. Se descubrió con ganas de una compañía más sana, sin arrebatos calamitosos, y eso la condujo de vuelta al consultorio, donde los masáis aguardaban su turno diseminados por la sabana. Los guerreros y los ancianos se habían tumbado a la sombra de unas acacias. Las mujeres, algunas con niños de pecho en los brazos, charlaban en corrillos. El resto de los críos jugaba al fútbol entre la hierba con un balón viejo. Se respiraba una gran paz allí; ni siquiera salía un solo grito de la consulta donde Leo pinchaba y operaba con escasos medios y mucha prisa. Carolina no lo sabía, pero un pueblo cuyos niños se hacen hombres soportando la circuncisión a pelo sin un gruñido jamás quebraría su estoicismo ante el médico de Angalia.

—Ya estoy aquí —le dijo Carolina a Leo, aprovechando que este salió a lavarse las manos entre paciente y paciente en el único grifo de la barraca, situado en el exterior—. ¿Quieres que lleve el registro, como en Dar?

—Me gustaría mucho que lo hicieras. —El médico estaba un poco agobiado y, aun así, le sonrió con alegría—. Tendrá que ser a mano, no tenemos más que lápiz y papel.

El trasto de la sede de Angalia era de todo menos portátil: normal que no lo llevaran con ellos a la expedición.

—He traído mi ordenador —repuso ella sacándolo de la bolsa—. Iremos más rápido.

La aliviaba que Leo actuara con normalidad. Había temido que su precipitada huida —sus dos huidas, en realidad— levantaran una barrera entre ellos. Él le dirigió una mirada de franca aprobación.

—Te sacaré una mesa. Y en la consulta de Sonia... Ah, Sonia, ¿no tenías por ahí alguna silla de sobra?

La chica mariposa tenía profundas ojeras —sin duda, había dormido poco—, pero también le dio una buena acogida.

—Menos mal que has venido —le dijo, instalando una silla de tijera ante la mesa que Leo acababa de montar—. Realmente, necesitamos ayuda.

Y Carolina, satisfecha, se animó con la idea de que también en el Serengueti podría aprovechar el tiempo y ser útil.

El resto del día lo empleó en organizar y registrar a la multitud de hombres, mujeres y niños de las tribus que acudía a la consulta. Y entonces comprendió por qué Sonia le había dicho en una ocasión que no todo era bonito. Los ojos enfermos de aquella gente llegaban a resultar muy desagradables: párpados supurantes, heridas tumefactas en la propia córnea, cataratas opacas... Sonia y Leo habían separado sus espacios con una cortina. A un lado, los pacientes con mala vista —niños, sobre todo— enumeraban los objetos de un panel con una cantinela escolar y salían radiantes, con gafas de segunda mano. Al otro lado, la labor de Leo era más ardua. A veces, pedía ayuda a Sonia en alguna cura delicada, y la misma Carolina acabó ocupándose de mantener un cazo con agua hirviendo para esterilizar los bisturíes. Los medios eran tan escasos, tan rudimentarios, que casi parecía el puestecillo de un curandero medieval.

—Esto se complica mucho sin el apoyo de un segundo oftalmólogo —comentó Leo al acercarse de nuevo al grifo—. Ya me pasó cuando nos separamos, en la expedición anterior. ¡Cuánto eché de menos a Noel!

Le gustó que lo mencionara, que se acordara de él con cariño. Lo visualizó ocupando un tercer espacio, concentrado en sus pacientes, utilizando el escalpelo con mano firme cuando fuera necesario..., y la imagen la llenó de ternura. Aquel sí era el hombre que la había enamorado. O, más bien, el hombre con quien se podría haber reencontrado tras años de distancia y frialdad.

—Ojalá estuviera aquí —dijo Carolina suavemente—. Habríamos ganado tiempo, sin duda. No lograremos atenderlos a todos hoy.

—Oh, no te inquietes por eso: terminaremos mañana. Los masáis se quedarán otra noche; tienen tan pocas oportunidades de consultar a un oculista... Lo que me da rabia es que algunos, los que viven más lejos, no nos han esperado. Les preocupaba su ganado y no sabían cuándo llegaríamos, así que se marcharon a casa.

Carolina los observó. Delgados, altivos, envueltos en sus mantos rojos de cuadros, los pastores guerreros de la sabana tenían una prestancia atemporal, la rebeldía callada y potente del ermitaño que se resiste a avanzar al paso de la civilización. Sin embargo, en una de esas incongruencias fascinantes de la vida moderna, algunos llevaban un móvil en la mano.

—¿Y no podríais avisarlos?

Leo se rascó la cabeza.

—Entre Kenia y Tanzania, hay miles de aldeas dispersas. ¿Cómo comunicarnos con todas? ¿Cómo alertarlas si tenemos algún contratiempo?

—Con un tablón de anuncios en la web —dijo Carolina pensativa—. Una página en la que colguéis la fecha y ruta de vuestras próximas expediciones. Lo podríamos programar para que les llegara una notificación al teléfono cuando lo actualicéis.

A Leo le brillaron los ojos.

—¡Es una idea estupenda! ¿De verdad sabes hacer eso? No todos tienen móvil, claro, pero siempre pueden contar con uno o dos en cada aldea; les resulta útil para consultar el tiempo. Y no solo las tribus, cualquier población aislada se beneficiaría de ello.

—Por supuesto que sé —rio Carolina. Era una tarea sencilla—. Lo haré cuando volvamos a Dar, que con esta conexión sería un suplicio. Me gusta pensar que estoy contribuyendo un poquito.

—Mucho —le dijo Leo con énfasis—. Estás ayudando mucho, y de formas que ni siquiera nos habíamos planteado. Yo no creo que Angalia necesite solo médicos.

Animada por sus palabras, Carolina dedicó la tarde a observar la organización de la consulta itinerante, en busca de otras pequeñas ineficiencias que la tecnología pudiera aliviar. Algunos masáis permanecían allí varias noches para ser atendidos. ¿No sería más práctico crear una agenda en la que se inscribieran hasta completar un determinado cupo de pacientes por día? Además, podría habilitar un chat como consultorio en red, al que ellos enviaran sus dudas o fotografías de alguna lesión y Leo los asistiera en remoto. Quizá lograra convencer al médico para grabar vídeos formativos sobre la oncocercosis o la triquiasis: cómo actuar, remedios caseros, cuándo se convertían en una urgencia… Muchos de los casos más graves se debían a la falta de asistencia a tiempo. Leo, a quien Carolina iba contándole sus ideas cuando salía a asearse, estaba entusiasmado.

—Se ve que te gusta esto, *Carrol*. Ya lo intuía Noel, ¿sabes? Decía que, si pudiera persuadirte para que vinieras a Tanzania una temporada, encontrarías muchas maneras de ayudarnos.

—¿En serio te dijo eso? —Carolina sonrió. Era muy del Noel de los primeros tiempos. El idealista, el entusiasta—. La verdad es que buena parte de mi trabajo se puede hacer en remoto. Hay programadores que se conectan desde alguna playa caribeña, a la sombra de un cocotero.

Bromeaba, solo bromeaba. Blacktech jamás le permitiría residir en otro continente. «¡A los clientes hay que invitarlos a comer!», los machacaba siempre Marcos Albín. Claro que él se refería a los grandes clientes. A marcas mundiales de cosmética, de deportes, a empresas tiburón que pagaban miles de euros por las ropas con que vestir su nombre en el universo virtual. Los peces pequeños no eran tan exigentes, y había muchos. ¿Qué negocio sobrevive sin una página web? Restaurantes, tiendecitas, el ayuntamiento de un pueblo perdido... Con un anuncio bien configurado en internet, seguro que captaría clientes por su cuenta.

Pero ¿en qué estaba pensando? Ella era una ejecutiva con catorce años de trayectoria profesional. Se había esforzado mucho para conseguir un buen salario, un piso en el centro, un Mini rojo. Esa era Carolina Suances, y no la voluntaria bohemia que se desprendía de las ilusiones de Noel. Había hecho mal plantando a su jefe para escaparse a Tanzania; no pensaba con claridad. Seguro que Marcos Albín sabría comprenderlo y la disculparía. Muy pronto, la expedición regresaría a Dar es Salaam. Ella cogería un avión de vuelta a casa y retomaría su vida.

—¡Hola, hola! —La voz animada de Inno la sacó de su abstracción con un sobresalto—. Traigo limonada recién hecha. ¿No tenéis calor?

Leo y Sonia salieron enseguida, y Carolina suspiró aliviada. No le apetecía entablar conversación con el chófer.

—¡Qué día más largo! —dijo Sonia observando el sol rojizo en el horizonte—. Creo que por hoy ya hemos cumplido, ¿no, Leo? Estoy agotada.

—La cena está casi lista —dijo Inno—. Guiso de ternera. Muy rico.

El médico echó un vistazo a los masáis que aguardaban su turno, apenas una cuarta parte de los que se encontraban allí a primera hora.

—Sí que hemos ido rápido... —murmuró satisfecho—. Y ha sido gracias a ti, *Carrol*.

—Mañana volveré a ayudaros —resolvió ella complacida.

—No, no —intervino Inno, en un tono demasiado rígido para ser una broma—. Tú, mañana, safari. ¡Yo te busco jirafas!

—Es que aquí me necesitan... —dijo ella con voz débil.

No quería ir con él, con el hombre que quizá había asesinado a su novio. No podía ponerse tan fácilmente en sus manos. Miró a Leo con la esperanza de que él la apoyara, pero, esa vez, él la malinterpretó por completo.

—Qué va, por nosotros no te preocupes. Gracias a tu labor de hoy, mañana no tendremos que ir con prisas. Ve con Inno, te mereces un descanso, ¡quién sabe cuándo tendrás ocasión de ver jirafas y elefantes de nuevo!

El destino se confabulaba contra ella. Carolina agachó la cabeza, incapaz de inventar una nueva excusa. De haber sabido que su ayuda la iba a poner en una situación tan comprometida, habría intentado ser menos eficiente.

—De acuerdo entonces, Inno —suspiró—. Mañana saldremos de safari por el Serengueti.

33

La pista más tangible

Toda la vida soñando con el safari más icónico de África y acabaría haciéndolo junto al posible asesino del hombre que debería haberla acompañado. ¿Cómo no se había negado? Ya era tarde. La última mañana en Seronera, después de que los demás se dispersaran para ocuparse de sus quehaceres, Inno le dirigió una amplia sonrisa.

—¿Preparada? Un amigo vendrá con nosotros. No te importa, ¿verdad?

—No, claro —replicó ella desconcertada.

Al contrario, era un alivio. Un tercero garantizaría el buen comportamiento del chófer, si la cosa se ponía tensa. ¿Por qué lo habría propuesto? Solo después, cuando ya rodaban por la sabana, se le ocurrió que, tal vez, Inno estaba tan interesado como ella en evitar una conversación a solas.

Para su sorpresa, el amigo no era otro que el camarero de piel color café que secaba vasos en el bar.

—*Carrol*, este es Reason.

—¿Reason?

Se lo había oído el día anterior a Kai y creyó entenderlo mal. ¿Cómo iba alguien a llamarse «razón» en inglés? Él la saludó con torpeza.

—Hola, *Carrol*. Tú tecleas muy rápido en el ordenador, ¿sí?
—¿Hoy no trabajas?
Él esbozó una sonrisa.
—Hoy le toca a mi hermana Ruby.
—Reason también es guía de safaris. Nosotros encontramos muchas jirafas para ti, ya verás.

Aquel era el Inno que conocía: el joven alegre y servicial que preparaba los campamentos y canturreaba al conducir. Carolina ya no se fiaba de él, pero esperaba no tener que enfrentarse a las profundidades sombrías de su carácter.

Seronera se encontraba en la región central del Serengueti. En muchos kilómetros a la redonda, solo había sabana. Interminables planicies doradas bajo un cielo azul brillante, tan luminosas que casi parecían un dibujo, un óleo, con toda su belleza y su aire de irrealidad. Era un mar de hierba, o un desierto. Un lugar tan vasto, tan abierto, que invitaba a cobrar conciencia de la insignificancia del ser humano.

Mecida por el manso traqueteo del jeep, Carolina se fue relajando. Inno y Reason, sentados delante, parloteaban en *swahili* sin dejar de vigilar el horizonte en busca de animales, mientras el todoterreno avanzaba con calma por las largas rectas de gravilla blanquecina. Ya solo por aquel paseo, por aquel paisaje de amplitud impresionante, la excursión habría merecido la pena.

—¡Ñus! —indicó Reason.

Si en el Ngorongoro había tal cantidad de animales que el mayor espectáculo era verlos todos juntos, la dispersión del Serengueti convertía cada aparición en un acontecimiento, un evento único que permitía observar la vida despacio, con detalle, con tiempo para reflexionar. Carolina no se había fijado antes en el aspecto un tanto monstruoso de los ñus, por ejemplo. Eran criaturas jorobadas, de grandes cabezotas cornudas y patas absurdamente frágiles. Parecían salidas de una mitología antigua o de un cuento demoníaco.

Las cebras, en cambio, solo inspiraban simpatía. Se desplazaban en familia y sus cuerpos rayados contrastaban agradablemente con la sabana pajiza. Hay algo cándido y entrañable en los animales blancos y negros: los pandas, los dálmatas... Las cebras tenían orejas grandes, crines enhiestas y, en general, el aire gentil de unos dignos payasos de la sabana.

—Allí hay jirafas —dijo Inno, señalando un *kopje* rocoso.

Pastaban entre las acacias junto al promontorio, estirando sus largos cuellos para comer de las ramas más altas. Las tanteaban con la lengua, sorteando los pinchos que protegían las hojas crujientes que les gustaban. Tenían una mirada dulce, inteligente, y se desplazaban con la suave elegancia de las antiguas damas de salón. ¡Qué bonitas eran! Carolina sacó su teléfono para retratarlas. Con pena, pensó en la cámara de Noel, que Sonia le devolvió junto con el resto de sus cosas. Su novio era un fotógrafo experto y le había enseñado algunos trucos de luces y encuadre, pero no servía de mucho ponerlos en práctica sin una buena lente.

—Ojalá tuviera un móvil mejor —se lamentó.

—Toma este —dijo Reason.

Su teléfono era de última generación, tenía varios objetivos integrados. Carolina hizo un par de fotografías antes de percibir algo familiar en él.

—Qué curioso...

El aparato, sin funda ni protector de pantalla, estaba rascado de una esquina. Se le presentó muy nítida la imagen de Noel, hacía ya unos meses, jugueteando a malabares con mandarinas, en casa. «¿Que no soy capaz, dices? ¡Mira, mira: también el móvil!». Tres mandarinas y un teléfono fueron demasiado para sus habilidades. La fruta rodó por el suelo de la cocina y el aparato, al rebotar contra la nevera, quedó mellado exactamente en esa esquina.

—Este móvil… —Carolina se contuvo—. ¿Hace mucho que lo tienes?

A Reason le cambió la cara y se lo arrebató de las manos, muy turbado. Ella insistió, con el corazón en un puño.

—No es tuyo, ¿verdad? ¿Dónde lo conseguiste?

Era ilógico. Noel no había pisado Seronera, ¿qué hacía allí su teléfono? Porque era el aparato desaparecido, sin duda. Reason intercambió una mirada con Inno y frunció los labios.

—Es mío.

—No es cierto.

Carolina hizo amago de cogérselo de nuevo y él le atenazó la muñeca. Su expresión era hosca, agresiva.

—Suéltame, me haces daño.

Demasiado tarde, comprendió que había sido un error enfrentarse a él.

—Es mío —repitió el camarero con ferocidad.

—¡Inno! —llamó ella asustada.

¿Qué había hecho? Estaba atrapada en medio del Serengueti con un posible asesino y su cómplice. ¿Cómo había cometido la estupidez de provocarlos? En su desesperación, la invadió una extraña calma. No se atreverían a hacerle nada, todo el mundo los había visto salir con ella. Aunque la policía tanzana se hubiera equivocado con el primer asesinato, no se la colarían dos veces. Se zafó de Reason de un tirón y le cogió el teléfono.

—Si te acercas, lo lanzo por la ventana. Esto pertenecía a Noel.

Inno abrió mucho los ojos.

—¿A Noel? No puede ser, Noel no vino al Serengueti.

—Pues su móvil sí lo hizo.

—¿Cómo sabes que es el suyo? —preguntó Reason.

Carolina repasó el aparato. La rozadura estaba en el lugar preciso y era tal como la recordaba.

—Aquí, ¿lo ves?

Inno también se inclinó a examinarlo. A la chica le tembló el teléfono en la mano al notarlo tan cerca, pero solo parecía extrañado. Intercambió un par de frases en *swahili* con su amigo. Al principio, Reason negó insistentemente con la cabeza, luego acabó cediendo.

—Lo encontré en el contenedor de basura, detrás del bar —explicó de mala gana—. Pensé que se le habría caído a algún turista.

Carolina lo miró a la cara. Le resultaba difícil discernir si era sincero.

—¿Cuándo? —preguntó con voz débil.

—Hace dos semanas.

De ser cierto, el móvil llevaba en Seronera desde la muerte de Noel.

—¿Qué día?, ¿lo sabes?

Desconcertado, Reason hizo un esfuerzo por recordar.

—Martes.

—¿Estás seguro?

Él desvió la mirada y habló de nuevo en *swahili* con Inno.

—Dice que el lunes recibió una buena propina por un safari y se quedó tomando unas cervezas en el bar con otros guías después de la hora del cierre. Le dio pereza recoger, así que el martes abrió temprano y, cuando fue a tirar la basura a la parte trasera, lo vio medio enterrado entre peladuras de patata.

—El martes —repitió Carolina despacio.

Recordaba lo que había ocurrido aquel martes. Mientras Reason se apropiaba del teléfono de Noel, a cien kilómetros de allí, Inno, Kai y míster Mwenye volvían al *lodge* con su cuerpo sin vida. Fue el día en que recibió la fatídica llamada.

—No puede ser.

Trató de razonar con lógica. Noel había colgado su último vídeo, el del Ngorongoro, el lunes al anochecer. En la imagen, aún tenía el móvil consigo. ¿Cómo apareció en Seronera a la mañana siguiente? Miró a Reason, que ya estaba más tranquilo.

—¿Me permites? —le preguntó alzando el aparato.

Él se encogió de hombros y Carolina navegó por las distintas aplicaciones. No había nada que lo relacionara con Noel: ni contactos ni llamadas ni mensajes. El historial de Reason se remontaba solo a la última quincena. Al parecer, no mentía.

—Le quitaron la tarjeta —le explicó él al comprender su propósito—. Cuando lo encontré, todo estaba borrado.

Ella apretó los labios. Alguien se había tomado muchas molestias para eliminar la información que pudiera contener. Recordó el discreto pitido en mitad del vídeo de su novio. Aquel mensaje, lo que daría por leerlo… Conocía varias formas de rebuscar en los vertederos digitales de un teléfono, aunque todas requerirían una buena conexión a internet…, algo que no encontraría en Seronera.

—Necesito que me lo devuelvas —dijo vacilante.

La red del Ngorongoro serviría, o la de Angalia, en Dar. Tenía la resolución del misterio al alcance de sus dedos.

—¡No! —replicó Reason, enfurruñado como un crío.

Por un instante, temió enzarzarse con él en una nueva discusión, pero Inno, el hombre que, de ser culpable, menos interés tendría en que ella recuperara el teléfono, alargó la mano y la posó en el brazo de su amigo para contenerlo.

—Claro que te lo da —dijo con firmeza—. Era de Noel, ahora es tuyo.

34

El dueño del cuchillo

No puede decirse que el safari fuera un éxito. Después de aquel encontronazo, ninguno de los tres pudo prestar atención al paisaje ni a los animales. Reason tenía una expresión huraña e Inno tampoco habló más. Carolina se había guardado el móvil de Noel en el bolsillo y lo acariciaba distraídamente. Pese a que se había salido con la suya, no estaba satisfecha. Por pura casualidad había tropezado con una nueva pista y no le servía de nada, al menos de momento. Era incapaz de relacionar aquel teléfono con ninguno de los sospechosos. Ni míster Mwenye ni Kai ni el propio Inno tuvieron oportunidad de llevarlo a Seronera. En realidad, nadie la tuvo. ¿Quién lo hizo? ¿Y cómo?

Pensativa, contempló la nuca de Inno. La generosidad con que había actuado la descuadraba por completo. Al igual que le ocurrió con míster Mwenye, se sentía incapaz de juzgar su carácter. ¿Era una buena persona o un monstruo arrogante disfrazado de chico servicial? Solo alguien que lo conociera bien, como la propia Sonia, podría decírselo.

Se estremeció. Menuda conversación más incómoda. «Hola, Sonia, ¿crees que el hombre con el que te acuestas es un asesino?». No, eso no era una opción. En el bolsillo, sus dedos tropezaron con otro objeto: el fino y mortífero cuchillo que le había entregado Justine, bien envuelto en su pañuelo blanco. Un teléfono y un arma. Sus mejores pistas, inútiles hasta volver al Ngorongoro. «Convenceré a Justine para que me diga quién lo empuñaba. Y, si se niega, lo averiguaré a través del móvil». Suspiró. ¡Tenía tan cerca la resolución del crimen! Un día más, solo un día...

Casi sin darse cuenta, Inno acabó conduciendo de vuelta a Seronera. Carolina iba tan abstraída que no se percató hasta que vio a Leo.

—¡Llegáis muy pronto!

El cobertizo estaba vacío. Los masáis se habían marchado y Kai acomodaba los distintos bultos de la consulta portátil en el maletero del otro todoterreno. A Sonia no se la veía por ningún sitio.

—Hemos terminado enseguida —continuó el médico, exultante—. Y ha sido gracias a ti, *Carrol*. Mañana, podremos partir al alba hacia el Ngorongoro. En realidad, estaremos listos hoy, pero se nos haría de noche en ruta. Además, los masáis nos han dicho que aún no han cazado al león... —La miró de reojo, incómodo—. Mejor mañana. Esta tarde, descansaremos.

—Eso, descansaremos —intervino Kai mientras apretaba unas cinchas—. Aquí estoy yo, currando como un mulo, mientras otros parece que vengan de vacaciones.

Aún estaba de mal humor. Inno, discreto, se apresuró a encender el hornillo de gas para preparar la comida. Reason desapareció en dirección al poblado y Carolina echó una mirada perpleja a su alrededor.

—¿Dónde está Sonia?

—Ha ido a tomar algo con unos conocidos. Unos turistas alemanes.

—Nos ha endosado a nosotros todo el trabajo —gruñó Kai, limpiándose las manos en el pantalón—. Ya podía arrimar el hombro, que ella sí va a continuar en Angalia.

—Vamos, Kai, deja de protestar —dijo Leo con voz suave.

—Oye, que no estoy hablando de ti. Bien podías haberte ido tú también con ellos y aquí estás, dando el callo.

—Yo no los conozco de nada.

Carolina no entendía por qué el tanzano tenía tanta paciencia con Kai. Estaba insufrible.

—Mira que eres raro, Leo. Sonia se hizo amiga de esos turistas en la expedición anterior, cuando los dos estuvisteis aquí, ¿y tú ni siquiera los conoces? ¿Qué eras, invisible?

Kai se rio de su propio chiste, una penosa risa de beodo que los crispó a todos.

—¡Basta! —explotó el médico—. ¡Estoy harto de ti! O ayudas en silencio o te vas por ahí a que te dé el aire. Y más te vale no seguir borracho mañana cuando salgamos.

Era tan insólito verlo furioso que el propio Kai, desconcertado, boqueó un par de veces.

—Tampoco hace falta ponerse así...

Harta de enfrentamientos, Carolina se incorporó.

—¿Te vas? —le preguntó Leo arrepentido.

—Os veo a la hora de comer.

Le dolía la cabeza. ¿Por qué sus compañeros tenían que andar a la gresca constantemente? A ella también la agotaban. Se encaminó al bar con la idea de refugiarse un rato en otro ambiente y aliviar su irritación.

La terraza estaba bastante llena. Varios grupos de turistas bebían cerveza de botellín y comentaban sus respectivos safaris. Desde la caseta, Ruby, una joven alegre con la misma piel color café que Reason, les servía cacahuetes y patatas fritas.

Sonia también se encontraba allí, charlando con una pareja de turistas que no podían negar su origen alemán. Él, alto, anguloso y muy rubio, gesticulaba con vivacidad. Ella, pelirroja, no paraba de reír. Carolina se animó. Era justo lo que necesitaba: una charla agradable e insustancial. Trató de captar la atención de su compañera, pero ella, apurada, le hizo un gesto de disculpa. «Luego te busco», le indicó por señas.

Decepcionada, tomó asiento en la única mesa libre. Nadie más estaba solo. «¿Y si intento recuperar ahora la información del móvil?». El programa que necesitaba no era demasiado complejo, quizá conseguiría descargarlo incluso con la terrible conexión de Seronera. El corazón le latió con fuerza ante la perspectiva de conocer la verdad de una vez. Compró una sesión de internet y abrió el ordenador.

Había muchos programas como el que necesitaba. No le costó encontrar buenas opciones, aunque descargarlas fue todo un desafío. El primer enlace que probó no funcionaba; el segundo le dio un error de conexión con el servidor después de quince largos minutos.

—Oh, ¡vamos! —gruñó.

El tercero era tan rudimentario que ni siquiera tenía una interfaz comercial, pero estaba acostumbrada a navegar entre lenguajes de programación. Contempló con ansiedad cómo el proceso de descarga avanzaba lentamente.

—¡Sí! —murmuró cuando se completó con éxito.

Conectó el teléfono de Noel con manos temblorosas. Apenas podía creerlo: iba a descubrir las comunicaciones que el asesino había ocultado con tanto celo.

—¿Qué haces?

El sobresalto fue tan grande que casi se le cayó el portátil al suelo. Sonia, de pie junto a ella, la miraba con curiosidad.

—¡Qué susto me has dado!

En la pantalla, una ventana gris marcaba el progreso del análisis. Cinco, diez por ciento. Aún tardaría un rato.

—*Auf wiedersehen, Sonya! See you later!*

La chica mariposa se volvió para despedirse de los alemanes. Luego ocupó la silla vacía junto a Carolina.

—Kurt y Nina —explicó—. Buena gente... Se han tomado en serio lo de explorar el Serengueti, la mayoría de los turistas no le dedica más de un par de días, y ellos llevan ya dos semanas por aquí.

—Hacen muy bien —repuso Carolina en tono ausente.

—Les intriga mucho nuestra labor con los masáis. Mantuvimos una buena charla sobre ellos cuando los conocí, en la otra expedición.

Carolina no replicó. De repente, se le había ocurrido que sí que era curioso que Leo no los hubiera visto nunca, cuando Sonia simpatizaba tanto con ellos. Y Leo, el afable Leo... Con un sobresalto, se dio cuenta de que solo había perdido la paciencia con Kai al hacer este la misma observación. Echó una ojeada a la pantalla: treinta por ciento.

—¿Qué tal el safari? ¿Te ha gustado?

Con un suspiro, se apartó del ordenador para mirar a Sonia a la cara. Hubiera sido fácil responder con algún convencionalismo: «Sí, es un paisaje alucinante». O «hemos visto cebras». Cualquier cosa, y Sonia lo dejaría pasar, porque había hecho la pregunta por puro compromiso y tampoco buscaba estrechar lazos con ella. No eran amigas. Ambas habían deseado al mismo chico y ahora intentaban superar el duelo por su muerte, cada una a su modo. No se fiaba de ella, pero era la persona que mejor la entendería, quien más podía ayudarla a esclarecer el asesinato de Noel. Carolina echaba de menos confiarse a alguien. Y, sobre todo, necesitaba desesperadamente un sospechoso que cuadrara, que... no doliera.

—La verdad, creo que tú estás más cómoda que yo con Inno —le dijo con cierta acritud.

Sonia acusó el golpe. Tras un breve titubeo, sonrió avergonzada.

—Debo de parecerte una tonta o una traidora. ¡Después de lo que te confesé sobre Noel!

—Eso es cosa tuya. La cuestión es que Inno...

Pero Sonia no la escuchaba.

—¿Alguna vez lo has hecho con alguien como él? —la interrumpió.

—¿Como él? ¿A qué te refieres?

—Con un negro.

Carolina negó con la cabeza, desconcertada. Con voz extraña, aguda, Sonia añadió:

—Deberías probarlo.

Sin querer, Carolina pensó en Leo. Fue solo un momento, visualizó el roce de sus labios oscuros, imaginó sus manos grandes, callosas, acariciándole el cuerpo... Sacudió la cabeza. ¿Cómo podía ser tan frívola? Noel, su novio de hacía más de quince años, acababa de morir. Y Leo... Leo, en un momento en que su ausencia resultaría muy reveladora, declaraba no conocer a dos turistas con los que había convivido en un pueblo diminuto.

—Sí —repitió Sonia—. Deberías probarlo, son... distintos.

Su tono seguía siendo extraño, con un deje de histeria contenida.

—¿Estás bien?

—Claro. ¿Por qué no iba a estarlo? Es un amante soberbio, muy fogoso, muy... dominante.

Pero sonaba poco convincente y se retorcía las manos con ansiedad. Carolina, dejando por un momento sus recelos a un lado, se las cogió.

—¿Es bueno contigo, Sonia? —le preguntó con timidez—. Inno... Sé que Noel le reprochó cosas en el abismo del Rift.

La chica mariposa cerró los ojos, esos ojos pequeños color ceniza, con expresión dolorida.

—Noel era un encanto, siempre se preocupaba por mí. Ojalá... ¡Ay, Carol, ojalá me hubiera querido!

—Calla...

—Inno, en el fondo, me desprecia. Soy su trofeo blanco, ¿sabes? La prueba de que su gente ya no es esclava de la mía. Es un idiota, un vanidoso. Sin embargo, no puedo resistirme a él. Basta que me dirija una mirada o que se pase la lengua por los labios para reducirme a gelatina. Y cada vez que me arrastra detrás de unos arbustos o me inmoviliza contra una pared, en realidad está reafirmando su poder sobre los blancos. «Podéis tener el dinero, podéis dominar el mundo, pero mirad lo poco que nos cuesta seducir a vuestras mujeres».

—Ese es un juicio muy duro.

—Él es un hombre duro, inflexible. No lo parece, ya lo sé. —Suspiró—. Sí, supongo que discutió con Noel aquella tarde, en el Rift. No era nada nuevo ni raro. Noel odiaba verme sometida de esa forma.

Noel, el justiciero, el protector de los débiles. Solo que esa vez el débil era una muchacha que había intentado atraérselo, una de esas chicas mariposa hacia las que siempre había mostrado indiferencia. Sonia torció una sonrisa.

—En realidad, empecé con Inno para darle celos a Noel. Quería hacerle reaccionar, que viera lo que se perdía. No contaba con que el sexo con él fuera tan... adictivo. ¡Ya ves! Solo conseguí enamorarme aún más de la dulzura de Noel.

Así era Noel: dulce cuando quería, comprensivo. Hacía mucho que ella no recibía su cariño y, de nuevo, sintió un arrebato de celos al imaginarlo consolando a Sonia, abrazándola. Cediendo a esos labios que tan fácilmente se le ofrecían, a su cuerpo complaciente... ¿De verdad nunca había caído en la tentación? ¿Ni una sola vez? Le costaba creerlo.

—Lo echo de menos —murmuró Sonia—. Era el único que trataba de frenarme. Inno es como un vicio para mí, me hace sentir sucia, humillada. Pero vuelvo a por más, no puedo resistirme.

Carolina habría querido decirle muchas cosas. En su bien

disciplinada cabeza, no concebía una relación enfermiza como aquella. Su ordenador emitió un aviso: el análisis se había completado. Con el corazón en un puño, abrió la ventana de resultados.

—¿Qué es eso?

¡Nada! Estaba vacía. No había recuperado ningún contenido.

—No puede ser —musitó, revisando que el teléfono estuviera bien conectado.

—Este no es tu móvil, ¿verdad? —dijo Sonia—. ¿Qué estás haciendo?

Carolina tecleó varios comandos y buceó entre los archivos. ¿Qué había ocurrido? ¿Por qué no funcionaba? Quizá era un programa demasiado simple, no tenía la eficacia suficiente.

—¿Carolina?

Vaciló. El examen no había arrojado ninguna conclusión, pero tal vez su compañera pudiera ayudarla.

—¿Recuerdas que te hablé del teléfono de Noel? El que desapareció.

—Claro. La policía tanzana...

—No fueron ellos: estaba aquí, en Seronera.

—¿Qué? ¡Es imposible!

—Ya ves. Y antes de tirarlo, alguien se preocupó de borrar toda la información de Noel.

Sonia guardó silencio mientras ataba cabos.

—No... —dijo despacio—. No puedes seguir con eso... El mensaje de Simba, ese anónimo detestable que dejaron en su web, fue una broma. Una broma cruel, nada más.

—No lo era. He averiguado quién es Simba y estoy segura de que a Noel lo asesinaron. Lo apuñalaron antes de que el león lo atacara.

Sonia palideció.

—No puedo creerlo —murmuró temblorosa—. Me niego a creerlo.

Carolina tenía muchas ganas de confiar en ella, de hablarle de su lista de sospechosos, de cómo había empezado desconfiando de míster Mwenye y sus cuchillos, de Kai y su tortuoso conflicto con la muerte de Noel, del recelo que le inspiraba la doble personalidad de Inno, de su repentino presentimiento acerca de Leo... Hubiera querido contarle todo eso a Sonia, pero también a ella le costaba aplicar la fría lógica contra sus propios compañeros.

—El móvil debe de contener alguna pista. Estoy intentando extraer los datos de sus llamadas y mensajes.

—¿No dices que los han borrado? ¿Cómo vas a recuperarlos?

—Con el programa adecuado, se puede. Necesito una buena conexión a internet para descargar uno más potente. Entonces lo sabré.

Sonia se quedó callada, reflexionando.

—No, no..., ¡tiene que ser mentira! Lo de Simba fue una broma cruel. Y ese móvil... Sin duda hay otra explicación, Noel estaba muy lejos de aquí.

Carolina se llevó la mano al bolsillo y sacó el pañuelo blanco. Lo abrió y dejó a la vista el cuchillo; aquella especie de bisturí con sangre seca en la hoja.

—Es el arma que lo mató.

Sonia se puso muy pálida.

—No puede ser —murmuró débilmente.

Alargó la mano como para cogerlo y volvió a retirarla. Temblaba.

—¿Cómo lo has conseguido? ¿Quién te lo ha dado?

En pocas palabras, Carolina le relató la visita intempestiva de Justine en el Ngorongoro y su terror al confesarle que había presenciado el asesinato.

—¡Ella lo vio todo! —susurró despacio—. ¿Y no te dijo quién fue?

Negó con la cabeza.

—Mañana, cuando regresemos al Ngorongoro…

Sonia volvió a alargar la mano y, con infinita precaución, acarició el mango plateado.

—Esto es un bisturí de médico —dijo acongojada—, para trabajos finos, como los que utilizan los oculistas. Son caros y suelen guardarlos a buen recaudo.

Sus manos temblaron. Señaló el extremo del mango. Era todo él plateado y liso, salvo por unas letras medio borradas.

—¿Las ves?

Carolina se inclinó. Parecían dos eles con mucha filigrana, casi entrelazadas. Sonia inspiró profundamente.

—Leonard Lilanga —dijo.

35

Agitar el avispero

¡Leo! Carolina contempló la doble ele con un dolor abrasador en el alma. Aquella tenue sospecha, aquel presentimiento atisbado en un comentario inocente...

—No puede ser.

No quería creerlo. ¡Leo! El simpático, afable Leo, a quien una noche había estado a punto de besar... De todas sus especulaciones, ninguna más desgarradora que aquella. Leo apreciaba a su novio, lo admiraba como médico, y se había mostrado tan comprensivo, tan humano con ella... La consoló, le aportó paz. Él sabía lo que era perder a un ser querido de forma trágica. ¿Acaso fingía? Despacio, casi con aire de derrota, envolvió el bisturí con el pañuelo y se lo guardó de nuevo en el bolsillo. Siempre había visto en Leo a un aliado. Quedarse sin esa certidumbre era como si le fallara la tierra bajo los pies.

—Yo tampoco lo creo —dijo Sonia con decisión—. Leo estaba aquí, conmigo, en Seronera.

—Es verdad.

Sintió un tibio aleteo de esperanza. ¡Si pudiera descartarlo!

—Es imposible, Carol, créeme. Estuvimos juntos todo el tiempo.

—¿Todo el tiempo? ¿Seguro? —Quería creerla. Nunca había deseado nada tan ardientemente—. ¿No pudo..., no sé, coger el jeep y volver al Ngorongoro sin que te enteraras?

Fue un gran alivio verla sonreír.

—Imposible, te lo repito. Nosotros llegamos a Seronera con el depósito casi vacío y no pudimos repostar porque no quedaba combustible en la gasolinera. Ya ves, cosas que pasan en África... Recuerdo lo angustiosa que fue la espera del camión cisterna a la mañana siguiente, cuando Kai nos llamó..., ¡estábamos tan ansiosos por reunirnos con el grupo! Leo no pudo escabullirse hasta el Ngorongoro esa noche, créeme.

Sonaba razonable. Era razonable. También Carolina se permitió esbozar una sonrisa, no quería culpar a Leo.

—¿Me dejas ver otra vez ese bisturí? —le pidió Sonia.

Ella se lo tendió.

—Es un instrumento muy bueno —dijo examinándolo con atención—. Ahora que lo pienso, aquella tarde, Leo mencionó que le habían robado material de su maletín. Sospechaba de unas tribus del norte que rondaban por la zona, pero quizá...

—¿Echó de menos un bisturí?

—No sé qué le desapareció. No me lo dijo.

—¡Seguro que sí! ¡Seguro que fue este! Aunque, si se lo robaron aquí, en Seronera, aún se complica más el asunto.

—Bueno, aquí fue donde se dio cuenta —repuso Sonia pensativa—. Pudieron robárselo antes, en otra parte. No abrió su maletín desde que nos separamos del grupo.

Carolina casi flotaba de alivio.

—¡Eso lo exculpa por completo! Se lo devolveré ahora mismo. Así podré hablar con él, explicarle todo...

Sonia no compartió su regocijo. Con cierta vacilación, le preguntó:

—¿Para qué quieres molestarlo con esto?

—¿Cómo que para qué? Para descubrir quién mató a Noel.

—Pero Leo no sabe nada. Estaba lejos, no puede ayudarte. ¿Para qué remover el asunto?

Carolina apenas podía creer lo que oía.

—Tú también estabas lejos y me estás ayudando.

Sonia desvió la mirada.

—Pues ojalá no me hubieras dicho nada —murmuró incómoda—. Detesto sospechar de mis amigos, es una sensación horrible.

—¿Y cuál es la alternativa? —Carolina hacía esfuerzos por contener su enfado—. ¿Que el asesino quede impune?

Sonia buscó su mano y se la apretó. Estaba muy conmovida.

—Por favor, no hables con él. Ni con el resto del grupo. Por favor. Si les dices que hubo un crimen, se creará un ambiente malsano. Todos empezarán a sospechar de todos.

—Ya, pero...

—Piénsalo, Carol. ¿Qué tienes? Un mensaje anónimo y un bisturí manchado. Los dos te los ha dado la misma persona. ¿Y si te ha mentido? ¿Y si realmente fue el león?

Carolina frunció el ceño.

—Te olvidas del móvil. Lo mataron, estoy segura.

—Pues yo no, y te pido que no esparzas esas sospechas. Lo que ocurrió nos trastornó a todos. ¿Te imaginas lo que bebería Kai si llegara a pensar que hay un asesino en el grupo?

Carolina se aguantó las ganas de espetarle que, a lo mejor, el asesino era él.

—¿Y qué quieres que haga? —preguntó con ira—. ¿Que renuncie? ¿Que lo deje estar?

—Baja la voz —dijo Sonia. Algunos turistas empezaban a mirarlas con curiosidad—. No creas que no tengo sentimientos. Noel me importaba muchísimo, pero también estoy pensando en mis amigos. ¿Por qué no esperas a mañana? En el Ngorongoro podrás hablar con Justine, recuperar la información del móvil... ¿Para qué sacudir el avispero antes de tiempo?

Carolina agitó la cabeza, tozuda. Le parecía increíble que Sonia priorizara la comodidad de sus compañeros a descubrir al agresor del hombre que amaba.

—La policía no investigó lo suficiente la muerte de Noel —dijo con frialdad—. Yo sí lo voy a hacer. Y hablaré con todo el que pueda ayudarme a averiguar quién hizo pasar su asesinato por el ataque de un león.

Carolina le sostuvo la mirada a Sonia y no la apartó hasta que una voz grave, profunda, dijo a sus espaldas:

—¿Cómo? ¿Que a Noel lo mataron?

Era Leo. Y tras él, con el mismo gesto de asombro y confusión, estaban Kai e Inno.

36

Todos los recelos

La terraza del bar no era sitio para discutir. Los tres chicos habían acudido a avisar a Sonia y Carolina de que la comida estaba lista, pero, cuando volvieron al campamento, ninguno se acordó de la olla borboteando al fuego.

—¿Dices que alguien mató a Noel? —preguntó Leo con extrañeza—. ¿Qué te hace pensar eso?

Carolina inspiró profundamente. Se sentía ligera. Había llegado la hora de la verdad, de poner las cartas boca arriba. Los miró a todos, uno por uno. Inno y Kai parecían aturdidos. El delicado rostro de Sonia estaba pálido de preocupación. Leo tenía el semblante serio. No le importó, aquello no lo hacía por ninguno de ellos; se lo debía a Noel.

—¿Esto es tuyo, Leo? —preguntó sacando de nuevo el bisturí.

Él lo cogió muy sorprendido:

—Lo estuve buscando como un loco por todo el campamento. ¿Dónde lo has encontrado? ¡Qué sucio está!

Frotó la hoja contra el pantalón, eliminando parte de las manchas herrumbrosas. La sangre de Noel...

—¡No! —exclamó Carolina.

Aunque después de dos semanas corriendo de bolsillo en

bolsillo no iba a servir como prueba de nada, le parecía casi un sacrilegio destruir aquel último vestigio de su novio.

—No querrás decir... ¿Lo atacaron con esto?

Ella asintió con la cabeza. Le temblaban las manos, así que las enlazó sobre las rodillas.

—Menuda tontería —dijo Kai resuelto—. Yo estaba allí, ¿recuerdas? Vi al león... comiéndose a Noel.

La brutalidad de aquella imagen la sacudió como un golpe físico.

—Ya estaba muerto —replicó—. El león encontró su cadáver.

Kai pegó un puñetazo en el suelo:

—Pero ¿qué dices? ¿Que lo apuñalaron y dejaron su cuerpo a merced de las fieras? Allí no había nadie, te digo. ¿Cómo se largaron?, ¿volando?

—Era de noche —trató de explicar Carolina—. Alguien pudo ocultarse entre los arbustos o subirse a un árbol, fuera del alcance del león. O puede que llegaran en otro coche y se marcharan antes de que aparecierais vosotros.

—Yo sé lo que vi.

—Hubo una testigo. Justine fue con Noel hasta el cruce.

—¿Justine? —repitió Leo asombrado—. ¿Qué hacía ella allí?

Su pasmo era tan grande que Carolina se sobresaltó. «Tú no dice a nadie que yo allí». Demasiado tarde recordó su promesa: había jurado a la aterrorizada enfermera no pronunciar su nombre.

—Estaba escondida —dijo insegura. Ya no podía rectificar—. Quería huir. Ni el asesino ni Noel la vieron.

Les relató toda la historia. El mensaje de Simba en el blog, su decisión de viajar a Tanzania para investigarlo... Les explicó cómo se había resistido a creer que hubiera sido un crimen hasta que Justine le entregó el bisturí manchado de sangre.

—Pero ¿por qué se acercó al jeep en plena noche? No podía saber que Noel saldría, ¿no?

Carolina miró a Inno, que tenía la cabeza gacha. Todos se volvieron hacia él con recelo.

—Díselo, Inno. Diles qué estabais haciendo cuando Noel te pidió las llaves.

Sonia ahogó un grito.

—No es lo que crees... —dijo él.

Ella, furiosa, le pegó una bofetada.

—¡Cerdo!

—¿Viste a Noel esa noche? —le preguntó Kai incrédulo—. ¿Y no dijiste nada?

Inno, con la mano en la mejilla, se sumió en un silencio hosco.

—Justine se escondió en el todoterreno —siguió relatando Carolina—. Quería huir del *lodge*, y Noel la llevó sin saberlo hasta el cruce.

Kai fruncía el ceño.

—No, ella vino con nosotros cuando escuchamos el rugido del león —dijo, algo vacilante—. Nos montamos todos en el coche de míster Mwenye, ¿verdad, Inno?

—¿Estás seguro? —preguntó Carolina con ansia—. ¿Seguro que ella os acompañaba?

Él entornó los ojos.

—La vi en el cruce —repuso despacio—. No sé, supongo que asumí que habíamos llegado juntos.

—No vino con nosotros —intervino Inno, huraño—. Yo sí me fijé.

—¿Y por qué te lo callaste? —estalló Kai.

Inno se encogió de hombros. Parecía algo avergonzado de toda la situación.

—Supongo que no querías que se supiera que te la habías beneficiado, ¡cerdo! —atacó Sonia con acritud.

Hizo ademán de pegarle otra bofetada y Leo la contuvo. Tenía una mirada aterradora:

—Entonces, Justine se escondió en el coche de Noel y fue

testigo de su muerte. ¿Y afirma que alguien lo apuñaló antes de que lo atacara el león? ¿Con esto?

Alzó su bisturí. Era tan pequeño que casi parecía de juguete. Costaba creer que una hoja tan delicada pudiera matar a una persona.

—No me lo creo —dijo Sonia temblorosa—. Lo siento, Carol, de verdad, pero es su palabra contra el resto del mundo. ¡Hasta la policía quedó convencida de que fue un accidente!

—No es solo su palabra —repuso—. Tengo más pruebas.

Rebuscó de nuevo en su bolsillo y sacó el teléfono.

—¡Ah! —exclamó Inno—. El móvil de Reason...

—El de Noel —corrigió ella con firmeza—. Recibió un mensaje misterioso justo antes de su salida nocturna. A la mañana siguiente, él estaba muerto y esto apareció aquí, en Seronera.

—¿Aquí? Pero si Noel murió en el cruce...

—Creo que lo trajo el asesino para deshacerse de él. Han borrado el historial, aunque...

Se interrumpió. Tal vez no fuera prudente sugerir que había posibilidades de recuperar la información. Sin embargo, ellos lo dedujeron enseguida.

—¡Vas a *hackearlo*, qué tía! —murmuró Kai.

—Quizá no se pueda.

—De todas formas —continuó el exdirector de Angalia—, si el móvil apareció en Seronera, solo hay una alternativa: el asesino no se quedó con el cadáver en el Ngorongoro, sino que viajó al Serengueti de alguna forma.

Era una conclusión tan sencilla que a Carolina le sorprendió no haberlo pensado antes. Y esa certidumbre la hizo tambalearse porque, de repente, su lista de sospechosos se volvía del revés: ya no importaba tanto quiénes estaban en el Ngorongoro aquella noche, sino los que regresaron del Serengueti a la mañana siguiente. Algo de eso debió cruzar por la mente de Kai, que se enderezó y miró a Leo con recelo.

—Tu bisturí...

El médico se apresuró a guardarlo, como si le avergonzara.

—Espera un minuto —intervino Sonia agresiva—. ¿Nos estás acusando de algo a Leo o a mí? Te recuerdo que nos quedamos empantanados aquí sin gasolina. ¿Cómo narices íbamos a hacer el viaje de ida y vuelta al Ngorongoro?

Kai se cruzó de brazos:

—Pues Inno y yo estuvimos con el cuerpo de Noel todo el tiempo, lo mismo que míster Mwenye y Justine. ¡Ninguno de nosotros se movió del *lodge*!

Carolina, desconcertada, los miró a todos, uno por uno. Era cierto: los que tuvieron la oportunidad de matar a Noel no se habían desplazado a Seronera y quienes pudieron llevar el móvil hasta allí no disponían de medios para moverse. Parecía imposible que alguno de ellos hubiera hecho ambas cosas. ¿Significaba eso que eran inocentes? ¿Tendría que buscar al culpable en otra parte? Aun así, la semilla del recelo ya estaba plantada.

—Te retiraste muy temprano aquella noche —le dijo Leo a Sonia despacio—. No volví a verte hasta la mañana siguiente.

Sonia no le contestó, sino que se giró hacia Carolina.

—¿Ves? ¡Te lo he dicho! ¡Ya estamos todos sospechando de todos! Tendrías que haberte callado.

—Será mejor que no tires la primera piedra, Leo —intervino Kai—. Era tu bisturí. Y, al parecer, tampoco estuviste siempre con Sonia. ¿Cómo se hizo ella tan amiga de unos turistas con los que tú ni siquiera has hablado?

—Basta, Kai —sollozó Sonia—. No deberíamos pelearnos así.

—¿Por qué? Yo no tengo nada que ocultar.

—¡Tú odiabas a Noel! Su muerte te dio el dinero que necesitabas para que Angalia no dependiera de míster Mwenye.

—¿Sí? ¡Pues mira lo bien que me salió la cosa! —repuso él

con amargura—. Y no soy el único que tenía algo contra Noel, ¿eh, Inno? ¿Quién nos dice que no lo mataste cuando te descubrió montándotelo con Justine? ¡Todo por ahorrarte el bofetón de Sonia, que bien calentito lo tenías ya con ese tema!

Carolina se incorporó abrumada ante semejante batalla campal. Sonia estaba en lo cierto: había destrozado la confianza del grupo. Veía la duda en los ojos de todos, y también su rabia e impotencia al saberse sospechosos. ¡Qué terrible que a uno lo supusieran capaz del peor de los crímenes! Y la mayoría eran inocentes, no debía olvidarlo. Meneó la cabeza. Por primera vez, la asaltó el pensamiento de que la investigación no la había emprendido por Noel. A él poco le importaba ya que se resolviera o no su asesinato, lo estaba haciendo por ella misma. Por las ansias de expiar la culpa de no sentir lo que debía respecto a su muerte. Porque no quería admitir que, muy en el fondo, aquel final era una liberación. Viendo el nivel que estaban alcanzando las hostilidades, empezaba a preguntarse si en verdad merecía la pena.

37

Un lamento en tierra masái

Nunca imaginó que su viaje soñado al Serengueti pudiera terminar de forma tan desastrosa. Solos en el campamento de Seronera, los cinco compañeros pasaron la noche muy disgustados y, cuando se reunieron al alba para desayunar, lo hicieron en silencio, echándose miradas suspicaces de soslayo. Carolina fue la última en salir de su tienda y se encontró con un ambiente cargado de tensión. Inno golpeaba la sartén con rudeza mientras freía salchichas; Kai y Leo se habían sentado lo más distanciados posible; Sonia, pálida y nerviosa, tenía cara de no haber pegado ojo en toda la noche.

—¿No comes? —le dijo Inno al verla picotear del plato.

Su tono era suave, casi afectuoso. Ella, olvidando su enfado por Justine, apoyó la mejilla en su pecho en un gesto de derrota y refugio. Había que confiar en alguien, y cada uno hacía sus cábalas.

—Me ha llamado míster Mwenye —dijo Leo de repente—. El *lodge* está lleno de turistas, así que no podremos alojarnos en las cabañas. Tampoco quiere que montemos las tiendas con el león suelto. Dormiremos juntos en una habitación del edificio principal.

—¿Todos? —preguntó Kai—. ¿O a mí me va a dejar al raso?

Leo desvió la mirada.

—Ya pensaremos algo —murmuró.

—Claro, a mí, que me coma el león. Y dime, señor director de Angalia, ¿cómo nos distribuimos en los coches para volver?

—¿Eso qué más da? —dijo Sonia.

Kai se cruzó de brazos.

—No pienso quedarme a solas con Leo, y tampoco con Inno. Si hay un asesino entre nosotros, no seré yo quien obstaculice su única vía de escape antes de llegar al Ngorongoro.

—¡Qué tontería!

—¿Tontería? Somos cinco: deberíamos repartirnos tres y dos en cada jeep, con Inno y Leo de conductores. ¿Algún voluntario para hacer la parejita?

Se hizo un espeso silencio.

—Muy bien, pues os vais vosotros cuatro juntos y yo llevo el otro —resolvió Leo, frunciendo el ceño.

—Claro, así puedes huir con mayor comodidad.

El tono de Kai era puro desdén, como si le hubiera cogido gusto al papel de pajarraco de mal agüero. El médico chasqueó la lengua.

—Esto es ridículo. De alguna manera tenemos que volver. Sonia, ¿vas tú con Inno?

Pero Sonia, pese a sus gestos cariñosos, también desvió la mirada. Inno, dolido, se apartó de ella.

—Ve tú solo, Leo —resolvió Carolina de repente—. No me mires así, Kai. Mejor correr el riesgo de una fuga a que el asesino, desesperado, ataque o tome de rehén a otra persona, ¿no? Además...

«... confío en Leo». Las palabras que hubiera deseado pronunciar con toda firmeza se le quedaron trabadas en la garganta. Quería confiar, la alternativa era demasiado dolorosa.

Así partieron: Leo, solo en uno de los todoterrenos, y los demás, apretujados en el otro. Si a la ida el paisaje y la novedad hicieron corto el trayecto, la vuelta resultó interminable. El cielo, tan límpido y radiante esos días atrás, se había encapotado con nubarrones plomizos. A su alrededor, la planicie ya no era de luz y oro, sino parda, mate. «No es como el mar, al fin y al cabo», reflexionó Carolina. El océano resultaba grandioso y fascinante en cualquier condición atmosférica. La sabana africana perdía buena parte de su atractivo bajo el cielo gris. «Qué triste debe de ser aquí la temporada de lluvias».

Apenas vieron animales. El todoterreno avanzaba por la llanura, un poco alejado del otro para no verse envuelto en su nube de polvo. Corría y corría, con el horizonte siempre a la misma distancia, como si en realidad no se desplazara lo más mínimo. Inno conducía en silencio. Kai, indiferente a todo, se había repantingado en el asiento del copiloto, con las botas en el salpicadero. En la parte trasera, Sonia miraba abstraída por la ventana. Nadie decía una palabra.

Al cabo de una eternidad, el paisaje cambió. Aparecieron los primeros montes, las primeras acacias. La sabana dio paso al prado y la carretera adquirió un tono rojizo. Estaban llegando a las regiones convulsas del Ngorongoro.

Sin embargo, había algo distinto. Bajo el cielo oscurecido, las lomas y los bosques tenían un aire vagamente amenazador. No vieron animales ni salvajes ni domésticos, tampoco niños ni pastores. Reinaba en la zona una quietud siniestra, como si toda forma de vida hubiese corrido a ponerse a cubierto. Poco antes de llegar al cruce, empezaron a oír un sonido rítmico de tambores y cánticos. De pronto, un alarido estremecedor rasgó el aire. Leo, que iba delante, detuvo su vehículo. Inno frenó tras él.

—¿Qué ocurre?

Una calma ominosa los rodeó en cuanto pararon los motores. El viento solitario arrastraba una letanía monótona, casi un lamento. Una voz se elevó por encima del murmullo para romperse en otro grito, un sollozo viejo como el mundo: el de una mujer penando la desgracia de un ser querido.

—Viene de allá, de la aldea masái.

Carolina se asomó por la ventanilla, incapaz de distinguir nada entre la maleza.

—Allí —señaló Kai—. Es la de *mama* Mwenye.

Los tejados de paja apenas destacaban por encima de un cercado de matorral espinoso, poco más tupido que el paisaje natural. La aldea, aquella humilde *boma* hecha de ramas y bosta de vaca, quedaba tan bien disimulada que era casi imposible encontrarla si no se la buscaba. De ella salieron varios guerreros masáis con aire sombrío, pese a sus llamativos mantos rojos y sus lanzas empleadas a modo de inocentes cayados.

—Los hombres nunca se quedan de día en la *boma* —murmuró Kai—. Ha debido de pasar algo grave.

Eran cuatro o cinco. Se acercaron a Leo y conferenciaron con él unos instantes.

—No los entiendo bien —dijo el médico alzando la voz—. Dicen que se ha perdido un chiquillo.

Kai bajó del coche y se unió al grupo. Hubiera sido la ocasión perfecta para hacerse el importante, pero, ante los masáis, nunca mostraba ese rasgo de su carácter. Habló con los guerreros en tono humilde y luego se volvió hacia sus compañeros.

—Los masáis no mencionan la muerte, creen que es de mal augurio. El niño no se ha perdido: lo ha matado el león esta noche.

—¡No! —exclamó Sonia, llevándose la mano a la boca.

Carolina, conmocionada, no imaginó que las siguientes palabras de Kai la turbarían aún más.

—Fue el crío que trajimos desde el colegio. Matthew. O Lmatarion.

La noticia los dejó anonadados. ¡Matthew-Lmatarion! El chiquillo risueño que habían dejado jugando con sus amigos un par de días atrás, el que iba a pasar las vacaciones pastoreando las vacas de la tribu, el que exhibía con orgullo su vieja camiseta futbolera… ¡Muerto! Desde el poblado, el dolorido canto de las mujeres cobraba un nuevo y amargo significado.

—Nos piden que no nos internemos en aquella dirección —dijo Kai, muy conmovido, señalando un punto de la espesura.

—¿Lo han enterrado allí?

Él negó con la cabeza.

—Los masáis no entierran a sus muertos, creen que eso emponzoña los pastos. Los dejan a las afueras del poblado para que los animales hagan desaparecer el cadáver.

Sin prestar atención a las miradas de horror de sus compañeros, intercambió alguna frase más con los hombres.

—Han organizado una gran partida de caza esta noche. Vendrán guerreros de toda la región, no lo dejarán escapar.

Se quedó pensativo unos momentos. En sus ojos brillaba una nueva energía, una determinación animosa, valiente, muy distinta de su habitual expresión agraviada. Se rehízo la coleta bien tensa, abrió el maletero y sacó su mochila.

—¿Qué haces? —le preguntó Leo.

—Me quedo con ellos —dijo, echándose la mochila al hombro—. Voy a participar en la caza. Ese león no volverá a matar a nadie.

Por un instante todos guardaron silencio perplejos. Leo fue el primero en reaccionar, hablándole como si fuera un niño.

—Kai, amigo, no tienes que demostrar nada. Ven al *lodge*, Míster Mwenye no te negará la entrada, dadas las circunstancias.

Por toda respuesta, Kai se volvió hacia los masáis, que lo acogieron sin grandes aspavientos, pero con una satisfacción palpable en su forma de rodearlo.

—Cuantos más seamos para arrinconar a ese león, mejor —dijo—. Y yo me he ejercitado seis meses con sus lanzas. No os preocupéis. Recogedme mañana en el cruce para volver a Dar. —Torció una sonrisa—. Tranquilos, que no es una excusa para escaparme.

Estaba resuelto, se le veía en la mirada. Leo se encogió de hombros y montó de nuevo en el vehículo. Los dos jeeps arrancaron, dejándolo atrás, al borde del camino; un adán entre los pastores guerreros de Tanzania. Antes de perderlo de vista, uno de ellos ya le había puesto una lanza en las manos.

38

De vuelta en el *lodge*

El león seguía ahí fuera. Centrada en las incógnitas de la muerte de Noel, Carolina casi había olvidado que en el Ngorongoro rondaba una fiera peligrosa. El encuentro con los masáis había sido un triste recordatorio de que, en África, la mayor amenaza no venía de los hombres.

¡Pobre Matthew-Lmatarion! Qué terrible final para el chiquillo risueño que volvía a su tribu en vacaciones. La región entera estaba alerta, ¿cómo había logrado atraparlo el león? ¿Qué tipo de animal diabólico sigue cazando con éxito allí donde todos lo buscan? Los vehículos de Angalia continuaron el viaje en tenso silencio, mirando a ambos lados, atentos a cada movimiento entre la maleza.

La muerte del pequeño pesaba en el ánimo ya revuelto del grupo. Sin embargo, en medio de la incredulidad y la tristeza, aquello tuvo la curiosa capacidad de disolver un poco el ambiente de recelo que se había infiltrado entre ellos. Los ataques de un león eran perturbadores, pero no sembraban las mismas dudas que un asesinato sin resolver. Ante ese enemigo, sí podían hacer frente común.

La corriente de unión se acentuó al llegar al Simba Luxury Lodge. Como había adelantado míster Mwenye, estaba lleno de turistas, y la atmósfera vacacional contrastaba por completo con el humor que llevaban. Los sorprendió ver a aquellos grupos europeos y americanos tan tranquilos, tan relajados. Una pareja de tortolitos se hacía fotos en el jardín, otra descansaba en el porche de su cabaña. Al fondo, en la terraza cubierta, un pequeño grupo charlaba y reía. ¿Acaso no se habían enterado de lo ocurrido? ¿No les preocupaba el león suelto? Solo se mascaba la tensión entre el personal del alojamiento. Las sirvientas apretaban el paso al cruzar a las cabañas con pilas de ropa blanca, y dos *rangers* más se habían unido a Hunter en la patrulla por el perímetro, todos de uniforme verde, con botas militares y fusil al hombro.

Carolina bajó del jeep buscando a Justine con la mirada. Tenía la boca seca y un enorme peso en el estómago: había llegado el momento de desvelar todos los secretos, de descubrir al criminal. Sin embargo, no vio a la enfermera por ninguna parte. En su lugar, los recibió una anciana diminuta, de piel del color del cacao seco y pelo rapado, que se apoyaba en un grueso bastón de madera con nudos. Llevaba las orejas dilatadas por pesados adornos y vestía una curiosa mezcla de ropa tribal y europea.

—*Shikamoo, mama* Mwenye —saludó Leo.

La vieja masái tenía los ojos casi ocultos bajo los párpados caídos, pero los veía. Sin duda, los veía. Con dedos trémulos, tomó las manos de Leo y se las besó.

—Dice que vuelve a ver las estrellas del cielo —intervino una profunda y conmovida voz de bajo detrás de ellos.

Míster Mwenye les estrechó la mano a todos para saludarlos, algo que no había hecho en su anterior visita. Parecía más relajado, más humilde. Si lo sorprendió la ausencia de Kai, no dijo nada.

—Bienvenidos de vuelta. —Se volvió hacia Carolina y dijo—: Ojalá pudiera agradecer al doctor Noriega lo que ha hecho por mi madre.

—Me gustaría examinarla —dijo Leo—. ¿Sigue echándose las gotas?

—No hay prisa, no hay prisa. Acomodaos primero. Quisiera ofreceros algo mejor que una habitación común, pero, como veis, el *lodge* está al completo. He pedido que os preparen una buena comida, Safiya os acompañará.

El hombretón señaló a una camarera que se mantenía tras él, en un discreto segundo plano.

—¿Y Justine? —preguntó Carolina.

El rostro de míster Mwenye se contrajo en un gesto duro.

—Justine nos abandonó —dijo con frialdad.

—¿Qué?

Sobresaltada, miró a su alrededor con la absurda esperanza de verla. ¡No! Se lo había prometido. Iba a revelarle quién había matado a Noel.

—¿No dejó ninguna dirección o número de teléfono? —preguntó con ansia—. Me gustaría hablar con ella.

Míster Mwenye no contestó. Parecía asombrado ante su insistencia, como si fuera una horrible falta de educación. De pronto, Carolina recordó las palabras de Kai: «Los masáis no mencionan la muerte». Míster Mwenye era medio masái... Se estremeció por las tremendas implicaciones de aquello. ¿Qué estaba pasando allí? ¿Acaso Justine...? No se atrevió a seguir preguntando.

—Id con Safiya —les dijo él—. Os veré luego, en la cena.

La camarera era una chica alegre y bulliciosa que los condujo a un dormitorio sencillo con cuatro literas, en la cabaña grande.

—¿Para Inno también? —preguntó Sonia sorprendida.

La sirvienta afirmó con la cabeza.

—Amo dice nadie fuera de noche. León es como fantasma: ninguno lo ve, pero sigue matando. Ayer, saltó cercado de una *boma* y atrapó chiquillo, ¡pobre criatura!

—Nos encontramos con los masáis al venir. Han organizado una partida de caza esta noche.

Safiya alzó una ceja con pesimismo.

—Varias partidas, ya... Muy listo, el viejo simba.

Tras asegurarse de que hubiera suficientes mantas para todos, salió, toda sonrisas. Y al quedarse solos, ya a resguardo de la fiera, regresaron las sospechas. Escogieron sus camas en un silencio incómodo, vigilándose unos a otros por el rabillo del ojo. A Leo se le cayó al suelo el maletín de médico y todos pegaron un salto.

—Me ahogo aquí dentro —dijo Sonia al fin—. Vamos a la terraza.

Carolina vaciló. Justine no estaba. Ya se hubiera marchado voluntariamente, ya hubiera encontrado un final más siniestro, su ausencia destruía la mejor baza para descubrir al asesino de Noel. Se llevó la mano al bolsillo y acarició el teléfono recuperado. Sin Justine, era la única pista que le quedaba.

—Yo iré en un rato —murmuró—. Me gustaría... Voy a asearme un poco.

Ninguno la creyó. La miraron con suspicacia, con una velada resistencia a dejarla sola. Intuían lo que iba a hacer: rebuscar en los vertederos digitales de Noel la comunicación que el asesino se había esforzado tanto por ocultar. Fue Leo quien acabó apremiando a los demás.

—De acuerdo, *Carrol*, te esperamos allí.

—Enseguida me reúno con vosotros.

La puerta se cerró tras ellos. Carolina, aliviada al verse sola, y trémula de emoción por lo que pudiera encontrar, encendió el ordenador y seleccionó un buen programa de recuperación de archivos. La magnífica red del *lodge* logró lo que en Seronera había resultado imposible: no tardó ni un minuto en descargarlo. Con dedos fríos, conectó el teléfono de Noel. Al ver la barra de progreso del análisis, respiró hondo y se recostó en la silla. Su parte del trabajo ya estaba hecha; ahora le tocaba al programa.

—¿*Carrol*?

Leo se asomó, dándole un buen susto.

—Ya me falta poco. —Se levantó, ocultando con disimulo la pantalla.

Él la miró con gesto dolorido. Por un momento pareció que estaba a punto de decir muchas cosas y Carolina casi deseó que lo hiciera. Quería confiar en él, airear aquellas sospechas insidiosas que estaban envenenando su relación. De todo el grupo, era a él a quien más valoraba, de quien más le dolía desconfiar. Sintió un enorme desaliento cuando el médico dijo simplemente:

—Míster Mwenye y su madre nos acompañarán en la cena. Se están preguntando dónde andamos. ¿Vienes?

Carolina dio un vistazo al ordenador: el análisis no alcanzaba el veinte por ciento. Aún tardaría un buen rato.

—De acuerdo —suspiró—. Voy contigo.

Fuera anochecía. En la terraza, iluminada con velas y farolillos, apenas había mesas libres, pero la más abierta al cráter, la más bonita, con servilletas de colores y manteles individuales de hojas de plátano, permanecía desocupada.

—¿No estaban todos esperándonos? —le reprochó a Leo.

Sentía un horrible peso en el estómago. Había sido una mala idea abandonar el dormitorio. En cualquier momento, el examen concluiría y mostraría aquella anhelada información.

—Ahí vienen.

Mama Mwenye y su hijo se acercaron con parsimonia desde la cabaña principal. Aún no se habían sentado cuando llegó Sonia.

—Le he llevado unos sándwiches a Inno —dijo antes de ocupar su sitio.

—¿No cenará con nosotros? —preguntó Carolina, sin pensar.

La inquietaba perderlo de vista. ¿Y si pasaba por el dormitorio? ¿Y si veía el análisis en marcha? Sonia alzó las cejas.

—Míster Mwenye aceptando al chófer en su mesa —dijo con sorna—, me temo que no.

La cena no fue un éxito. El benefactor de Angalia intentó iniciar varias conversaciones, pero nadie más estaba de buen humor. Su madre apenas entendía el inglés, y Leo y Sonia, preocupados, necesitaban hacer un gran esfuerzo para ser corteses. Carolina se limitó a picotear un poco de *urojo* y una *sambusa* de cordero, demasiado nerviosa para hablar o comer. Más allá de la terraza, el amplio cráter se iba sumiendo en sombras.

—¡Sonya! *Du hier*!

La voz de los efusivos turistas alemanes de Seronera los sorprendió tanto como asombrados parecían ellos.

—¡Kurt! ¡Nina! —Sonia se levantó de un salto—. ¿Qué hacéis aquí?

—¡Bueno, bueno!, sí que *ffiajáis* por todo lo alto los *cooperrantes* —dijo Kurt en tono festivo—. Este sitio es *marravilloso*, ¡aunque cueste un ojo de la *carra*!

—No le hagáis caso —dijo Nina—. Merece la pena terminar nuestro viaje con un poquito de lujo. ¡Y qué vistas! Mañana bajaremos al cráter. Ya desde aquí es impresionante.

—Una joya de la *naturraleza* —concordó Kurt con solemnidad—. ¡Y pensar que pasamos tan *cerrca* hace dos semanas, camino al Serengueti! No teníamos ni idea.

—¿No sabíais que la carretera rodeaba el Ngorongoro? —se vio forzado a decir Leo, al ver que el alemán le hablaba a él.

—Nos perdimos —repuso Nina, sonriendo avergonzada—. Se nos hizo de noche, ya veis. Y con el león rondando. Desde entonces, nos hemos portado bien: nada de viajes en la oscuridad, ¿eh, Sonya? Como nos aconsejaste. ¡Aunque hoy rozamos el límite!

—¿Acabáis de llegar?

—Ahora mismo, sí. De hecho, Kurt, deberíamos ir a acomodarnos o no nos darán de cenar.

Los alemanes se alejaron en dirección a una cabaña. No iban de la mano, pero sus dedos se rozaban levemente a cada paso. Carolina, olvidando un instante el análisis en curso, sintió un arrebato de nostalgia. Esa pareja era la viva imagen de su viaje soñado: un safari al más puro estilo *Memorias de África*, de aventura, sin preocupaciones... No se fijó en la mueca despectiva de Leo al oírlos hablar de conducir de noche ni en la discreta sonrisa de suficiencia que intercambiaron míster Mwenye y su madre. La burbuja romántica que envolvía a los turistas europeos era fácil de pinchar, aunque los tanzanos se cuidarían de hacerlo; aportaban mucha riqueza al país.

El análisis ya debía de haber terminado. Carolina contempló con impaciencia la gran bandeja de tortitas de plátano y dorados *mandazi* que una camarera había llevado como postre. No aguantaba más.

—¿Me disculpáis un momento? —dijo levantándose.

Leo hizo un leve ademán de detenerla. Ella evitó su mirada. Salió a toda prisa y cruzó el césped en la oscuridad hacia la habitación que compartían.

Tuvo un mal presentimiento al ver la puerta entreabierta. La empujó con el corazón en un puño. En su ordenador se acumulaban mensajes de error, y el cable de conexión colgaba por un extremo, solitario e inútil. El móvil de Noel había vuelto a desaparecer.

39

Lo que el teléfono escondía

«¡Tonta!». «¡Estúpida, boba, idiota!». ¿Por qué había tenido que ausentarse? ¿Por qué dejó el móvil, su única pista, allí desatendido? «Leo fue quien me persuadió». Se arrepintió enseguida de ese pensamiento. Cualquiera había podido hacerlo, cualquiera. Con mano temblorosa, revisó los archivos del programa. Nada. El examen no se había completado.

«¡Mi única pista!», gimió desolada. Y resultaba imposible saber quién había sido. Todos tuvieron ocasión de pasar por el dormitorio mientras ella los aguardaba para cenar: míster Mwenye o su madre, que también se alojaban en la cabaña grande. Inno, que lo había tenido facilísimo durante toda la comida. Sonia, con la excusa de llevarle los sándwiches... «¡Incluso Kai pudo haberse escabullido desde la aldea masái!», pensó con desespero. Leo era el único a quien podía descartar, ¿verdad? ¿Verdad? Ya dudaba de todo, hasta de sus propios ojos. ¿Y si se lo escamoteó antes de que ambos salieran del dormitorio? ¿Y si...

Echó un vistazo al resto de la habitación. Todo estaba en orden. Las mochilas de Inno, Leo y Sonia descansaban a los pies de sus literas. El médico se había cambiado las botas, llenas de barro, y Sonia había dejado su propio teléfono cargando en la mesilla de noche.

Su propio teléfono...

Frunció el ceño. Igual que le había ocurrido al inventariar los efectos personales de Noel, allá en Madrid, tenía la enojosa sensación de que algo se le escapaba. Se sentó en la cama. A un lado, el ordenador emitía un parpadeo tenue. Al otro, el móvil de Sonia se iluminó con una notificación.

Leo, Inno, Kai, Sonia, míster Mwenye, su madre, Justine. Uno de ellos era un asesino que atrajo a Noel a una trampa fuera del *lodge*, lo apuñaló con el bisturí de Leo y le quitó el móvil. Luego, profanó su cadáver dejándolo a merced de un león hambriento y terminó viajando cien kilómetros hasta Seronera.

Viajó cien kilómetros...

¿Cómo? ¿En qué medio de transporte, si uno de los jeeps de Angalia se quedó en el cruce y el otro no se había movido del Serengueti?

En plena noche. Hacía dos semanas. ¿De qué le sonaba aquello? Se frotó las sienes. «¡Y pensar que pasamos tan *cerrca* del Ngorongoro!». El inocente comentario de los turistas alemanes le vino de pronto a la cabeza. «Nos perdimos». Contuvo el aliento. ¿Y si...? No. Sería demasiada casualidad. «Desde entonces, nada de viajes en la oscuridad, ¿eh, Sonya?».

«¿Eh, Sonya?».

Leo no los conocía. Y Sonia se puso nerviosa cuando los vio aparecer.

Tragó saliva. Sus ojos tropezaron de nuevo con el teléfono que cargaba inocentemente en la mesilla. «Yo lo quería», le había confesado la chica mariposa. Seguro que intercambiaron muchos mensajes comprometedores. Mensajes que no desearía que salieran a la luz. Alargó la mano, dudando. Aquello era una locura. «Lo amaba».

El cable del ordenador colgaba, huérfano del terminal que

debería haber examinado. El misterioso mensaje a Noel también estaría en el teléfono que lo envió. ¿Y si...? En un impulso, conectó el móvil de Sonia. Era un terrible abuso de confianza, lo sabía.

Esa vez, el análisis se ejecutó muy deprisa. Sonia no había borrado nada y sintió una puñalada en las tripas al ver en la pantalla sus conversaciones con Noel. Sus intentos por atraerlo. Sus ruegos.

Tu novia no te entiende.

Tú y yo tenemos mucho en común.

Quédate conmigo.

Las respuestas de él aún dolieron más:

Eres la única que me comprende.

Ojalá pudiera hablar con Carolina como contigo.

Las últimas comunicaciones, sin embargo, mostraban un tono más distante. Como si Noel, abrumado, hubiera cambiado de opinión respecto a Sonia:

Dame tiempo.

No quiero hacerte daño.

He tomado mi decisión.

La decisión de volver con ella. En medio de todo ese dolor, a Carolina la confortó saber que en eso había sido sincero. Si hubiera vivido, si hubieran intentado reconstruir su relación... Qué triste e impotente la hacían sentir aquellos condicionales.

La pantalla seguía llenándose de mensajes mientras ella se empapaba de nostalgia por lo que pudo haber sido y no fue. Porque a Noel lo habían asesinado. Al inocente, alegre, inofensivo Noel. Qué traicionera es la muerte, que ya casi ni recordaba por qué perdió ella la ilusión. Lo quería, era el amor de su vida, y ya nunca podría decírselo.

El ordenador emitió un pitido. Había llegado al último mensaje entre ambos. Era de Sonia y se lo había enviado la noche de su muerte. A la misma hora que él estaba grabando el vídeo del Ngorongoro:

> No puedo renunciar a ti.
> He conseguido que me
> traigan al Ngorongoro.
> Ven a recogerme al cruce.
> Tenemos que hablar.

Carolina oyó un ruido en la puerta. Cuando levantó la vista, incrédula y aturdida, se encontró cara a cara con Sonia y supo que era cierto: ella lo había matado.

40

Bajo la acacia

—¡Sonia!

La chica mariposa miró horrorizada su teléfono conectado al ordenador. Su cara lo decía todo. Dio media vuelta y salió corriendo.

—¡No! ¡Sonia!

Carolina se precipitó tras ella. No podía creerlo, se negaba a creerlo. Sonia había sido su compañera, su confidente. Había acompañado el cuerpo de Noel a casa, había llorado por él...

—¡Sonia!

El jardín estaba muy tranquilo. Los turistas seguían cenando y de la terraza llegaba el animado rumor de sus voces. Afortunados ellos, que disfrutaban de aquel paraíso sin inquietudes ni tribulaciones. Oyó que un motor arrancaba en el aparcamiento. Los potentes focos iluminaron una cascada de orquídeas.

—¡Sonia!

El jeep derrapó al maniobrar hacia la salida.

—¿Qué ocurre? —preguntó Leo acercándose a paso vivo—. He oído gritos.

Carolina se dejó caer en el suelo. Las piernas no la sostenían.

—Fue ella. Ella asesinó a Noel.

—¿Sonia?

El médico la miró como si se hubiera vuelto loca. El todoterreno pasó bajo el rótulo del Simba Luxury Lodge como una exhalación y se perdió en la noche.

—¿Esa era Sonia? —dijo Inno emergiendo del jardín con un sándwich en la mano—. ¿Qué narices está haciendo? ¡Se matará a tanta velocidad! —Se embutió el resto del pan en la boca y sacó las llaves del otro vehículo—. Tenemos que ir tras ella.

Carolina cruzó una mirada con Leo antes de saltar dentro del coche. Sí, había que alcanzarla. Necesitaba hablar con ella, entender qué le había ocurrido a Noel aquella noche.

—¿Qué ha pasado? —Leo se volvió con preocupación mientras Inno enfilaba el arco de salida. Ante ellos, la oscuridad era absoluta, pavorosa. Ni siquiera se veían ya las tenues luces traseras del jeep que Sonia conducía.

En pocas palabras Carolina les relató lo sucedido: la segunda desaparición del móvil de Noel, el examen del de Sonia y, finalmente, la culpa retratada en su rostro antes de salir huyendo.

—No lo puedo creer. ¡Estaba conmigo en Seronera!

—Sí —masculló Inno, con la vista fija en el camino—. Muy lejos de aquí.

—Aquella noche volvió, no sé cómo, pero lo hizo. Quería hablar con Noel.

Leo se quedó callado, reflexionando.

—Dijo que tenía dolor de cabeza —murmuró despacio— y se retiró temprano a dormir. Pudo escabullirse con algún turista que volviera hacia Arusha; cualquiera la habría llevado sin problemas. Recuerdo que justo aquella tarde se marchó un grupo numeroso, nos quedamos muy tranquilos sin ellos. Pero ¿cómo regresó en plena noche? Porque a la mañana siguiente estaba en su tienda.

—Con la pareja alemana —repuso Carolina con tristeza—. ¿Recuerdas lo que dijeron? Era ya noche cerrada cuando pasaron por aquí. Supongo que Sonia, al verlos en la carretera principal rumbo al Serengueti, comprendió que podía tener la coartada perfecta.

—Entonces ¿ella estaba allí, escondida, mientras nosotros... mientras Noel...?

Inno apartó un instante los ojos del sendero. Parecía angustiado, mucho más humano de lo que lo había visto hasta entonces. Ella se lo confirmó.

—Dejó que el león devorara a Noel —murmuró temblorosa—. Seguramente os espió mientras retirabais su cuerpo.

Leo meneó la cabeza.

—¡Qué sangre fría! Es imposible que lo tuviera planeado.

—Te robó el bisturí —objetó ella.

Sin embargo, Leo tenía razón: quizá todo había sido más fortuito. Sonia no podía saber que el león atacaría en aquel preciso lugar o que unos turistas pasarían en plena noche para llevarla de vuelta a Seronera sin que ni Leo ni nadie reparara en su ausencia. No. Lo más probable era que hubiese ido al Ngorongoro con la genuina intención de convencer a Noel de que no regresara a casa. De que permaneciera en Tanzania... con ella. ¿Cómo pudo acabar matándolo?

—Acelera, Inno —pidió.

No quería que escapara. No perdería la última oportunidad de obtener respuestas.

—No —dijo él con los dientes apretados—. Si corro más tendremos un accidente. Y con el león ahí fuera...

Se necesitaba mucha habilidad para conducir en plena oscuridad por aquella pista estrecha, sin asfaltar y plagada de socavones. No había quitamiedos ni guías de ninguna clase. Nada les impedía caer a las zanjas espinosas a ambos lados de la carretera.

—¿Qué es aquello? —Leo se inclinó hacia adelante.

Estaban muy cerca del cruce. Dos luces bajas, medio fundidas, iluminaban la acacia donde había muerto Noel, creando sombras macabras.

—¿Qué demonios…?

—¡El jeep! —exclamó Inno pegando un frenazo—. ¡Sonia!

Los faros de su coche alumbraron al otro. Estaba volcado, panza arriba como una tortuga, con las ruedas aún girando. Se había salido de la pista.

El accidente parecía muy aparatoso, pero, antes de que ellos llegaran, Sonia abrió la portezuela y se arrastró fuera. Tenía una pierna herida y la cabeza ensangrentada. Carolina la observó con extrañeza, como si viera una película a cámara lenta. De repente sentía una gran tranquilidad, ya no podría seguir huyendo. Todo había terminado.

—*Mamako!* —susurró Inno.

Él no miraba a Sonia. Sus ojos, desorbitados de horror, taladraban la oscuridad más allá de ella. Bajó la ventanilla y gritó:

—Sonia, corre. ¡Corre!

Leo se irguió.

—¡No! —exclamó con el rostro demudado.

Fue entonces cuando Carolina lo vio. Una sombra que se movía despacio, acechante, deslizándose entre los arbustos sin apenas turbar la noche. Sonia también lo vio. Intentó incorporarse, y su pierna herida la hizo trastabillar. Se arrastró sobre los codos, desesperada.

—¡Socorro! —chilló débilmente—. Ayudadme.

Inno rebuscó en la guantera y sacó una pesada llave inglesa. Hizo ademán de tirársela a la sombra, pero Leo lo contuvo.

—No. —Su voz era terrible—. Nosotros también somos presa fácil.

—¡Sonia! —sollozó Inno.

Carolina se tapó los ojos. No quería, no podía ver aquello. Pero no pudo cerrar los oídos a los gañidos de la sombra al atacar, al frenético forcejeo a vida o muerte sobre la hierba, a los gritos inhumanos de Sonia, cada vez más inconexos, más ahogados... Se hizo de nuevo el silencio. Un brutal, horrendo silencio. Y entonces llegó el rugido; el descomunal rugido del león devorahombres, que los estremeció de terror hasta lo más hondo.

—¡Sonia! —volvió a sollozar Inno. Temblaba.

Leo estaba clavado en su asiento, con la cara de color gris. Ninguno de los tres reaccionó cuando el león emergió tras los arbustos con el hocico empapado de sangre. Los miró sombrío. Calibrando si eran una amenaza.

—Deberíamos salir de aquí —dijo Leo—. ¡Inno!

—Oh, Sonia... —El chófer lloraba como un niño.

—Inno, ¡arranca! —urgió el médico.

El león se agazapó a escasos tres metros, preparándose para atacar.

—Sube la ventanilla. ¡Súbela!

El salto fue impresionante, con la potencia suficiente para volcar el coche. Horrorizada, Carolina contempló la melena salvaje, los enormes colmillos, las zarpas precipitándose hacia ellos. Y entonces, en pleno salto, oyeron un agudo silbido, un impacto seco, y el león cayó pesadamente al suelo, rugiendo de rabia. Varios silbidos más y dejó de moverse.

Tuvieron la sensación de que pasaba mucho tiempo, aunque no debió de transcurrir ni un minuto, durante el cual todos se quedaron esperando a que el león volviera a levantarse. No lo hizo. La fiera, grande y musculosa, yacía inmóvil junto al jeep, con siete u ocho lanzas clavadas en el cuerpo. Entonces el cruce se llenó de movimiento. De detrás de los arbustos y la acacia emergieron decenas de guerreros masáis, que se agruparon alrededor del animal abatido. Un rostro blanco se abrió paso entre ellos para acercarse al coche.

—¿Estáis bien? —preguntó.

Kai estaba muy pálido. El miedo, un miedo mucho más

sano y menos turbulento que el que lo había mantenido prisionero de su propia mente, le daba un aspecto joven, sincero. Uno de los guerreros se acercó a él con una lanza ensangrentada en las manos.

—Fue la tuya la que le dio muerte —le dijo—. El león es tu presa.

41

En un jardín tranquilo

Los masáis no quisieron acompañarlos de vuelta al *lodge*. E hicieron bien, porque se armó un buen revuelo cuando llegaron. Los turistas habían oído los rugidos, y el susto inicial dio paso a la excitación en cuanto supieron que había un león muerto a dos kilómetros de allí. Leo, Kai, Inno y Carolina oyeron que tres grupos distintos insistían a sus guías para que los acercaran a verlo. Como si el animal abatido fuera una atracción de feria, como si la muerte de Sonia no importara. Sentían el temor ajeno y dramático que proporciona ver una película o las noticias, no se daban cuenta de lo cerca que habían estado del peligro. Leo e Inno intercambiaron una mirada de suficiencia y, por una vez, Carolina compartió su sentimiento de desprecio por esa gente para la que todo aquello no era más que un emocionante entretenimiento.

—¿Es *ferrdad* el rumor que corre? —Carolina se llevó un sobresalto cuando Kurt y Nina la abordaron asustados. Ellos sí parecían comprender la magnitud de lo ocurrido—. ¿Ese león ha matado a Sonya?

Un nudo en la garganta le impidió responder. Kurt lanzó un tenue silbido.

—¡*Pobrrecilla*! —dijo con tristeza—. No pudo escapar a su destino.

—¿Destino?

—Hace dos semanas, al pasar por aquí, nos la *encontrramos* subida a una acacia en plena noche. Nos dijo que acababa de salvarse de un león *furrioso*.

—¡Nos echó una buena bronca por conducir en la oscuridad! —intervino Nina—. Aunque le ahorramos amanecer en el árbol.

—Y a *nosotrros* también nos vino bien, que estábamos más perdidos... Ella nos guio hasta el *Serrengueti*.

—¿No os sorprendió que estuviera sola?

Kurt se encogió de hombros.

—Aquí, en *Áfrrica*, la gente hace cosas raras. Nos dijo que era *cooperrante* de una asociación benéfica y que había estado en una aldea masái. Que salió a la *carreterra* buscando algún coche que la *llevarra* a Seronera, pero se le echó la noche encima y se subió al *árrbol* cuando oyó *rondarr* el león.

Carolina sintió un arrebato de indignación ante aquella sarta de medias verdades. Sonia debió de tener tiempo para fabricar su historia mientras aguardaba encaramada a la acacia, después de que Inno, Kai y míster Mwenye se llevaran el cuerpo del pobre Noel de vuelta al *lodge*. Una historia lo suficientemente creíble para convencer a los alemanes, que a ella le proporcionó una coartada casi perfecta.

¡Si Kurt y Nina no hubieran permanecido tanto tiempo en Seronera! ¡Si no se hubieran mostrado tan expansivos! ¡Si no hubieran mencionado su viaje en mitad de la noche! Ella nunca habría sospechado de Sonia, no desde que supo que se encontraba lejos cuando el león atacó.

—¿Qué ocurre aquí?

La voz profunda de míster Mwenye la libró de responder. Carolina no habría sabido cómo empezar a decirles a los alemanes que Sonia se la había jugado a todos.

—¿Me disculpáis? —murmuró, haciendo ademán de acercarse a sus compañeros.

De las explicaciones se encargó Leo, en grave y veloz *swahili*. El benefactor de Angalia lo escuchó con gesto serio, sin interrumpirlo ni una vez. Cuando terminó, todos sintieron alivio al ver que se hacía cargo de la situación.

—Esto empieza a resultarme familiar —gruñó—. Yo me ocuparé del cuerpo de Sonia. Habrá que llamar a la embajada y a la policía... Vosotros dos —dijo señalando a Kai y a Inno—, id adentro y contadle lo ocurrido a mi madre. Sí, tú, Kai. Pedidle que monte una cama plegable en vuestro cuarto; te quedarás aquí esta noche. Y no os alejéis ninguno. Las autoridades querrán hablar con vosotros.

Carolina bajó la vista. ¿Alejarse adónde? Sintió un gran cansancio al pensar en revivir la terrible experiencia: los agentes tanzanos, los medios españoles... ¿Sería el mismo secretario que la telefoneó el encargado de darle la noticia a la familia de Sonia? Míster Mwenye aguardó a que Kai e Inno se retiraran y empezó a hacer las llamadas. Ella se acercó a Leo.

—¿Qué le has dicho? —le preguntó.

—¿Qué?

—A míster Mwenye. ¿Le has contado la verdad?

—La verdad... —Leo vaciló—. En realidad, solo tenemos conjeturas.

Ella apretó los labios.

—Su huida ya es una confesión. Mató a Noel, ¿acaso pretendes hacer la vista gorda?

El médico se rascó la cabeza turbado. A su alrededor, algunos turistas informados de su aventura nocturna revolotearon con ganas de intercambiar impresiones.

—Ven, vayamos a un lugar tranquilo —le dijo, y la guio hacia el fondo del jardín.

Caminaban tan próximos que sus manos casi se rozaban, emulando a la pareja alemana que tanta nostalgia había despertado en ella. Carolina se estremeció. Qué descanso habría sido el cálido refugio de un abrazo. Aspiró profundamente y, junto al perfume a orquídeas nocturnas, le llegó el penetrante aroma a tierra y cuero de Leo.

—¡Mira! —señaló.

En la oscuridad, dos gálagos de grandes ojos amarillos los observaban desde las ramas de un enebro. También allí, en aquel jardín tranquilo, la vida salvaje se entremezclaba con la de los humanos, y de formas mucho más amables que la terrible experiencia que acababan de vivir. Los gálagos se quedaron inmóviles unos instantes y luego desaparecieron entre los heliotropos, allí donde el césped se volvía maleza. No había valla. Nada los separaba de la boscosa caída al cráter.

—Es que ¡me cuesta tanto creerlo! —dijo Leo—. Sonia... ¿qué podía tener contra Noel? Si hasta la protegió de los excesos de Inno.

Carolina sonrió sin alegría.

—Y eso debió de enamorarla todavía más.

—¿Sonia, enamorada? ¿De Noel?

—Ella misma me lo contó. ¿Sabías que empezó con Inno para darle celos? —Dio un pequeño bufido—. Cuando la conocí, lo primero que pensé fue que era una pájara que se había liado con mi novio.

—No lo creo, *Carrol*, en serio. Se entendían bien, eso sí, pero Noel tenía integridad.

Carolina chasqueó la lengua, abatida.

—Los mensajes que se cruzaron, los que ella intentó ocultarme, eran bastante explícitos. No sé si llegaron a acostarse, no lo sé. Sonia me juró que no, aunque... como para creerla. —Suspiró—. Conozco a Noel y estoy convencida de que tuvo dudas.

Paseando, habían alcanzado el borde del jardín. Carolina se dejó caer en la hierba, junto a una mata de buganvillas. Leo se sentó gentilmente a su lado.

—Él te quería —afirmó—. No te tortures más, te quería.

—Sonia también me lo dijo. —La sorprendió notarse las mejillas húmedas—. Y creo que eso le causó la muerte. Ella... no lo dejó ir.

Se tapó la cara con las manos. Esa idea era la que de verdad la atormentaba.

—Vine a Tanzania con miedo a encontrar pruebas de que me engañaba y, ahora, casi lo preferiría a confirmar que lo asesinaron por serme fiel.

Ahogó un sollozo.

—No fue culpa tuya.

Con infinita ternura, Leo le secó una lágrima rebelde que había rodado hasta su barbilla. Ante ese contacto inesperado, se quedó inmóvil, como un animalillo salvaje recibiendo una caricia por primera vez. Apartó las manos del rostro. Él la miraba con una intensidad abrasadora. Sus labios, esos labios gruesos, mullidos como un cojín, estaban tan cerca...

—¡Y pensar que llegué a sospechar de todos vosotros! —musitó separándose un poco de él.

No podía. No traicionaría a Noel, cuando él había dado muestras de tanta lealtad. Leo no replicó. A Carolina le hubiera gustado escuchar que no pasaba nada, que perdonaba sus recelos, pero debía de seguir algo dolido.

—Al principio, solo sospeché de míster Mwenye —creyó necesario explicar—. No quería pensar mal de sus compañeros. Y Sonia... —Contuvo el aliento al darse cuenta de golpe—. ¡Sonia lo fomentó con ese embuste de que él te acosaba!

Leo no pareció demasiado impresionado.

—Es posible que solo intentara ocultarte sus líos con Inno. A Noel le hervía la sangre al verla someterse así, lo encontraba degradante.

—La famosa pelea en el Rift... ¿Por qué no quisiste contarme que fue con Inno?

Él desvió la mirada incómodo.

—No tengo derecho a meterme en sus asuntos ni en los de Sonia.

—Inno subió mucho en mi lista de sospechosos debido a eso. Fue el último en ver a Noel con vida.

—Tiene un carácter difícil.

—También dudé de Kai, por lo de los fondos de Angalia.

Leo esbozó una leve sonrisa.

—¿Lo creíste tan calculador? No lo conoces bien. En cuanto a Inno, su inocencia la tenías delante de las narices. —Ella puso cara de incomprensión ante el tono de broma—. ¿No sabes de qué es diminutivo su nombre?

Negó con la cabeza.

—De Innocent.

—¿En serio se llama así? —Soltó una risa suave—. Los africanos tenéis una curiosa originalidad para escoger nombres. Como ese amigo suyo, Reason.

Hubo un silencio. Ella le puso una mano tímida en el brazo.

—De ti jamás desconfié. No en serio.

Él esbozó una media sonrisa.

—¿Ni siquiera cuando descubriste el bisturí?

—Al principio, ni me di cuenta de que era tuyo. Fue Sonia quien me señaló tus iniciales grabadas. Sonia, de nuevo... ¿Por qué lo haría? Se apresuró a asegurar que no podías haber sido tú.

Estuvo a punto de añadir «la muy hipócrita», pero aún le costaba asociar a la persona que más la había apoyado con la asesina que resultó ser.

—Supongo que no querría que desconfiaras de alguien que también estaba en Seronera —dijo Leo reflexivo—. Su mejor coartada consistía en encontrarse a cien kilómetros de distancia cuando Noel murió.

—Tiene sentido... De todas formas, ahora entiendo otras cosas.

—¿Sí?

—Ella debió de apresurarse a volar a España por si la policía tanzana descubría algún indicio de homicidio y no cerraba el caso. Y trató de convencerme de que el móvil de Noel, ese que hizo desaparecer en Seronera, lo habían robado ellos.

¡Qué tonta, qué crédula había sido! Ahora comprendía que Sonia siempre había intentado disuadirla de investigar. Desde el principio. Se acercó a ella solo para ganarse su confianza y poder desacreditar cada una de sus conjeturas.

—Le enseñé el mensaje de Simba —musitó—. Se lo enseñé y trató de convencerme de que era una broma.

—No deseaba reabrir el asunto. Y eso que jamás hubiéramos sospechado de ella. Incluso yo creí que aquella noche no había salido de Seronera.

—¿En serio no notaste su ausencia?

—¡Qué va! Estaba de mal humor aquella tarde. Me dijo que tenía dolor de cabeza, que se retiraba a dormir.

—Se enfadó porque Noel le había dado calabazas.

—Ni siquiera cuando míster Mwenye me llamó, a la mañana siguiente, se me ocurrió ni por un momento que ella pudiera tener algo que ver.

—Nadie concebía un asesinato, habían visto al león.

—Tampoco cuando me desapareció el bisturí…

—Ella se preocupó de asegurarme que cualquiera pudo haberlo robado. Que no tenía por qué haber sido en Seronera.

—¿Eso hizo? —Leo esbozó una sonrisa ácida—. Pues yo estaba seguro de que fue allí. No tengo tanto instrumental como para no notar su falta. Simplemente lo achaqué a algún masái, en la consulta… Las hojas afiladas tienen mucho valor para ellos.

—Me pregunto con qué intención te lo robaría. ¿De verdad ya estaba planeando matarlo?

—Quizá solo quería asustarlo, tal vez se lo clavara por accidente.

Carolina volvió la vista al cráter, un pozo de negrura que se abría ante ellos. Sentía un hondo desánimo.

—Ojalá lo supiera, todo sería más fácil...

La idea de que Noel pudiera haber muerto por serle fiel la abrumaba, era una losa muy pesada. ¿De verdad Sonia había sido capaz de semejante atrocidad? Siempre le había parecido una persona equilibrada, razonable; costaba imaginarla loca de celos. ¿Y si, como Leo sugería, no había sido algo deliberado? Necesitaba entenderlo. Necesitaba decidir si la chica mariposa le inspiraba más horror por sus actos que lástima por su terrible final.

—Y pensar que ha acabado entre las fauces del mismo león que encubrió su crimen... —dijo Leo—. ¿Sabes? Puede que esta fuera la única forma de hacerle pagar. Dudo que la policía tanzana hubiera tenido mucho interés en reabrir el caso.

—Pero las pistas..., el móvil, Justine, el bisturí...

Él se encogió de hombros.

—¿Dónde está Justine? Cuatro personas presenciaron el ataque del león. Háblale de teléfonos formateados y testigos ausentes a un agente enviado a redactar un informe. No te haría ni caso.

—Entonces, Sonia...

—Si hubiese conservado la cabeza fría, no habría tenido nada que temer.

Carolina se quedó callada, reflexionando. En la oscuridad, una pequeña bandada de pájaros cruzó el cráter con un rumor de alas. Se estaba bien allí, ahora que las amenazas habían desaparecido. El ambiente era sereno, como de reconciliación con la vida salvaje que los rodeaba. Trató de imaginar la secuencia de acontecimientos si acusaba a Sonia de asesinato. Declaraciones, disputas, pruebas, un juicio... La idea le produjo un gran cansancio.

—Creo... —dijo al fin—. Tienes razón: quizá no tenga sentido remover el asunto. Ya ha pagado su culpa.

—Eso pienso yo también.

—No lo hago por ella, ¿eh? Es que… es más fácil así.

La silenciosa aprobación de Leo la confortó como un bálsamo. El médico alargó un brazo y, con timidez, en un gesto entre la amistad y algo más, le rodeó los hombros.

—Ahora podrás olvidar —dijo en voz baja.

Carolina se estremeció. Sí, eso aligeraría su luto por Noel, aunque la culpa y la vergüenza seguían castigándola. Él había muerto por quererla, y su fidelidad merecía gratitud. Suspiró. ¡Si al menos pudiera estar segura de lo que hubo entre Sonia y él! Pese a lo mucho que le hubiera dolido confirmar algún desliz, también le sería más fácil pasar página. Con delicadeza, se desprendió del abrazo de Leo.

—Cuánto me hubiera gustado saber qué pasó realmente aquella noche.

42

El elefante de cartón-piedra

A pesar de los gruñidos de míster Mwenye, ni los trámites consulares ni la policía los entretuvieron mucho tiempo. Todo apuntaba a un desgraciado accidente y el león había sido sacrificado. Fin de la historia. Si hubo algún revuelo, fue porque la fallecida era la segunda extranjera atacada en un corto período de tiempo. Por lo demás, los agentes mostraban una indiferencia que, en otras circunstancias, hubiera resultado indignante.

Entre sus compañeros, la actitud que más sorprendió a Carolina fue la de Inno, que lloraba la muerte de Sonia como un crío. Toda su agresividad y su rudeza se habían evaporado; también su alegría. Ya no canturreaba ritmos africanos al conducir y se pasó el viaje de vuelta a Dar es Salaam reviviendo momentos felices con ella, algunos tan inverosímiles que parecían nacidos de una fantasía demasiado romántica. Demostró tener un carácter tan infantil que Carolina se preguntó cómo había podido llegar a sospechar de él.

También Kai estaba desconocido. Había dejado de beber y transmitía una satisfacción serena, como si por fin se hubiera reconciliado consigo mismo. Había acabado con el monstruo. Él, un hombre blanco de quien decían que

Tanzania no era su sitio. La historia del cooperante europeo que había cazado al devorahombres con los masáis tenía un punto épico tan atractivo que, al llegar a Dar, se convirtió en una celebridad por unos días. Tanto fue así que Carolina, harta de ver el piso de Kariakoo invadido de periodistas y fotógrafos, acabó buscando cobijo en la sede de Angalia, a pesar de que todavía no estaban pasando consulta. Dar es Salaam, el «refugio de paz», ya no le parecía tan apacible. De vuelta en la ciudad, sentía un extraño vacío. Ya no tenía una misión que cumplir, podía volver a casa y, sin embargo...

Sentada a su mesita en el solitario vestíbulo de Angalia, no se decidía a comprar el billete. Le pesaba no haber hecho más por Noel. Había viajado a Tanzania para hacer justicia y ni siquiera iba a revelar el nombre de su asesina; casi parecía una deslealtad. Levantó la vista hacia las puertas blancas de las consultas. La de Sonia aún tenía su cartelito y lo retiró: ese tampoco sería ya necesario. Se quedó mirando la puerta de Noel. Su santuario, el lugar donde había sido feliz el último mes de su vida. Inspiró profundamente al pensar que podía rendirle un pequeño homenaje.

En la consulta, el escenario era el mismo que el del primer vídeo de Noel en Tanzania; estaba muy limpia, muy blanca y tenía un indefinible olor a antiséptico de hospital. Situó la cámara del móvil en el mismo ángulo que había empleado él, enfocando la camilla y el póster anatómico del ojo, y pulsó el botón de grabación. Ahora sí, el último vídeo de «Postales a Madrid».

«Hola a todos:

»Estoy a punto de volver a casa. Han sido unos días intensos que me han acercado mucho a Noel. Más de lo que esperaba».

Reflexionó buscando la forma de expresarse con sinceridad en público sin desvelar nada que no debiera.

«Sentiré dejar Tanzania. Este viaje me ha hecho reflexionar. África es un continente fiero, un lugar donde la naturaleza aún es majestuosa. Aquí los humanos deben permanecer unidos si no quieren ser devorados. El asesino de Noel... El asesino de Noel era un monstruo y acabó muerto. Aun así, no estoy satisfecha. Ahora me doy cuenta de que, en el fondo, no he venido a conocer mejor lo que ocurrió, sino a conocerlo mejor a él..., y los muertos no hablan».

Paró el vídeo con un suspiro. Tanto que decir, tanto que ocultar... Se preguntó si también habría sido así para Noel. ¿Fueron sinceras sus últimas palabras? ¿La amaba, a pesar de todo? Los muertos no hablan, qué verdad tan cruel. Y allí estaba ella, dedicándole aquel testimonio cuando sus pensamientos se desviaban irremisiblemente hacia...

—¡Menudo despliegue ante el apartamento de Kai! —La voz grave de Leo la sobresaltó—. Hay varios equipos de televisión entrevistándolo. Hasta se rumorea que recibirá una condecoración del Gobierno. El león estaba espantando el turismo de la zona.

Carolina sonrió.

—Se lo merece, que bastante mal lo ha pasado ya.

—Al parecer, le han ofrecido dirigir una entidad de conservación animal en Arusha, cerca de los parques nacionales. Es algo contradictorio que se lo gane por haber matado a un león, claro que...

Se interrumpió.

—¿Qué?

—Iba a decir que los europeos sois así, pero sería generalizar demasiado.

Carolina sintió un arrebato de cariño por Leo. Por su sonrisa, por la calidez de sus ojos pardos... Él miró a su alrededor.

—El ritmo de trabajo va a ser terrible hasta que reemplacemos a Sonia y a Noel. ¿Te das cuenta de que me he quedado solo? Menos mal que tú estás aquí, aunque no sé...

Ella desvió la vista. Debería volver a casa. Llevaba más de una semana en Tanzania; una semana con su vida en suspenso.

—Mi trabajo...

Pero Blacktech y Marcos Albín le parecían muy lejanos. Recordó la emoción contenida de *mama* Mwenye mientras le besaba las manos a Leo —«¡Vuelvo a ver las estrellas del cielo!»—; los sobres marrones con gafas graduadas, transportadas por todo el país en cajas de zapatos; el alivio palpable de las jóvenes madres al recibir paquetes de antibióticos para sus hijos con tracoma... Ante eso, renovar la imagen digital de una firma de cosméticos resultaba absurdamente irrelevante.

—Me vendría muy bien tu ayuda con esas aplicaciones informáticas. Ya sabes: el tablón de anuncios en la web, las consultas en remoto, el planificador de citas...

Carolina apenas podía apartar la vista de aquellos labios que no había llegado a besar. Sentía el impulso de experimentar la pasión oscura y sensual que prometían, tan distinta del puerto seguro que siempre había representado para ella Noel.

—Aún no puedo —dijo, y ni ella misma supo si se refería a Leo o a Angalia—. Tengo que acabar de cerrar este asunto. —Suspiró—. ¡Si al menos supiera qué ocurrió realmente aquella noche!

Leo vaciló. Como solía hacer cuando estaba incómodo, se rascó la cabeza.

—Quizá pueda ayudarte con eso.

Se tanteó el bolsillo y sacó una carta; un sobre abultado dirigido a ella con una caligrafía pulcra y desconocida. No tenía remitente ni sello.

—La trajo anoche, bastante tarde. No quiso quedarse.

Carolina iba a preguntar quién, pero la asaltó una idea súbita.

—¿Es de Justine? —dijo.

Leo asintió.

—Entonces ¡está viva!

La ira y la ambigüedad con que míster Mwenye había aludido a su desaparición la habían dejado intranquila. Rasgó el sobre y desplegó dos planillas escritas por ambas caras con letra compacta:

—Creo que está en *swahili*. —Algo azorada, se la tendió a Leo—. ¿Me ayudas?

Solícito, el médico tomó los papeles y empezó a traducir con afable sosiego.

Querida Carolina:

Siento mucho haberme marchado sin decir nada. He sido una egoísta, pero tenía miedo. Saber demasiado es peligroso.

No me atrevo a ir a ver a los Mwenye porque estarán enfadados conmigo, pero quiero cumplir mi promesa. He visto en las noticias lo que le pasó a Sonia. Estaba huyendo, ¿verdad? Entonces, supongo que ya sabrás parte de lo que yo te voy a contar.

Debí decírtelo antes. Aquella noche fui a tu cabaña para eso y me eché atrás. Es que no pensé que fueras a creerme. Ella era tu amiga, os vi juntas. ¿Cómo iba a acusarla de matar a Noel? Ahora será más fácil.

La voz profunda de Leo cargaba de matices las sencillas palabras de Justine. Ya sin la barrera del idioma, su palpable desazón conmovió a Carolina.

Antes de nada, te explicaré por qué hui. Soy hija de los masáis del Ngorongoro, aunque siempre quise ser enfermera.

Míster Mwenye se ofreció a pagarme los estudios y me sentí muy feliz de dejar atrás mi vida en la *boma*, entre vacas. Solo me puso una condición: que me quedara a cuidar de su madre hasta que muriera. *Mama* Mwenye era anciana, nadie esperaba que durara muchos años... y han pasado diez.

Ya ves. Yo soñaba con vivir en un piso en la ciudad, trabajar en un hospital y salir al cine con amigas, pero llevaba diez años en aquel cráter. Cuando *mama* Mwenye empezó a quedarse ciega, aún fue peor. Ella me necesitaba y yo les debía mucho.

Un día decidí escapar sin decirles nada. Aquella noche me acerqué a Inno con la idea de... ponerlo contento para que me llevara al cruce. Una vez allí, quería subirme en el primer coche a Arusha y desaparecer en la multitud. (Al final, solo tuve que pedírselo a unos turistas que tenían tantas ganas de ayudar a una «pobrecita tanzana» que ni me preguntaron por qué me escapaba). Noel nos encontró en el jeep y se enfadó mucho. Se enfrentó a Inno, casi llegaron a las manos y yo me escondí en la parte de atrás, esperando a que se calmaran. Luego Noel le pidió las llaves. Dijo que quería dar un paseo. Inno no le creyó, claro. «Tú vas a Seronera a ver a Sonia», le dijo celoso. Él insistió: solo iba hasta el cruce, volvería en media hora... Al final, Inno le lanzó las llaves a la cara gruñendo algo sobre «otras mujeres que sí me valoran». ¡Pobre! No se dio cuenta de que yo lo había utilizado. Y creo que Sonia también, para darle celos a Noel. Aunque eso lo pensé más tarde, porque en aquel momento no tenía ni idea de quién era Sonia.

Noel arrancó sin saber que yo seguía en el coche. Supongo que pensó que me había marchado durante la pelea. Me escondí en el suelo, debajo de unas mantas, y fui así hasta el cruce. ¡Iba a escapar, a pesar de todo! Él paró el motor y esperó. Llegó otro jeep y esa chica, Sonia, se despidió de sus compañeros de viaje. Nos quedamos solos Sonia, Noel y yo.

La escena de después... fue terrible. Al principio, Sonia parecía contenta. Cuando Noel bajó del coche para ayudarla con su bolsa, intentó besarlo. Él se apartó y entonces se puso como loca. Empezó a llorar a gritos..., ¡con el león ahí fuera! Noel la zarandeó para que se callara. No le hizo caso. Entonces, intentó razonar con ella y le enseñó algo en su móvil. No vi lo que era, aunque repitió varias veces la palabra «África» y... tu nombre.

Eso la puso furiosa. Le respondió con mucho odio. (¿Sabes que la reconocí por la voz cuando llegasteis al Ngorongoro? Aquella noche, estaba tan oscuro que no le vi la cara). Sacó el bisturí del bolsillo y se lo clavó en el cuello con todas sus fuerzas, varias veces. Noel... El pobre Noel se quedó mirándola asombrado. No tuvo tiempo de reaccionar. El león apareció de repente y Sonia le dio un empujón hacia él. Cayó ante sus patas sin un solo grito, ni siquiera trató de defenderse cuando lo atacó. Creo que ya estaba muerto, Carolina. Espero que lo estuviera, pobrecito.

Me sorprendió que ella no escapara inmediatamente. Primero corrió a los pies del león para recoger el cuchillo y el móvil de Noel, que se habían caído al suelo. Supongo que pensó que podrían incriminarla. El teléfono logró recuperarlo; el bisturí lo lanzó a los arbustos de una patada. Después se subió a la acacia. Estaba allí arriba cuando llegaron los demás.

Ay, Carolina, no debí callar, ¡pero me entró tanto miedo! Si hablaba, tendría que dar explicaciones de mi fuga. Era más fácil mezclarme con los demás en el cruce, como si hubiera ido con ellos. Me siento muy mal por lo que hice. Noel era un hombre bueno, se merecía justicia. Al ver cómo había quedado su cuerpo supe que nadie investigaría nada: el león había borrado todas las huellas. Por eso rescaté el cuchillo de los arbustos y te escribí el mensaje en su web. Quería que vinieras para contarte la verdad. Perdóname, Carolina. Perdóname por no haberte ayudado más. Solo espero que esta carta te aporte algo de paz.

La voz de Leo se apagó y Carolina permaneció largo tiempo sin hablar, con la mirada perdida. Buscó en su propio teléfono una fotografía de hacía cinco años, en la que ella misma, más joven y feliz, acariciaba las patas de un gracioso elefante de cartón-piedra. El animal era parte del decorado de un parque de atracciones, ¡cómo los había perseguido el guardia de seguridad al descubrirlos! Ella y Noel echaron a correr de la mano por aquella falsa pradera sorteando animales de mentira ante la mirada atónita de los visitantes.

«¿Lo ves? —le susurró él al oído, ambos agazapados tras la cabezota de un rinoceronte—, salirse del camino marcado siempre es una aventura». Y ella sonrió, porque estaba aludiendo a una de sus locas, absurdas propuestas: marcharse a algún país africano no de viaje, sino a vivir.

«Tú podrías pedir una excedencia y trabajar como *freelance* una temporada desde allí», le había dicho frente al elefante, medio en serio, medio en broma. Y ella, siguiéndole el juego y mirando la simpática figura con arrobo, replicó: «Solo me lo plantearía por algo como esto».

Entonces, él la había empujado hacia el decorado, a África, para hacerle la foto con el animal, y habían acabado ocultándose de un guardia en aquella imitación del paisaje con el que tanto soñaba.

«Algún día te llevaré —le había susurrado Noel, estrechándola en sus brazos—. Te lo he prometido, mi *Panxoliña*. Ten paciencia».

¡Un recuerdo tan tonto, tan querido! Esa era la foto que le había enseñado a Sonia, estaba segura. Porque —lo comprendió en ese momento— Noel no llevaba en mente volver al piso de Madrid, a su consulta y a su vida. Lo que pretendía era persuadirla de empezar de nuevo en otra parte. En África: el único lugar que podría resultar igualmente querido e ilusionante para ambos. Un terreno neutral donde poder reencontrarse.

Carolina parpadeó dolorida, llena de culpa porque mientras él aireaba su amor y moría concibiendo planes de futuro, ella, sola en su loft, alimentaba un enorme resentimiento por sus ausencias. No había querido a Noel como él había demostrado quererla a ella.

¿Qué habría ocurrido si él hubiera regresado a casa? ¿Si le hubiera propuesto plantar su vida y acompañarlo de vuelta a Tanzania? No le hizo falta reflexionar mucho: jamás habría aceptado. Lo habría considerado una locura más, otro alarde de esa irresponsabilidad que llevaba tres años separándolos. De cualquier forma, su relación estaba condenada al fracaso. Y esa idea, en vez de entristecerla más, la hizo sentirse ligera. Ya podía dejar de torturarse con una posible reconciliación, ya podía desechar todos sus «acaso».

Lo curioso era que ese plan, que ella habría rechazado en circunstancias normales, no dejaba de resultarle atractivo. Noel tenía razón: Tanzania le gustaba. Disfrutaba de la forma pausada de trabajar, del agradecimiento en los rostros de los pacientes cuando Leo los trataba, de ayudar en las cosas pequeñas... Noel había conseguido con su muerte lo que nunca habría logrado en vida: arrancarla de la espiral absurda de prisas y ambición. Le había enseñado a vivir.

—Aún me cuesta creer que Sonia lo hiciera a propósito —murmuró Leo aturdido.

A ella, eso ya no le interesaba tanto. Había averiguado lo crucial: Noel la quería y, aun así, no habría habido un futuro para ellos.

—¿Estás bien? Oye, respecto a si él te traicionó...

Ella meneó la cabeza, tampoco necesitaba ya saberlo.

Noel había actuado noblemente al final. Había muerto amándola, y la idea, que tanto la había torturado, de repente le produjo una insólita dulzura.

—¡Pobre Justine! —suspiró—. Y pensar que llevaba diez años esclavizada... ¿Cómo pudo míster Mwenye hacerle algo así?

—No es un mal hombre, en serio. Probablemente ni se dio cuenta de que ella sufría.

Carolina lo miró incrédula.

—A ti también te patrocinó los estudios, ¿no? ¿Tu trabajo en Angalia es parte del pago?

Leo se encogió de hombros con vaguedad.

—Yo estoy en la ciudad y pude vivir. Me casé, cobro un sueldo... Si Justine hubiera hablado con él, habría descubierto que no es el monstruo que se imagina.

Carolina no estaba segura. Su experiencia con Noel le demostraba que, a veces, los asuntos importantes son los más difíciles de abordar y se enquistan y generan malentendidos. Contempló el perfil de Leo. Siempre había admirado la fortaleza y decisión que mostraba al tratar con míster Mwenye. Era un hombre bondadoso pero firme, justo las cualidades que la habían cautivado del Noel de antaño.

Leo se volvió para mirarla y sonrió con calidez. Carolina deseaba besarlo... ¡cuánto lo deseaba! Sin embargo, Noel se interponía entre ellos como una barrera. Él le había sido fiel y su lealtad le impedía entregarse a otro hombre..., al menos de momento. Alzó la vista y se perdió en sus ojos pardos, tan dulces. Ya en ese momento intuyó que la puerta abierta a la posible flaqueza de Noel le aliviaría la culpa si lo hacía más adelante.

—Necesito tiempo —le dijo.

Tiempo para poner sus asuntos en orden, y su cabeza. Tenía que enterrar a Noel, enterrarlo de verdad.

—¿Volverás? —le preguntó Leo. No parecía desanimado.

Ella contempló la camilla medio oxidada, las paredes con desconchones, las humedades del techo, ahora que empezaba la época de lluvias. La sede de Angalia no era en absoluto la perfecta oficina que siempre creyó indispensable para su felicidad. Pero le gustaba, le gustaba muchísimo.

—Sí. —Sonrió—. Claro que volveré.

Agradecimientos

Decía Kapuściński que África no es un país, y es cierto que cada región africana tiene su propia idiosincrasia, pero también lo es que el continente entero posee una leve magia a la que es difícil sustraerse. Y Tanzania, la bella Tanzania, situada entre el Índico turquesa y el «corazón de las tinieblas» de Conrad, es una fiel representante de esta magia. Conocí Tanzania por referencias literarias antes de visitarla. Las descripciones del Ngorongoro y el Serengueti de Javier Reverte me parecieron tan fascinantes que no paré hasta ver esos paraísos terrenales con mis propios ojos. Y, al igual que fueron los libros los que me animaron a abrirme a África, así me gustaría que esta novela animara a algún lector a hacer el mismo viaje.

Publicar esta novela ha sido una gran aventura en la que han colaborado muchas personas. Estoy enormemente agradecida a Marta Araquistain por su confianza en mí, y también al equipo de corrección por el esfuerzo dedicado a pulir el texto. También a mis sufridos primeros lectores, que leyeron el manuscrito y me ayudaron a mejorarlo. ¡Gracias, Nico, por tus siempre sabios consejos! ¡Gracias, Tali, por compartir tus conocimientos oftalmológicos! ¡Gracias, Gabi, por tu constante apoyo! Gracias a mi querida hermandad de escritores, que tanto me ampara en este oficio solitario que es escribir: gracias a Mónica, Lara, Carlos, Pilar, Alejandra, Rosa, Pepa, Gonzalo, Manuel y Tomás. Y, por supuesto, a mi familia, la de siempre y la nueva, ¡gracias por estar ahí!